老修行僧のにんげん界百夜

チェンマイからの聖俗ゆうらん

笹倉明

Phra Akira Amaro

論　創　社

まえがき

ここに記すのは、前作『老作家僧のチェンマイ托鉢百景——2023雨安居全日録』の続編といったものとなるはずです。が、今度はその日録形式とは違って、年月や日程にこだわらないエッセイ風の、我自身《われ》がこれまでの人生で体験したこと、考えたことなど、今昔こもごもの話を連ねてみようと思います。

これまでの出家生活は、宇宙の絵空事ではなく、まさにこの世の「人間」と接してきたという正直な思いがあります。前作に続いてこの度の書きモノも、そのことを心のベース、基本姿勢としておくのがよいように思われます。日本とタイの国境《くにざかい》（＝中間）に立って、双方を俯瞰《ふかん》しながら書いていく。そこには、共通項もあれば、相違点も多々ある。文化の違い、人間の違い、国のあり方の違い、それらを見ていくことは、日タイ関係にかぎらずこの地球上の国々同士に普遍的にある問題に通じるという気がします。

「境界」という言葉があります。その人（＝境界人）となると、辞書の解説には、マージナルマン（marginal man）——文化の異なる複数の集団に属し、そのいずれにも完全には所属することができず、それぞれの集団の境界にいる人のこと。まさに、聖と俗の境界線に立っている我自身のことをいっているようです。

これが何よりも留意すべき点で、生まれ育ちや今に至る人生体験、すべてを包含しながら、テーラワーダ仏教なる聖域に足を踏み入れている可笑《おか》しなニンゲンです。が、その視点からしか見えてこないものが描けるならば、そこに意味をみてよいように思うのです。さまざまなものの境界、中間に立って、白・黒、善・悪といった二元論ではなく、あいまいな灰色を交えながら公平に見ていくことは、いわば客観にも通じることだろうと思います。

要するに、落ち延びて立身出家《かい》した僧が、正面切ったり、世を斜めに見たり、過去を振り返ったり、国家へ憤りを向けてみたり、（いわば一艘の舟が）境界のない大河の両岸を自由に往き来《ゆうらん》しながら書いた、百夜にわたるモノ語り、といったものになればよい、と考えます。

前作で述べたことを再度くり返すこともあるでしょう。それは大事なことゆえ、テーラワーダ仏教の特色——最低三度は確認の唱えをやる（日常生活でもそれをすすめる）のと同じ精神《こころ》、ということで了解していただきたいと思います。が、また違った角度から眺めるなどして、それはもう聞いたといわれないように努めたい。老人はとかく同じことをくり返すもので（前にいったことを忘れるため）、それを一応の戒めとします。

テーマとする対象は実に多岐に及びます。人間そのもの（人間界という「六道」の中間域）を相手にする以上は自然なことで、雑多すぎるという批判を受けるかもしれません。人は他との関係性のなかでしか生きることはできない、という仏法の真理に照らせば、それはやむを得ないこととすべきでしょう。親兄弟はむろん、知人、友人、先輩、後輩、わが子、恩人など、さまざまな人との関わりのなかで生きてきた「我《われ》」というものを率直に描くことになると思います。それは、時に苦であり楽であり、まさに哀楽をともにしてきたことが実感としてあるのです。他者にはひどい目にも遭ってきたけれど、いま生きてあるのはそのおかげであることも確かで、いま現在がどのようであっても、生まれてこの方に連なる数知れない因果がもたらしたものであってみれば、何の遺恨もなく回顧すべきことだろうと心得ます。

そして、もう一つ、この歳になると（わが国では後期高齢という）、人間のココロとカラダがむずかしくなってくる、やっかいな代物になってくる、という現実もテーマとせざるを得ません。年齢にも「境」というものがあるとすれば、我は今そこに立っているともいえるわけで、これは好都合なことかもしれない。人が老いていく中間点に立って、あれこれと考えていくのも一興でしょうか。

さて、前置きはこれくらいにして、こなたかなたの今昔・聖俗・にんげん話を始めようと思います。月齢の夜ごと、仄かに白い仏塔の下――。

＊文中――敬称略

老修行僧のにんげん界百夜
——チェンマイからの聖俗ゆうらん

目次

第一章　二つの帰路のゆうらん：11・12月〈2023〉

第三章　水瓶座という月のゆうらん：2月〈2024〉

第四章　皆《ミーナ》コ ム季節のゆうらん：3月〈2024〉

第一章　二つの帰路のゆうらん：11・12月〈2023〉

○雨安居《パンサー》後の自由な道

前作――『老作家僧のチェンマイ托鉢百景』では、僧の修行期間（雨安居〈パンサー〉）が終わった段階までを記した。これからは、それ以降の、自由に旅ができるようになってからの話をしようと思う。

世に誤解されていることがあるとすれば、パンサー期の修行なるものについて、非常に厳しいものなのではないか、というのと、テーラワーダ仏教に出家したなら、そう簡単に方々へ出かけることはできないのではないか、ということだろうか。前者についていえば、非常に、という修飾の冠はトル、として、ふつうにキビシイ、いつもとほぼ同じだということは前作で記している。後者については、タイ・サンガの律として、肉親の葬儀などでやむを得ない場合であっても六泊七日の旅が限度、という条件が取り払われる。

我が以前に所属していた寺院には、当時の副住職（現住職）と同格の中堅僧がいたのだが、パンサー期以外はしょっちゅう旅に出ており、寺にいない日数のほうが多いくらいだった。近場ゆえに、いまも付き合いが続いているS師について、わが住職は、彼は寺にいたくない人なのだと笑っている。それで文句をいわれることもなく、まるで昔日の遊行《ゆぎょう》僧（昔は所属の寺を持つ必要がなく完全に自由な姿だった）のごとく、知り合いのいる、あるいは部屋さえあれば泊めてもらえる未知の寺を転々しており、一時は半年ほどもドイツまで出かけて瞑想指導などしていた。

そういう次第であるから、我もまた日本への帰国、そして着タイ、という旅もほぼフリーに許される。たまに大事な行事があるから居てほしいとか、帰ってきてほしい、と住職は口にするけれど、それとて希望の言にすぎず、我の都合が優先される。ましてや、もはやれっきとした老人、いや老僧であるから、この身をしばることはなく、むしろ大事に、寛大に、トゥルン（老僧の意で我の呼称）、いつ帰ってくるのかね、とか、もうチェンマイへは戻ってこないのかナ、などと笑いながらいうくらいのものだ。

従って、我の場合、日本という母国への帰国とタイという国への帰還、二つの帰り旅があることになって、これがなかなかタイ変である。というのも、ひと頃とは違って、身体的にしんどくなってきていることが大きい。精神的にも以前は何となく高揚感があって、愉しくもあったのだが、近年は「老苦」なるものが際立ってきたのを感じるからだ。

前作では、目眩《めまい》、ふらつきが持病のようにあることを記したが、状況は変わっていない。いや、時が経って老いが進行した分、いよいよ油断がならない。もとより二つの帰国にはジェット機なるものが必要であることからして、これがまずタイ敵といえる。エコノミー症候群というのがあるそうで、冷え性の我はこれにかかるとまずい、足腰が立たなくなる恐れもないわけではないし、機の上昇、下降の際にきっとある耳への負担は、鼓膜の破れすらもたらすことがある、と聞く。やっとのことで、それは（しばしば欠伸《あくび》をしたりツバや水を飲んだりすることで）免れてきたが、三半規管の疲労が重なった結果がいまのふらつき現象かもしれず、いずれ限界がくる、いやその前に何とかする必要があると思っている。その限界がいつなのか、これも見極めどきがむずかしい。

○老歯のやっかいな現実

そういう老苦の一つに、歯の問題がある。加齢とともに、歯骨《しこつ》なるものが減ってくるのは避けられない現象であり、それに伴う歯槽膿漏（いまは「歯周病」と改称されている）というものがやっかいなのと、それだけでなく、歯が突然に欠ける、あるいは折れるという、これも老化現象が起こる。今回の我の帰国の目的は、一本の折れた歯をどうするか、かかりつけの歯医者に診てもらうことが一つあった。

折れ歯は、真ん中から4番目の右上（4番）で、以前のレントゲン写真では、どうも根元近くに折れているような影が見える、ということだった。それから約一年後、その歯がぐらついて、しかも疼き始めたのだ。おまけに、冷たいものが沁みるようにもなっていて、これはどの歯がそうなのか、わからない。欠けた歯を修理してもらってある上の奥歯なのか、その手前の歯であるのか。これだけでも、人のカラダというのはわからないものだと実感するのだが、ともかく、折れた歯が先決、であった。

その歯医者はわが地元の兵庫県、姫路市にあるため、まずはチェンマイから関西空港へ飛んだ。ベト・ジェットという飛行機会社が東京ではなく大阪への直行便を飛ばし始めていたから、以前はバンコク経由であったのが直接関西へ飛べるようになった。しかもLCCであるから、最安値を求める僧には幸いである。成田までは六時間半ほどかかるが、関空までは五時間半余りで飛んでしまうこともありがたい。やはり、関西はアジアに近いのである。

VIP《ビップ》扱いの僧姿は、チェックインの列に並ぶ必要がなく、最優先されるのはいつものことだったが、隣に女性が座るのは「禁」であるから、よほど混んでいるとき以外は男性も来ない。その日もそうで、窓側の我の隣は空席、通路側に男性が居るだけだった。五条袈裟《チーウォン》姿は窮屈だが、この点は捨てがたいステータスというべきか。

十一月半ばのことで、我は七十五歳の誕生日（十四日）を機中にて過ごした。次の日の早朝まで夜間飛行は順調であったが、フライト・アテンダントが献上してくれたペットボトルの水のみで後期高齢入りの日を祝った。夜間の空腹には馴れていて、むしろよく眠れたのもいつもの習慣のおかげであった。

歯科医は河田克之君という、姫路市にあった我の高校時代の五年ほど後輩に当たる。中・高一貫の学校で、我が高校二年のときに中学一年の新入生だった。しかも同じ体操部に入ってきたことから、長い時を経たあとでも記憶にあった。我の歯が怪しくなり始めた頃、彼は歯医者として活躍していたから、実に好都合であったのだが、おまけに彼の特異な業績を背景にして本まで共著で出したりもしたのだった。

歯周病は、歯周病菌（口内に30種ほどある）が原因であるというのは今では学会の共通認識としてあるが、それだけでは常在菌であるから何のわるさもしない、というのが彼の説で、我はそれをカワダの「環境学説」と名付ける。つまり、歯石なるものが介在してはじめて、平素は大人しい菌たちがワルモノと化して活動するのであって、よごれた歯石さえキチンと定期的にとってやりさえすれば、生涯にわたって自歯を維持できる、というもので、それは彼の一万件に及ぶカルテが物語っている（医学の父・ヒポクラテスが唱えた説でもあるが歯学界は無視しつづけた）、という話だ。環境なるものがいかに大事か、それは人間さまにも当てはまる、動かしがたい真理であるだろう。『ブッダの教えが味方する　歯の二大病を滅ぼす法』（育鵬社）というタイトルをつけて世に出したが、歯の本は売れないというジンクスはやはり破れなかった。本が売れない時代に、さらにジンクスが付くとあってはもはやお手上げで、彼の医院のお客さんに二千冊を（太っ腹なことに）プレゼントするだけでお終いとなった。ふくらはぎを揉む話は売れるのに、歯の本がなぜ売れないのかと問えば、それはおよその人が、痛くなるまでわれ関せずと放っておく、歯医者ぎらいがいかに多いかの証左にほかならない。歯に悩みを抱えている人のほかは、ほとんど関心がないのは道理というものか。歯医者を単なる歯の「修理屋さん」として医学の分野から外してきたわが国の医療界の問題とも関わってくる。歯学を医学部の一部とするように、との提言を文科省に直訴したのも彼だったが、まるでラチが明かなかった。歯の病は糖尿病や心臓病とも関わりがあることが近年になってわかってきたというから、まさに医学のジャンルに入れるべきなのだが。その辺のことも含めて、二人でさんざん語り合ったのであった。

そういう我自身も御多分にもれず不養生のままに過ごしていた。彼の手にかかれば、すでに傷んだ歯のみならず、いずれ痛み出す歯が方々にあって、早期発見の治療（虫歯と歯周病の二大疾患）をほどこしてもらっていなければ、どうにかモノが食える老後を迎えられていたかどうか、はなはだ疑わしい。歯の滅びは命の滅び、というのが一般的なドウブツの法則であるからだ。

それほどに大事な歯をないがしろにしてきたことを深く後悔したのも、彼の手にかかりはじめてからだった。今回の治療も、いよいよガマンができなくなって腰を上げたことに変わりはなく、痛ましい工事となってもやむを得ない、と覚悟した。

早朝に関西空港に着くと、その足で姫路まで直行した。そして、案の定の突貫工事が待ち受けていた。まず麻酔して折れた歯を根元から抜き、折れた所から先の歯を同じ場所へ埋め込んで、両サイドの歯と針金でつなぐ。そうして一か月ほど置いたところで針金を取り払う、という手間のかかる工事である。このような治療をする歯医者は、わが国では数えるほどしかいない、たぶん十人いるかどうか、といったところらしい。が、その通りだろうと思ったのは、折れた歯をそのまま生かして元の場所に埋め込むため、特殊な金槌でガンガンと叩くので、その何ともいえぬ衝撃が頭のてっぺんにまで達し、どうなることかと不安にかられるほどだったからだ。巧者の技というべきか、極細の針金で固定する作業も、手先が器用でなければとてもできないし、ふつうは面倒くさくてしたくない、という歯医者がほとんどだろう。抜歯しておしまい、あとは入れ歯かインプラント、という医者が多いちがいない。

おもしろい治療をしてもらったものだ。命は医者しだい、であると改めて思う。それで我からはカネを取らないのだから、これこそは最大級の「布施」というものか。保険がない身であるから、よけいにありがたい、得がたい存在なのである。

先に、冷たいものに染みる歯が一体どれなのか？　と首を傾げたが、その折れた歯であったことが治療後にわかった。沁みる感じがしたのはずっと奥の部分であったから、これまた我のカラダは我自身もわからない（我のモノではない）不思議の一例――、実に意外なことであった。

○息子たちとの日々に

実は、我は父親である。父性は十分にあるはずだが、父権はないに等しい。そのわけは、話せば三日では足りないため、知りたい方には我の他の書をのぞいてもらうほかないのだが、それでも一つ、短くいえば——、およそ勝手な生き方をしてきたこと（これは我というモノ書きの「業」でもあったが）、ゆえに元妻の側の子供たちを放《ほ》ったらかしにしたこと、と、結婚しなかった女性との間の息子（従って我とは姓が異なる）にはその道に関わり過ぎて反逆を招き、さらにはその母親との離反の歳月があまりに長いためだ。

従って、何かをいう権利が希薄なのだ。そうなった理由、心境というのも他書には記しているので、ここでまたハジをかくのはやめにしたい、と思う。ただ、子供たちの側からは、そのことを咎めだてすることがないのはどういうわけか。そこまでは罪深い、どうにもならない父ではなかったということなのか、あるいは、子は子の人生があって、それなりの日々を過ごしてきたから関知しない、ということなのか、おそらく両方に理由があるにちがいない。

かつての我は〝家庭の匂いがしない〟といわれたもので、それは妻子の話をしたことがないためでもあって、そのことを仲間の作家で不満げに（半ば咎めるように）口にした者もいる。なんとも曰く言い難いところがあったからだが、もういいだろう、という時期が人生の終盤に来たことから、やっと書き始めたのだった。

まず一人、結婚しなかった女性との間にできた息子だが——、帰国して歯を診てもらい、その夜、しばらく後輩歯科医と一献かたむけた（これは帰国後、初の戒違反だったが）、その足で西脇市の田舎へと向かった。日本酒を少々と刺身のつまみは、三か月以上の禁欲生活の反動のように我を酔わせるものだったが、不思議とふらつきが収まったのはどういうカラダのしくみだろう。適度な飲酒は、薬種でもあったか？

夜遅くなっても厭わずに終着の市駅に迎えてくれた息子は、はや四十歳になる。ここ何年かは、インストラクターとしての仕事が中心のゴルフ人生を歩んでいるが、会うたびに、そのあたりの話が主になる。左右両打ちができる才と、機械をつかって手造りしたパターを手に、コース指導では同伴の生徒に教えながらパー・プレー（時にアンダー）をしてくる才は、我よりはるかに優秀である。惜しむらくは、若い頃のプロテストの最終段階でワザと失敗し、その後は横道に逸れること十年余り、ゴルフ留学した豪州での活躍をフイにしてしまったことだ。

近年になってつくづく思うに、その最大の因は、我と息子の母親の離反がそうだということ。我の放埓（浮気等）へのシットが過ぎて呆れ果て、まともに口もきかなくなって以来、ただ息子を介してのみ、その消息を知るという嘆かわしい関係になって久しい。つまり、家族というものの結束が失われたことが、戦場に生きる息子の闘志、士気に悪影響しかもたらさなかった、そのことが身につまされてある。もとより結婚していないのだから離婚で決着をつけるわけにもいかず、双方ともに愛すべき子供がいることによって関係を断つわけにもいかない、実に中途半端な事態は、我が「俗世のシガラミ」と名付けるものの一つとしてあり続けている。

その母親が、いまは我の実家に、息子と一緒に住んでいることについても、人は首を百度ほど傾げてしまう。が、これも手短にいえば、息子が道を逸れている間に（おそらく心労の余り）進行した乳ガンが左右両方にまで及んでいて、手術は兵庫の癌センターでやることになり、その後の療養生活も含めて、我の実家に住む息子に頼るほかはなかった、という事情による。かといって、我には感謝のコトバ一つなく無言のままで、今回もまた帰省する我を避けて、神戸のホテル住まいを続けるのだから、なるほど、これは大変な離反であるわい、と人は納得するだろう。

息子がいうには、父が去っていくと、その直後に戻ってくるらしい。笑っているが、本心は、困ったことだと思っているにちがいない。

そして、我自身を悩ませているのはもう一つ、息子が飼っている猫のことだ。それも三匹が座敷と座敷を往来しているから、そのニオイと粉塵がアレルギー的な症状をもたらして、一週間の滞在が限界であることだ。座敷で飼うのは禁、飼うなら外で、と初めに厳しく言い渡していなかったとのミスを今さら悔いてもしかたがない。飼うのは一匹だけにしてあとは保健所へ、と提案しても命じるわけにいかないのは、これも父権の喪失ゆえであるだろう。神戸へ逃亡した母親は掃除というものをめったにしないので、我自身が毛だらけの座敷を掃かねばならなくなるのだが、早々に逃げ出すことになるのは今回も同じだった。

すべては身から出たサビ、自業自得の話であり、わが人生の有り様はかくの如し、すべてを引き受けて余生を生きるほかはない。そのことを自覚し、覚悟もしたのだったが、息子はしかし、あっけらかんとして、三匹の猫を題材にして小説を書けばいい、などとのたまった。確かに、三匹三様の面白さというのはあって、その日が来ないともかぎらないから、先々はやはりわからない。無常は「苦」であるが、同時に希望の芽、待てば改善されるときがくる、と考えることも大事だろう。

母屋の隣、別館の二階が我の仕事場なのだが、そこを整理していると、本棚の隅っこに一冊の古びたアルバムを発見した。その中に一枚、我が三歳の時の写真が貼り付けてあった。母親がわざわざ市内の写真館へ連れて行って撮ったもので（当時は写真機なるものを持っている人はまだ少なかった）、そのことも今回の帰国の収穫？だった。着ているセーターは母親の手編みで、それが得意の母は他にもさまざま手で編んでくれたものだった。

それをある知友にみせると、ウ〜ンとひと唸りして、こりゃダメだ、とのたまった。あとは言わずと知れたこと――、甘ったれの柔な男の、坊ちゃんのカゲがみえる、と。世渡りの下手くそな、情に流されて騙されやすい、果ては人生に行きづまり、ついには出家にまで行き着くのもやむを得ない男の原点をみるようだ、というのは我の認識である。

実際のところ、わが母は、我がいくらワンパク坊主であってもその行いを叱ったためしがなく、勉強しなさいともいったことがない、一風変わった人だった。その背景には生まれ育ちの環境に仏教（怒りを悪質な煩悩〈三毒の一つ〉とするのは大乗仏教も同じ）があったことが大きいはずだが、その伯母や叔母には子供がなく、我ら姉弟を子供のように可愛がったという事実もまた影響しているだろう。高校教師の伯母とお寺が出自の祖母が住む奈良市の、母の実家（三条通り界隈）へは、夏休みになるとすっ飛んで行き（祖母が亡くなるまでの六年間）、よほど居心地がよかったのか、きっちりとひと月を過ごしていた。とりわけ橿原市にあるお寺（正蓮寺）の住職に嫁いだ叔母などは、母とはまるで双子のように瓜二つで、幼い頃の我は実の母と間違えたくらいだった。つまり、我には三人の母がいたようなもので、もはやどうにもならない、こりゃダメだ、といわれてもしかたがない環境だったのだ。三つ子のタマシイというが、我ながらその通りだと、原風景はそこにあると、さんざんくり返してきた想いを新たにした次第。

さて、もう一人の息子だが、こちらは元妻が二人の娘に続いて三人目にもうけた。その誕生から三歳くらいまでは、東京と妻の故郷（静岡県富士宮市）との間をしばしば往来していたから、会えば

著者の三歳時〈西脇市の写真館にて〉

娘たちとともに連れまわした。が、しだいに足が遠のいて、ついに離婚に踏みきってからは、年に一度、会うか会わないかという間遠なことになっていく。

それでも、その存在を忘れたわけではなく、子らの母親も節目、節目には状況報告をしてくれていたから、いま何をやっているか、くらいはわかっていた。やはりスポーツの才は父親譲り?であったらしく、高校時代（日大二）は硬式テニスで鳴らし、全国大会に出たときは、その母親と有明コロシアム（東京）で落ち合い、観戦したものだった。が、その他はあまり記憶に残らない、その場かぎりのもので、娘たちと同様、およそ〝放《ほ》ったらかし〟であった。息子によれば、そうした父の不在が逆に他の子に負けまいというバネとなっていたという、まだしも救われるような話を聞いたのはずっと後のことだったが。

そのような父子が、それぞれの存在を気にかけ始めたのは、息子が大学を中退して音楽の道にすすむことに決めた頃からだった。せっかくの建築科（日大）を三学年終了の段階で辞めるとき、担任の教授が、我に電話をかけてきて、父親として本当にそれでいいのか、と問うたものだ。将来は堅実な道にすすめるはずの学科を、あと一年を残してやめるなど、もったいないではないか、というのだった。確かに、それはその通りであったが、ここでも我は父権を行使することができず、本人がそうと決心したのなら、やむを得ないでしょう、と結論した。

どちらがよかったのかは、いまもいえない。その後の息子は、もったいない辞め方をしただけに、決めた道を逸れるわけにはいかず、数年後にはシンガーソングライターとして一枚目のアルバムを出した。いまではレコーディングのエンジニアとしてスタジオを営み、たまにライブをひらけるまでになっているから、行く道の選択に間違いがあったわけではないだろう。先の息子のように、父親が導いたゴルフの道とは違い、みずから決めた道であってみれば、反逆して逸れるわけもいかなかったのだ。

テレビマン・ユニオンというテレビ制作会社が、そういう息子に目をつけた。そこそこの活動をしている息子の父親が、我のような人間であることを知って興味を抱き、父子の話を絵にするとおもしろいのではないかという考えであった。担当のディレクターS氏が息子に、我の連絡先を教えてほしいと依頼した日から、その話は始まって、以来、これも手短にいえば、二年余りの時をかけてカメラを回し続けることになる。日本のみならず、わざわざバンコクへ、チェンマイへと撮影隊は息子を連れて足を向け、タイ語の通訳兼コーディネーターまで雇って実りを期した。

画題の趣旨は、華やかなオリンピック（東京）が開かれる一方で、異国で出家して禁欲的な僧院暮らしをしている我と、そういう父親とは別に地味ながら独自の音楽の道をゆく息子の、一風変わった父子関係を描くことにあった。ところが、折からコロナ禍がおそいかかり、その年のオリンピックは中止、さらに翌年は、観客もいない奇妙な形での開催となったことで、華やかなはずの祭典が（落人の我に劣らず）落ち葉のように色褪せてしまい、制作の意図が意味を失くしてしまう。

しかも、我にはもう一人の息子がいて、こちらは画題にどう関わっていくのか、苦慮しているうちにコロナが蔓延して身動きもならず、八分通り出来ていたストーリーが頓挫してしまったのだ。父子絵の終盤で、観客を驚かせるであろう、もう一人の遠回りしながらゴルフ道をゆく息子の存在もないものとなってしまった。要するに、多大な費用と時間をかけながら、その絵は買い手もなく塩漬けにされたまま、いまも公開の目処すら立っていない。これを〝お蔵入り〟というのだろうか。最大の因は、御多分にもれずコロナ禍にある。

ただ、もし我がもう少し有名な作家で、その息子たちも世に知られた存在であったなら、また話は違っていたはずである。売れないモノ書きは、その息子たちを巻き添えにしてしまったのだが、我はもうこのままでいいとしても、彼らはテレビ放映を機に少しは名を出して、その暮らし向きに寄与するならばよろこばしいことだという思いがあったのは、テーラワーダ僧らしからぬ「欲」の類だった。俗世のシガラミに足をとられ、引きずられていることの証しでもあったが、ギターリスト&歌手の息子は意外と執着もなくあっさりとしていて、父が死ねば何とかなるかもね、などと笑っている。そう、死んだ日には本も少し売れるかもしれない。死後に売れていく作家の例はよくある話だから、あの世で見ているよ、と我もまた笑ってすませたのは、この度の帰国で、東京は西荻窪の居酒屋で一献かたむけた(これは何度目かの戒違反だったが)ときのことだ。

久しぶりによもやまの話で過ごしたその夜——、息子は、無名のままでいることも自由で気楽な面があるよね、と、何かの話題のなかで口にした。紅白歌合戦(その年も間もなく)じゃないけど、売れてしまうと、それなりにタイヘンで、あちこちから話があって忙殺されたりして、自分の思った通りに生きることがむずかしくなるんじゃないかナ、というのだが、むろん一理ある言《こと》だ。そう、そのような自覚を持ってやっていくのはよいことだと、我は応えた。人は何が幸せなのか、どのように日々を過ごしていくのが最善なのかは、それぞれの価値観、人生観による。地元の新聞に取り上げられたときも、記者のインタビューに答えてそのようなことを話している。

それは、父にしても同じことだ。もう三十五年も前のことだが、いっぱしの賞を受けたとき、方々から注文がきて手に余り、先送りしたものの手が付けられずに流してしまったものもある。それでも新聞小説などかかえて相当に忙しかったが、加えて、本来の仕事とはいえない儲け話や、協力依頼の話が持ち込まれ、それに乗ってしまって失敗したり、後には痛い目に遭ったりもした。名の知れた文学賞を受けた日に、そういう他人の接近によって道を誤るようなことが起こったのは、やはり世間の怖さ知らずの坊ちゃん育ちだったからだという、いまでこそわかる原点がみえてくる。いま現在の自分の姿を、いわば宿業として、血の業と生後の環境による業として受け入れることができるのは、そういう認識があるためだ。出家していなければ、そのようなこともわからないままに、相変わらずスッタモンダして、踏んだり蹴ったりの、恨み辛《つら》みが先にたつ余生になっていたような気がする。

人世は甘くない。生き馬の目を射抜こうとする輩が巷には少なくない。そのことをよくわかった上で、良質な付き合い、よい友をみつけていくしかない。捨てる神あれば拾う神ありというが、父の場合は、救い神のほうがかろうじて多かったこと（命拾いしたことも含めて）で、やっとここまで生き永らえてきたのだという事実もみえている。

人の生き甲斐は、カネとは別にある。何とかやりくりして生きていけているうちが華だともいえる。いっぱしの賞を得てカネが十分にあった日に、とくに幸せを感じた覚えもない。もし父に、余生を過ごすに十分な資金があったなら、確かに出家などする必要もなかっただろう。が、それが生き甲斐につながっていたとはかぎらない。それどころか、投資で失敗したり、意味のないことに使ってしまったりして、幸福とはいえない事態になっていた可能性もあったと思う。が、出家して仏法を学ぶうちに、そういう危険性は去ってしまったことを感じる。むしろ最小限の、なけなしのカネを大事にしながら、日々、書きたいモノを書いて過ごしている今が、人生で最善のときのような気がしている。売れなくてもいい、読者は一人半でいい、という考え方でいいことも今はわかっ

岳南朝日　2023年

財日本語教育振興協会認定校
A.C.C国際交流学園
富士宮市大宮町10-9　☎0544-24-8828

ヒューマンストーリー

いきいきライフ

一生をかけ音楽に近づきたい

武田総合建設㈱
☎0544-58-5909

地元・岳南朝日新聞に載った息子の記事＆ステージ

ている。

英語をマスターして、英語の歌を得意芸にしようとしているようだが、それでいいんじゃないか。父の交友関係にある音楽家はみな、そんなふうに自分の世界を築き、地味ながらコツコツと生きる縁《よすが》をみつけて生き永らえている。その人自身の幸福がそこにある、と断言したい。

等々と話をするうちに、数時間が経ってしまった。電車の時間が来て、勘定を払おうとすると、今日はボクがもつ、と息子が伝票を手にしていった。例年になく豊かな年越しができそうだから、という。

その母親たちとはうまくいかなかったが、子供たちと会えなくなったわけではない。それがせめてもの救い、取り柄だと、思いを新たにした日であった。

◇むずかしい親と子のあり方

もう少し、先ほどの話題を続けたい。

そのような次第で、子供たちとの時間を持った今回、改めて親と子の関係のあり方を考えさせられたものだ。親は、その子の誕生から成長の過程において、どのように関わっていけばよいのか、実にむずかしい問題がそこにはあると思われる。

先のゴルフ道をゆく息子と、シンガーソングライターの道をゆく息子のふたりは、実に対照的な育ち方をした。そのことが問題とする意識の根底にある。すなわち、我が子供の行く道を決めてしまったのが前者、放（ほ）ったらかして本人の完全な自由にまかせたのが後者だ。

思い起こせば、前者が小学三年（九歳）の頃、連れ立って軽井沢に住む友人のH君を訪ねて行った日、折からゴルフを趣味としていた我は、その地のゴルフ練習場へと友人の車で出かけた。その練習場（西軽井沢）のオーナーは堀籠信行というＰＧＡのシニア・プロで、友人Ｈが懇意にしていたことから氏との出会いもあったのだが、その時、息子にも一本のクラブを持たせ、打ってみろ、と命じることになる。当時、三鷹市（東京都）のジュニア野球のピッチャーをやっていた息子は、ピッチングを持たされると、やおら打ち始めたのだったが、なんと一球の打ち損じもなく真っ直ぐに飛ばした。初めて握るクラブ（子供用）で、その球筋であったから、我は驚いて、プロにも見てもらったところ、この子はいいから大事に育てるように、といったことを告げられた。

以来、すっかりその気になった我は、本人も野球よりゴルフのほうが面白いと言い出したこともあって、三鷹に帰ってからも毎日のように共に自転車で練習場へ通うことになる。小学六年時には、すでにプロになる自覚もできており、受験して入った中学から高校へと進学するとき、ゴルフ部のつよい高校へ行くことも考えたのだったが、これも我のコネでもってオーストラリアはシドニーへと高校一年で中途退学して向かった。現地の高校へ通いながらゴルフをやる環境がよかった（ふつうのスポーツとしてある豪州ならではであったが）こともあって、母親とふたりして住んだ五年の間に、アマチュアで多数回の優勝を飾る活躍をみせた。その延長にあったのが、地区優勝からの豪州オープンへの出場や彼の地のプロテスト合格による豪州チャンピオン・シップ参戦だったが、そうして華やいでいた頃から、それとは逆に、ある影が差し始めていた。

スポーツの世界には、上には上がある、という事実について、我はあまり認識していなかった。豪州のプロ選手たちに混じって各地のツアーを回っていた頃、すごい彼らの力量に圧倒されて、まったく敵《かな》わないよ、と現地からの国際電話で告げたものだった。

その頃が、ひとつの運命の分かれ目であったという気がする。本来なら、家族の結束力でもって、弱気を励ましたり、考え方を話し合ったりもして、行く道に迷わせない法も見出せたのだろうが、その頃の我はすでにタイへと落ち延びて、その母親とも疎遠になっていたから、息子の迷子状態に歯止めをかける術も考えつかなかった。

案の定の成り行きは、帰国後に待っていた。海外では勝てなくても日本では何とかなるはずだとして臨んだプロ・トーナメントの資格テストで、最終コーナーを回った時点において、このままプロになっても世間知らずのゴルファーになる、との念が兆し、わざと失敗をして落選する。まさかのしくじりの理由を聞いたのは、ずっと後のことで、十年余りの回り道もそろそろ終えようかと本人も考えていた頃だった。

まさしく親の欲目から、幼い子供の行く道を決めてしまった、それもきびしい勝負の世界へ放り込んでしまったことを、長く悔いたものだ。むろん、親としてよかれと思い、本人も喜んで進んだ道であったとはいえ、後々の展開を見てみると、やはりそれには大いに問題があったのではないかと思えてならない。子供の生き方、その将来について、親がどの程度の関わりを持つべきなのか。関わりすぎ、執着しすぎてしまう親の、必然的になめる「苦」は当然ながら、子供の方もまた、自由を阻害され、才の可能性を狭められて、精神的な行きづまりをもたらす因となるのではないか。そんなことを心底から省みるようになったのも、出家して僧となり、さまざま仏法を学ぶなかでのことだった。つまるところ、我の成したこと、こころの有様は、正しい法、教えに違反していたというほかはないことに、やっと気づくことになる。

むろん、親が子の卓越した才能を見抜き、その道へ導くといったことはよくある話で、すべては結果論ながら、我の場合は、大いに問題あり、とせざるを得なかった。が、ただ、いまはそのことを本人が恨んではおらず、後には、親の経済力からすればムリのあるスポーツをよくやらせてくれたといったコトバを発するようにもなって、救われる部分もないわけではないのだが。

一方、もう一人の息子についていえば、まったくの正反対で、長く放ったらかして過ごしたことは前述した。こちらのほうが、やはり自由放任であった我の育ち方と似て、すべて自分で決めていかねばならなかった。高校時代に鳴らしたテニス（硬式）で、一時はそのプロになろうかと考えたこともあったそうだが、それには十分な条件が整っていないために諦めて、大学時代に出逢ったギターとその仲間たちが決定的な転機となった。それは、あたかも我自身がさまよえる時代に恩師と出会ってモノ書きの道へと進んだこととよく似ている。それなりの環境の影響があったとはいえ、およそは成人後にみずからが決めたことであり、それが自己責任として意識されているため、行く道に迷いがない。親がうるさく口出しをして、例えば、息子の中途退学に疑問を呈した大学教授に同調し、その意志を阻んだとしたら、どうなっていただろう。一流の建築家にでもなればよいが、そうでなければ、逆に恨みを買うことにもなりかねない。自分で選んだ道——、それが何よりも大事なことのように思えるのは、先の息子に対する悔い、すまなさを覚えるせいか。親の欲目から勝手な夢を見なければ、手先の器用さを生かした職業をみずから選びとる人生があったはずなのに……。せめてもの親心、仏陀《ブッダ》の教えをもとに書きつけ、台所の戸棚に張りつけてある人生訓、十箇条がある。ほとんどが我の若い頃を棚に上げたもので、そのことが息子にはわかっているのか、斜めに眺めるだけのようだけれど。

一、いま現在の考えに凝り固まらず、常に柔軟であること
二、他人の思惑の自己本位に気づき、それに惑わされないこと
三、友人は人生の宝だが、慎重に良い友を選ぶ目のもつこと
四、人と自分を比べず、自分自身の目的達成を目ざすこと
五、煙草は禁を継続し、酒はたしなむ程度に抑えること
六、油断、不注意は命に関わる大敵であると日々心掛けること
七、自分を見失い、時をムダにする過度の娯楽は慎むこと
八、収入の四分の一は蓄えに回すことを自分に義務づけること
九、自他ともの失敗については怒ることなく原因を見極め、その先の教訓とすること
十、常に足るを知り欲張らず、今日生きてあることに感謝して過ごすこと

＊五のみ、ブッダの教えとズレがある。酒は戒として禁、煙草は禁とはしていないが、テーラワーダ僧で吸っている者はめったにいない。

だが、その両極端な育ち方をした息子たちの双方ともが、危険をはらみながらも致命的な事態に至らずにすんでいることは、ある意味で奇跡といってよいかもしれない。どちらかが大きく道を誤り、我の後悔を助長することになっていれば……、と思うと、それが何よりの幸い、救いであったことは間違いないだろう。これは要するに、何はともあれ、双方の母親が、それなりにガンバって（父親をさほど悪くはいわずに）育ててくれたおかげだろう。

＊この辺の心情については、後に述べるアメリカ人の友人Sが陥った状況とも関わることで、仏教の教え

にも通じる大事として後述したい。

かくなる上は、ふたりともに、人間の宿命、すなわち血や育ちの業といったものを理解して、これからの人生を生きてくれることが何よりも望ましいことだ。道を逸れている間に、ジュニア時代に酷使したカラダが休まり、かつ工作機械の会社などで学んだ技術があればこそ手造りのパターを製作することもできるのだという話や、父親の不在がむしろバネとなっていたという話を思い起こすにつけても、人生というのはとても単純な図式では表せないものだという思いを新たにする。その一筋縄ではいかない、皮肉にみちた因果を知ることが、悔い改めたあとに前を向く条件でもあるだろうか。子供たちには、先々において、良くても悪くても動じない心と寛容な為人《ひととなり》を備え、浮沈はあっても大怪我だけはしない人生であれ、と願う。

○はじめての西成《にしなり》体験

今回の帰国の目的について、一応、述べておきたい。前作にも記した我の拙作『ブッダのお弟子さん にっぽん哀楽遊行』が出版にこぎつけて、その宣伝を兼ねていた。ずいぶんとハジをかきつけた家庭人失格者の出家モノがたり、である。お世話になった佼成出版社の編集者たちと、わが懐かしの阿佐ヶ谷（東京都杉並区）で忘年会をやり（またしても戒違反をやらかしたのだったが）、その夜遅くに、新宿バスタから出る夜行バスに乗り、再度、関西へ、姫路へと向かった。

よほど急ぎの用でもないかぎり、高価な新幹線は使わない主義（というより僧の義務）であるから、命あずけます、とバスを使うわけだが、東京―大阪間の十時間余りを耐えて過ごせるのもいつまでか。すっかり疲れたカラダを再び河田歯科医院まで運び、工事現場の針金を取り払ってもらうのに、

息子の手造りパター工作機械＆練習風景

またも冷汗をかいた。そんなものはカンタンに外せるのだろうと思っていたのが大間違いで、カッターとなる電動機でもってガリガリと、歯と歯を繋いでいる細金を切り裂くのだが、なるほど、こんな難工事のできる歯医者はそう多くないだろう、と納得したものだ。

信頼できる後輩であるから「苦行」にも耐えることができたのだろう。ふつうはますます歯医者ぎらいを助長するであろう工事ゆえに、抜歯と入れ歯でハイお終いとされるにちがいない。自歯を再び埋め込んだ部分をみれば、以前と少しも変わりがないかにみえる、キレイな?歯並びのままだ。

その後、世の中はこれから激変するというカワダ節を聞きながら昼飯を共にして、この時は勧められたビールを断わって戒違反を免れたのだったが、実のところ、その足で向かったところ、大阪の西成にはそういうわけはいかない環境が待ち受けていた。

Y君、とこれはイニシャルで記さなければ個人情報に触れる。みずからの医院を持ち、著作もあって公になっている人物とは違い、一介の市井の人であるためだ。が、住まいは千葉県の犬吠岬に近い銚子であり、齢は六十過ぎ、会社を辞めて久しく、早めに年金を（額は少なくなるらしいが）もらい始めた人で、未だ妻子はなく、気楽な独り暮らしを送っている、くらいのことは述べておいていいだろう。

そのYがなぜ千葉の果てからわざわざ、しかもしばしば大阪まで足を運ぶのか、長くわからないままであった。さほどお金持ちでもないはずだから、往復の交通費だけでも大変だろうに、と思っていたのだ。で、今回もまた、帰国後に連絡をつけると、ちょうど我が再度、関西（姫路）へと出向く日に、Yは大阪へ、西成へ向かうというので、それじゃ一日、ひと晩、付き合うか、ということになったのだった。

この際、何故《なにゆえ》に西成なのか、その理由を知りたいという思いと、長いご無沙汰をわびるためでもあった。出会ったのは、我がバンコクで在家として住んでいたアパートメントで、彼もまた来タイ時はそこを定宿としていたことによる。比較的新しい友人であるから、なおのことその心理に謎いた部分を感じていたのだ。

大阪の環状線、新今宮駅に出迎えてくれたYと、やっと予約がとれたという宿へ向かった。

一泊いくら？

聞くと、１８００円だという。

おぉ、と我は声を放った。それが界隈で最高値のホテルであるというから、疑問のひとつが解けたような気がした。十泊しても一万八千円である。

道すがら、どんなホテルなのかね、と尋ねると、ちゃんとしていますよ、三畳ほどだけど、小ぶりの冷蔵庫もあるし、冷暖房もあるし、大風呂もあるし……、というので、とりあえず安堵した。ベッドがある部屋は満室で、畳敷きの一室だけが空いていたというが、それでよい。何ごとが起きても動じない堅牢な警察署も目の前にあるから、何の心配もいらない。等々と話すうち、着いてしまった。

玄関に脱ぎ捨てられた靴の群れは、いかにも安宿ふうだが、受付で前金を払おうとすると、Yが、払ってあります、と布施の意図を告げた。１８００円の献上に恐縮して、それじゃ、お返しに、呑み代はこちら、と呟いた。早くも戒違反の覚悟《つもり》だ。

聞いていた通り、ちゃんとした部屋だ。蒲団も清潔そうな白布で、小ぶりの卓も枕もある。Yの部屋をのぞくと、畳の上がベッドになっただけのスペースは小ぢんまりとして、居心地はわるくない。はるか昔、阿佐ヶ谷（東京都杉並区）でモノ書きの修行時代に暮らしていたのがやはり三畳間をもつ（築三十年の傾いた）アパートであったことを思い出させる。いまの東京にはもうそんな部屋は見当たらないはずだが、この大阪の街にはあることに、いささか感動をおぼえた。

そのベッドに腰かけると、Ｙは早くも缶ビールを冷蔵庫から取り出して手渡した。我が戒を持つ身であることなど、気にもとめないところがＹらしい。栓を抜いてチビチビと始めて間もなく、Ｙは一枚の細長い切符をみせて、コレなんですがね、と話し始める。

それは新幹線の切符のようであって、そうではなかった。形は同じだが、表に、青春18きっぷ、と記されてあり、料金は（下の隅に）１１，０００円とある。日本の俗世にうとい我は、見たことがないものだった。

聞けば——、それは五回までの使用が可能であり、一日ごとの一回スタンプで、その日のうちなら何度乗り換えても、ＪＲの鈍行ならばどこまでも行ける（特急列車は特急券を買っても不可）、それが来年の一月某日まで有効であり、それまでは日を置いても使える、等々。Ｙはそんな説明をした後で、これを貸してあげます、という。つまり、我に、これでもって明日は東京まで行き、郵便でもってここへ（近場の局留めで）送り返してくれればいい、というのだ。それでもあと三回、好きなときに使えて、もし余ればオークションに出していくばくかの金にするという。

はぁ～ん、と我は唸った。なんと、はるか千葉の果てから、Ｙは鈍行列車を乗り継いで、大阪の環状線は新今宮までやって来るのだと知った。謎がまた一つ解けた。新幹線を使うよりはるかに安い運賃でもって、千葉と大阪の間を往来できる切符があるのだ（但し発売される期間が定められている）。時間がかかることを厭わなければ、乗ってさえいればいいだけのこと、のんびりと居眠りしたり窓の景色をながめたり、気楽な暮らしのYにはそれで何の問題もない。缶ビールを飲《や》りすぎて、目がさめると熱海と沼津の間を往来していたこともあるという。いやはや、最小限をモットーとする僧にこそふさわしい知恵ではないか、と我は感心してしまった。

そろそろ出かけますか、とYがいったのは、午後三時半過ぎだった。忘年会にはまだ早いのではないかと問うと、この街は違います、朝からやってますよ、という。

連れていかれた店は、歩いてすぐの街角にあった。もうノレンが掛かっており、細長いL字のカウンターには人もいる。我々が入っていくと、そこはYの馴染みであるから、マスターも、やあ、とばかりに歓迎した。隣には、ビールの大瓶を手にラッパ飲みをしている年配の男性がいて、なるほど、もう始まっている！

いや、Yもまた朝から一杯ひっかけてひと眠りし、我の到着時刻に駅に出迎えてくれたのだった。が、深酒はむろんしておらず、これから、ということで、Yはビール、我は日本酒の熱燗、という次第となった。午後遅くになって外気はさらに下がっていて、火傷をしそうなほど熱くした日本酒が二級酒とはいえありがたい。向かいの壁に貼られたつまみのメニューから、まず何品かを選ぶ。

昔を思い返せば、露店の酒場へは何度も通ったが、立ち飲みはめったにしたことがない。これは通《つう》の飲り方で、ほどよい酔い加減が足元に感じとれるから、飲み過ぎて足腰が立たなくなるようなことがない。賑やかに話しかける隣の男の話がおもしろく、やがて安宿の話題になって、この街には、一泊サンビャク・ハチジュウ・エン（380円）、という日本一安い宿があるのだという。へぇ、と我が驚くと、本当だよ、と疑ってもいないのに何度も強調して大笑いし、大瓶を一本空けると、さっさと退散していった。

その後姿を見送って視線を外に向けると、通りの真ん中に座り込んだ男がいて、車の通行の邪魔をしている。酔っぱらっていることがわかっている車は、クラクションも鳴らさずに停まっている。やがて、どこからか別の男たちが、ふらふらとやって来ると、その座り込んだ男の両脇をふたりして抱え、道端へと運んでから、どうもすみませんでした、とばかりに車の窓へ向かって丁寧に頭を下げた。いやはや、おもしろい街だねぇ、と我がいうと、Ｙが、そうでしょう、と笑った。

一泊３８０円という宿もそうだが、自動販売機の缶ジュースの類が50円というのも驚きだった。まさに助け合い価格だ。炊き出しをやる街角の一画もあって、翌朝はそこに行列ができていた。昔のニシナリは知らないが、ドヤ街のイメージはもはやなく、街は清潔、ホテルも安くてちゃんとしているとあって、外国人客も来るようになり、翌日（土曜日）の予約がなかったＹは、何軒も歩いてやっとみつけたほど。その盛況ぶりにも驚いたものだが、そんな街がまだわが国にあるということが、何かと気づまりでストレスをもたらす国における希少な、ある種の安息地《オアシス》ではないかという気がしたものだ。自由気ままに、何の気がねもなく、その日その時を生きたいように生きる主義のＹが、いくら遠方であってもこの地を好む理由もよくわかった。

我もまた、もう少し早くこの街を知っていれば、タイではなく此処へ落ち延びていたかもしれない、などと思ったほど。関西はアジアだという謂れもその通りで、関西人の我がＹと似たような感性でもってタイで生き永らえたこともまた必然であったか。まだ夜の浅いうちに、ほどよく酔った身を清潔なシーツの蒲団に横たえて、ぐっすりと朝まで眠りとおしたのだった。

翌日、名古屋駅で押された、青春18きっぷのスタンプは、そのまま関東へと、乗り継ぎをくり返しながら、まる一日、夜まで有効であった。これも驚いたことに、豊橋、浜松、静岡、沼津、熱海、小田原、そして湘南新宿ライン（この快速は可）へと、乗り換え時間は十分前後でもってみごとに繋がれていた。東海道をそうやって、すべてふつう列車で通すことなど、生まれてはじめての体験だったが、やっとテーラワーダ僧らしい、いや18歳の青春に戻り、いくら遠くてもインド大陸を歩いて旅をした釈尊《ブッダ》を想いながらの鈍行旅ができたのであった。

＊ちなみに、一泊380円は我が暮らしたバンコクのアパートメントの五畳ほどの間と同じくらいの料金である。

○「愛と死をみつめて」の故郷

先ほど、Yに託された「青春18きっぷ」は名古屋駅から使ったと記したが、実は、大阪から名古屋へはJRの高速バスをネットで予約（先払い）してあったためだ。豊田市に住む長姉を訪ねる予定があって、バスや私鉄（東山線と鶴舞線）には使えなかったという事情による。

長姉は、我より六歳年上、戦争が始まって二年目（昭和十七年）の生まれで、戦死した父親の弟が出征するときに抱き上げられた記憶がかすかにあるという。もう少し戦争が長引いていれば、父もまた戦地へ赴いたであろうから、そうなれば我は生まれていなかったろう。終戦三年前と三年後に生まれた姉弟ということになる。

その高校時代――、社会科の授業で教壇にいたのは父親だった、という珍しい体験をした人だ。我自身は、地元高校でのそういう状況を拒み、一応は受験番号（333）をもらっていたが、姫路市にある私立の中学・高等学校（中高一貫校）へ、高校からの編入試験（若干名）に合格し、そこへ行くことになったから、父の授業は免れた。何ゆえに父を避けたかったのか、いまもってよくわからないが、ある種の反抗であったのかもしれない。地元の男女共学校へ行っていれば、まったく違った人生があったはずだが……。

その姉の教室にひとり、大島みち子さんという方がいた。年は一つ上だったが、難病（軟骨肉腫）を患って入院が長びき、一年遅れて復帰されたからだった。その彼女が入院中に出会った人（河野実氏）との間に交わされた書簡集―『愛と死をみつめて』（大和書房）は、戦後間もなくの「君の名は」（ラジオ・ドラマ）に匹敵する（150万部を突破したといわれる）大ベストセラーとなった。それを知る人は、いまや旧世代となりつつある。それが原作の映画やドラマもヒットして、歌にもなって一世を風靡した。

＊マコ、甘えてばかりでごめんネ……等と始まる青山和子・歌唱は、第6回の日本レコード大賞を受賞する〈昭和三十九年〉。

映画（日活）の主役だった吉永小百合さんは、まだうら若い少女のようだった。映画の撮影に際しては、ヒロインの地元、西脇市を訪れて（すでに人気女優であったからこっそりと）、ご両親ともお会いになったという。我はまだ中学生だったが、映画は学校の団体観賞と相成って、ワッと泣き出す女子生徒の声が背中にあったのを憶えている。

クラスメートだった姉は、やがて病が再発して教室を去ってしまわれた彼女の記憶はあまりないという。同志社大学（京都）へ進学されて間もなく、今度は退院もできないままにおとずれた死。享年21の若さだった。父は、姉と同じく教え子であったが、大島さんのことはほとんど語ることがなかった。安直な同情は意味がなかったからだろう。

先ごろ、我の故郷の同じ村の出身であるY君が知らせてくれた情報によれば、市内にあった大島

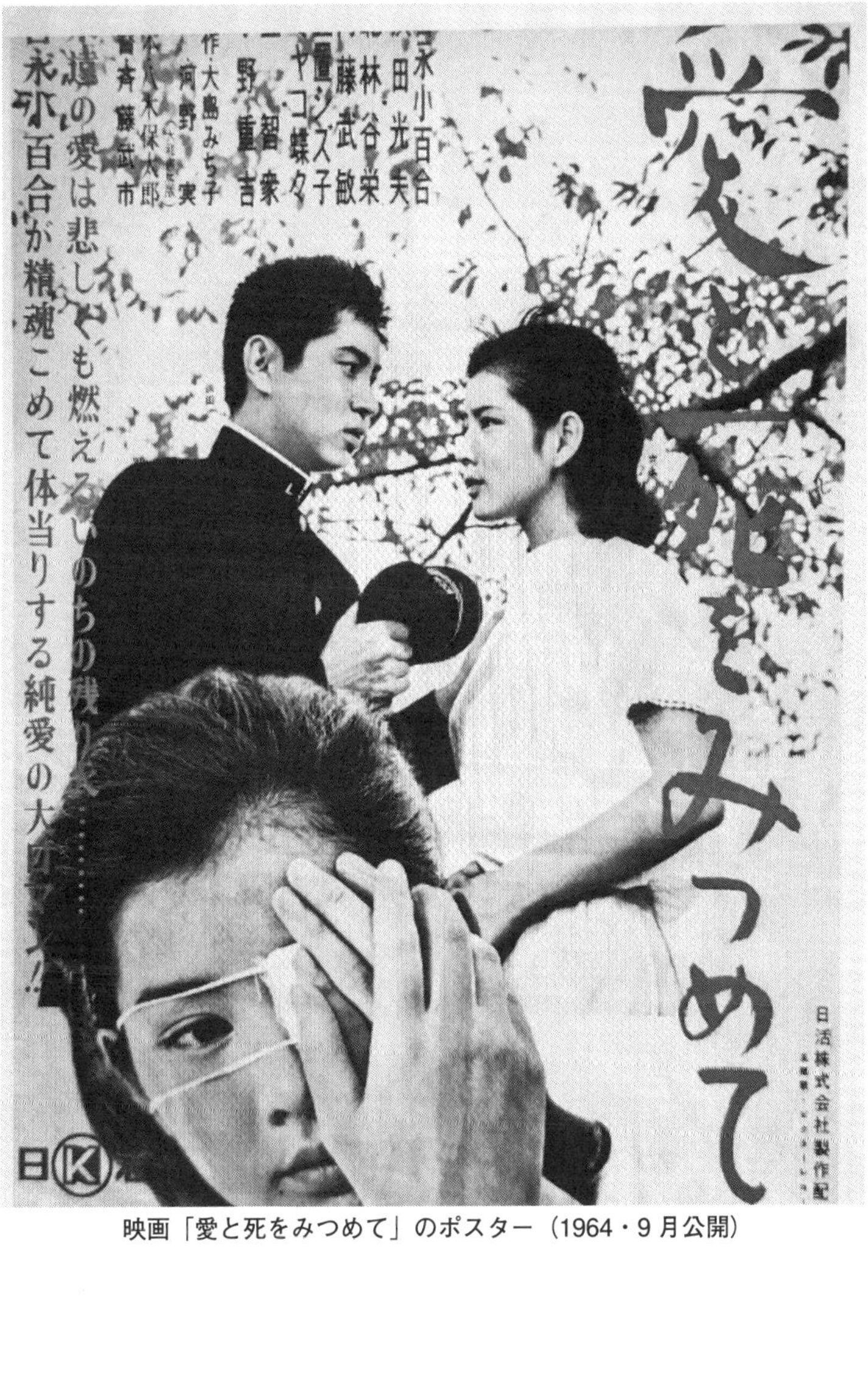

映画「愛と死をみつめて」のポスター（1964・9月公開）

家も、ご両親ともに亡くなられたあとは住む人もなく、取り壊されてしまったという。

相手方の河野実氏（映画では浜田光夫が演じる）とは、何の縁だったか、ずっと後に東京は高円寺（東京・杉並区）の我が帰国時に居候していた居酒屋で、ばったりとお会いしたことがあった。その後の氏は、ジャーナリストや出版関係の仕事（著作もある）に就かれて活躍されており、ただ懐かしいばかりの大島みち子さんの同郷人に驚いておられたが。

四百余通にも及ぶ密な恋文の交換は、いまのスマホ時代には非常に有りにくい恋愛劇であった、というのが遠くを振り返って思う我の感想である。

○あるネパール人の挨拶状

なんとも隔世の感ありだが、その姉のもとへ、新年（二〇二四）早々、英国のロンドンから一通のクリスマス・カードが届いた。姉がライン・メールで送ってくれたカードには、長い間手紙書かなくてすみません（NAGAIAIDA TEGAMI KAKANAKUTE SUMIMASEN）、とあった。

プニャダス、という名のネパール人である。プンニャンと呼んでいた当時、我は休学中の大学生で、一年間のユーラシア放浪旅の途上に立ち寄ったロンドンでは、彼らの住まい―フラットの最上階十階―に（旅に出るときは同行した親友のSと再会して共に転がり込み）長いことお世話になった。
＊これは後章に記すが、その滞在中に一時通った英語学校で出会ったのが、タイ人の親友Pであったことも、プニャダスに劣らず我の人生に関わりを持つことになる。
当時は、シャーロット・ストリート（ロンドンW．1）にあるインド料理店（住まいであったフラットの一階）の地階のキッチンで彼ら、ネパール人たちは働いていた。我もときどき手伝って、チキ

ンカレーの御馳走をいただくなどして、大変世話になった。そのお返しに、我が大学に復帰してから、彼を日本に招き、一年余りわが家に住まわせて、父が当時、西脇高校のあと教頭となっていた加古川の農業高校へも通わせて面倒をみた。その恩を忘れずにいて、数年前に家族で日本を訪れた際は、居場所のわからない我ではなく、姉に会ったというが、そのときは懐かしさの余り涙を流したらしい。

我にとっては、卒業論文「ユーラシア紀行」（当時はあった文芸科〈現在は廃止〉は小説でも何でもよかった）の一部となり、後にはデビュー作『海を越えた者たち』（第4回すばる文学賞佳作）のモデルの一人ともなった男である。ゆえに多大な恩ある存在なのだが、最後に会ったのはもう二十五年も前のこと。当時、サンケイスポーツ（新聞）に連載した、サッカーの「ワールドカップ」（フランス大会・一九九八）の取材のため、バンコク経由で欧州へ渡り、ロンドンへも足を伸ばしたときに再会している。

若い頃に出会った日々には、一日に200皿の鶏肉カレーをさばく名コックだったたが、その頃は介護人の仕事に変えていて、同国ネパール人の女性をめとり、ふたりの男児をもうけて幸せな家庭を築いていた。ネパールの親日性はつとに知られているが、昨今、雨後の竹の子のように日本各地に誕生しているインド料理店のほとんどがネパール人の手になることもよく納得がいく。まじめでよく働く人たちは、その背景に仏教への信仰（我が出会ったのは皆、仏教徒だった）があることは間違いない。

それで安堵して、我はフランスへ戻り、イタリアへ、クロアチアへ、ドイツへ、さらにはブラジルへ、アルゼンチンへと、それぞれの国のサッカー熱（クロアチアでは日本戦など）を観察しながら

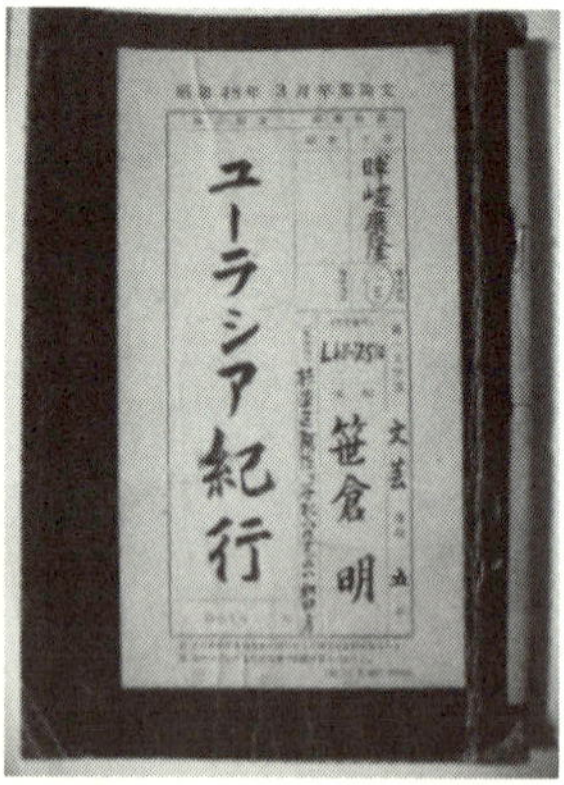

著者の大学時代〈自宅前庭にて〉＆手書きの「卒業論文」（ユーラシア紀行）

約一か月の取材を続けたのだった。バックパッカーはこれが最後になるだろうと、五十歳の齢を実感しながらの旅だったが、連載記事は後に『サッカー漂流記―ワールドカップ・フランス大会サッカー戦争に見たもの』（廣済堂出版）となった。忘れもしない、日本メンバーからの〝カズ（三浦知良）外し〟の非を、日本全敗の予想とともにトクトクと説いたものだった。

後に、そのカズさんの伯父であられたN氏から連絡が入り、是非とも、ということでお会いすることになった。氏の行きつけであった静岡の料亭で、うまい寿司をご馳走になりながら、カズが感謝しているという報告を受けた。売れない本にも、一人半の取り柄がある。

○企業戦士の老化と認知の行方

やや話が横道に逸れたが――、今回の長姉訪問の主な目的は、二つの拙作『詐欺師の誤算』（論創社）と『ブッダのお弟子さん にっぽん哀楽遊行』（佼成出版）を五十冊ずつ、計百冊を買い上げてくれたので、それにサインを入れるためだった。英会話のサークルも主宰する、元英語教師であった姉の交流範囲はひろく、そのメンバーに配るだけで捌《は》けてしまう。静かな住宅街は、ほとんどが自動車会社の関係者だが、その二階の一室で、久しぶりに大量のサインを一時間ほどかけて成した。むろん販売益に加えて、出版祝いというものをつけてくれたから、貧しい僧にはありがたい布施となった。

その姉の主人、義兄が、未だ初期とはいえ、我の母親と似たような認知の症状が出てきている。日本のトップ企業たる会社の、米国ケンタッキー工場も立ち上げた重役であったが、子会社の社長などの重責を経て引退してからも、趣味のゴルフほか合唱隊のメンバー等、多趣味で余生を送っていた。それが八十歳を数える頃から、老いにともなう症状が、週に二日の介護を必要とするまでに進行した。みずからの介護日がわからずに、出かける用意をしたり、みずからの位置感覚、日にちや曜日がしばしば混乱したりするのは、明らかに認知の症状だろう。

それに、何よりも足元が危うい。小さな歩幅でゆっくりと進むのがやっとであるが、一度は玄関先で転び、幸いに事なきを得たが、次にはベッドから落ちて、このときは救急車を呼んだ。娘がふたりいるが、一人（姉のほう）は夫とともに海外に住み、もう一人の妹も福島県に医者の妻としてまだ小さな子供もいるから忙しい。上の姉はシンガポールからしばしば飛来するが、とても手助けとしては足りない。それやこれやで、介護を一日ふやしてもらうことにしたのが我の訪問時だった。

ひとごとではない。寄る年波は万人を分け隔てなく呑み込んで、衰えと病を生じさせる。老いて病んで死すことは、生きとし生けるものすべての宿命であり、仏教が飽かずくり返して認識を強いる真理だ。後期高齢の域に入った我にも同様の現象が生じつつあって、いわば認知症予備軍としての身を自覚する。未だ軽度ながら、義兄の症状と原理は変わらない身心の不具合が、日常的に生じていることから、最大の関心事の一つともなっている。しかも、我の母親が八十代の半ばを過ぎた頃から同様の病に陥ったことを思うと、やはり油断がならない。その原因は何なのか、脳細胞の壊れが因であるとしても、そのまた元の因は何なのか、何ゆえに壊れが始まるのか、という話になってくると、これはもう人体の神秘のベールに包まれてある、というほかはあるまい。頭を使いすぎたり、心配や苦労がすぎたり、食に問題がありすぎたり、要するに過多や不足の蓄積がもたらす症状であるとすれば、それもまさに生活習慣病の一種というべきだろうか。

その症状は、突然に始まるものではなく、老いるにつれ徐々に進行するものだとされている。ゆえに、大事なのは、それをいかに遅らせるか、どうすれば発症を先送りできるか（そして発症前に死を迎えられるかどうか）、という問題になってくる。あるいは、すでにある程度発症してしまっているなら、さらなる進行をいかにして食い止めるか、もしくは、よい薬によって改善へと向かうことができるのかどうか、という話になってくるだろう。

我の現状は前者で、義兄の場合は後者に属する。ちょうど今回の帰国時に、エーザイ（製薬）が発売をはじめた治療薬の情報を得た我は、それを姉に伝えた。我の旧い付き合いの知友Y氏が、わが国における認知症の法律（正式名―共生社会の実現を推進するための認知症基本法〈令和6年一月一日施行〉）をつくらせるきっかけとなったオーストラリア人で認知症の人、クリスティーン・ブライデン女史*の日本代理人（唯一の）としていて、彼がもろもろの情報を提供してくれるのでありがたい。レカネバブ、なる舌がもつれそうな名前の薬だが、認知症の進行を抑える効果があるとされる。非常に高価であるのは、開発費が加算されているからだそうで、ただ保険の適用が決まったことから、年に90万円ほどの個人負担だという。

難病並みの高いクスリが今後、どのような成り行きをみせるのか。件の知友Y氏によれば、薬剤にはすべからく副作用があるはずだから（それに高価な薬もそのうち値を下げるから）、少し様子をながめてからの方がいい、ということだけれど、待っているうちに進行してしまう可能性もあるから、決断のときがむずかしい。姉がいうには、企業戦士として稼いできたお金だから本人のために使えばよい、といさぎよいけれど。

我の場合はむろん、クスリなどはまだ必要がない。が、サプリメントは摂るようにしている。ギンコーなる銀杏の葉の粉末で、チェンマイのチャイナタウンで仕入れるカプセルだ。安価でシンプルな粉状のそれが、どの程度の効果があるのかはわからない。店主は、アルツハイマー（認知症の多く〈約67.6パーセント〉がこの型に属する）に効く、などと自信ありげに（日本の薬事法に触れるような言い方で）断言するけれど、我はかつて、ドイツ製のそれが最もよい、と聞いた憶えがある。おそらく脳の血流をよくする効果くらいはあるのだろうから、がんばって摂り続けるつもりだが、それに加えて、我が実行していることがある。

テーラワーダ仏教が真骨頂としている「瞑想」なるものだ。ヴィパッサナー瞑想という、原初は釈尊《ブッダ》の呼吸瞑想（アーナーパーナ・サティ）に発するが、後世において、ミャンマーの仏教界が開発したもの。欧米では〝マインドフルネス（気づきの瞑想）〟の名で知られ、相当な流行《はや》りようであるが、わが国ではまだこれからといったところだろうか。そのうちの一つに「歩き瞑想」というのがあって、その基本を姉に伝授して、今回はお暇《いとま》した。物事はキホンがすべて、やがて出る我の本には詳しく書いてあるので、それを待ちながら、まずはこれをやるように、と告げた。

右、運びます、左、運びます、と心のなかで実況しながら、小さな歩幅で、できるかぎりゆっくりと進み、ターンをして、また復路を歩く。それだけのシンプルなステップ〔1〕である。拙作『老作家僧のチェンマイ托鉢百景―2023雨安居《パンサー》全日録―』（論創社）の文中ではそのサワリを書いているが、*これを認知症に（主に予防に）効かせたい、と密かに思っている。本当に効くのかどうか、断言できないのは、我がまだ試みの途上にあるためだが、以前ほどぶざまな失敗をしなくなったことだけは確かだ。少なくとも予備軍には効くはずだが、ここではその程度にして次なる話に移りたい。

＊クリスティーン・ブライデン女史：一九四九年英国生まれ。オーストラリアの政府高官であった四十六

歳の頃、若年性認知症を患い、闘病が始まったみずからの体験を通して、廃人同様の扱いを受ける同種の病をもつ人の側に立った活動を始める。その来日講演（二〇〇三年初来日）以来、Y氏がアレンジした二〇〇四年のＡＤＩ（国際アルツハイマー学会〈京都〉）での講演では、わが国のみならず世界の学会の方針を変えさせるまでの影響を与えた。『私は誰になっていくの？』『私は私になっていく』（クリエイツかもがわ）『認知症とともに生きる私』（大月書店）等の著作がある。

＊拙作『ブッダの海にて三千日』（大法輪閣）には詳しく記している。

○一人半の読者《ファン》と御守り

かつての我は、身の安全を神仏に願って掌を合わせたことがない。それほど特定の神や仏に信心深くはなかったということだろうが、そんなものに頼って気を抜くことがあっては元も子もない、という気持ちもあったと思う。

しかし、これも年をとってくると考えが変わって、何かに願《がん》をかけることも自覚を確かにするという意味、条件であればよいのではないかと思うようになった。僧となったからではなく、むしろ俗人としての思いのほうが強い。

今回、名古屋から青春18きっぷでトコトコと八時間ほどかけて東京へ向かい、先のＹ（クリスティーン・ブライデン女史の日本代理人）の事務所で一泊したあと、あるご婦人（Ａさん、としておく）とその夫君に会う予定があった。その際、住まいのある大田区は池上の本門寺へと案内されたのだったが、そこの境内で、交通安全の御守りを買ったのである。

チェンマイでの托鉢で、折り返し点にいるＬさん＆Ｃ氏へのお土産用だったが（タイ人は寛容な仏教徒で日本の大乗仏教のものでも非常によろこんでくれるため)、もう一つ、我のためにAさんの夫君が買い足してくれた。お土産としてのそれは、いつも百円ショップのものですませる我にしては高価なもので、しかし、それくらいは当然のお返しと心得て、一個700円を出費したのだったが、もう一つの献上品は我のキーホルダーにくっつけた。チェンマイの道はいまや車が大波小波、それも歩行者など(横断歩道に立っていても)眼中にないがごとしであり、危なくてしかたがない。ために、それをサプリメント的に安全補助としておけば、少しは効果があるだろう、と考えたのだ。

Aさんのことは前作でも少し触れたが、我の拙作『出家への道』(幻冬舎新書)を手に入れ、それを持ってわざわざチェンマイのお寺をご主人と一緒に訪ねてこられた方で、サインと引き換えに大枚の布施を置いていってくださった。今回、我の新作を版元(佼成出版社)から送ってもらったのを受けとったAさんが、担当の編集者に電話をかけて我の電話番号(帰国時のみのケイタイ)を教えてもらい、連絡をつけて云々《しかじか》という次第だった。せっかくだから地元の池上にある本門寺を案内するという心配りだったが、わが実家の(祖母と両親の)宗派が日蓮宗であったことからも、日蓮上人ゆかりのそこを訪ねることには意味があった。もう一つの総本山である身延山へは、かつて父親といっしょに訪ねたものだったが、そのようなことが御守りを買う動機にもなったといえる。

だが、御守りしてもらうのは、交通安全のみならず、という思いも我にはある。老いにともなうあらゆる危険が忍び寄る昨今、頼れるものがあれば何でも受け入れる、という心境になっている。ご夫妻もすでに高齢で、夫君は九十歳を超え、Aさんはわが姉の一つ上、八十二歳になられるが、「組紐《くみひも》」なるものの大家で、このほど出版された本をプレゼントしてくださった。アンデス(クスコが起点)を往来すること、これまで八回にも及ぶというだけあって、民族的な布を組み織る原住民との交流を描いたすばらしいものだ。毎年のようにチェンマイを訪れる目的もまた、織物や組紐をなす山岳の少数民族と交流するためだという。そういう方にみそめられた我は、まだ捨てたものではないという嬉しい思いもあって、そういえば、我にはどうも女性のファンがいるようだという気づきを新たにしたものだった。

○作家「田辺聖子」という存在

記し忘れたが、先に訪問した長姉が、一部我のものを保管していて、その一つに、作家・田辺聖子女史からの手紙があった。我が直木賞を受けたときは三鷹（東京）のアパートに住んでいたが、その住所へと送られてきたものだ。

受賞当時の担当は、文藝春秋の高橋一清さん（この方は大学時代の恩師〈暉峻康隆・元早稲田大学名誉教授〉を同じくする）だったが、役員としておられたトヨケンの呼称をもつ豊田氏からは、田辺さんはアンタの恩人だね、といわれたものだった。はじめは、サントリーミステリー大賞（一九八八・第六回）の選考委員だった田辺さんは、当時の担当であった阿部氏（アベタツの呼称をもつ腕利きの編集者〈のち役員〉だったが）によれば、話題となった公開選考会で、五人の評が真っぷたつ（2と2）に割れた際、もし最後の一票（このキャスティング・ボードは作家の都筑道夫氏が握っていた）が対抗馬の相手方、樋口侑介氏の―ぼくとぼくらの夏（これは読者賞）―に投じられていたら、田辺さんはゴネるつもりだった、と聞かされた。すなわち「これはミステリーとしては不完全な部分があるかもしれないが、文学として成立している」と。都筑氏（故人）が我の『漂流裁判』（後に直木賞候補にもなる）に最後の一票を投じられたことから、そのゴネ言を聞くことなく終わったのだったが。

＊ちなみに、当時のサントリーミステリー大賞（現在は終了）は、我の第6回までが賞金500万円、次の年から1000万円となる。

これまた隔世の感あり、当時の担当編集者たちはとうに引退され、余生を送られているはずだが、選考委員の方々も開高健、田中小実昌両氏ほか（イーデス・ハンソン女史をのこして）鬼籍に入られたあと、田辺さんもまた、たいした恩返しができないままに逝ってしまわれた。我が出家してから、一度、伊丹市（兵庫県）のご自宅を訪ねたが、そこにはすでに御姿はなく家は無人で、道路脇で御礼の掌を合わせただけだった。その頃はすっかりメディアにも音ナシであったから、入院でもされていたのだろう、数年後にはチェンマイの僧院でその訃報を聞いた。

ふたつの大きな賞で、イチ推《お》ししてくださったことは、確かに恩人の筆頭といえる。その後も、ムリなお願いをした、拙作『新雪国』の文庫解説まで引き受けてくださるなど、ひとかたならぬお世話になった。が、後にはタイへと落ち延びて、僧姿となったことを、お訪ねして謝罪するつもりであったが、それもかなわず、無念の思いだけが残った。思えば、我にも（四十歳前後の）華やいだ時代があって後に色褪せてしまったことは、まるで祇園精舎の鐘の音（諸行無常の響きあり――〈平家物語〉）だが、我が儘で驕れる若造であったことを今になって省みている。

とはいえ、少しは取り柄なるもの、三分の言い訳が立つ部分もあったようで、そのことが先のAさん夫妻のような、見棄てない仏ごころとなって現れたのだろうか。一作出すと、きっとそういう一人半の貴重な女性ファンが顔をみせてくれるのは、売れない作家にとって実にありがたいことだ。これはまぎれもない母の「徳」が息子に及んでいるとしか思えないのだが、Aさん夫妻にはすこぶる美味しい昼食もご馳走になって、次はまたチェンマイでお会いすることを約束してお開きとなっ

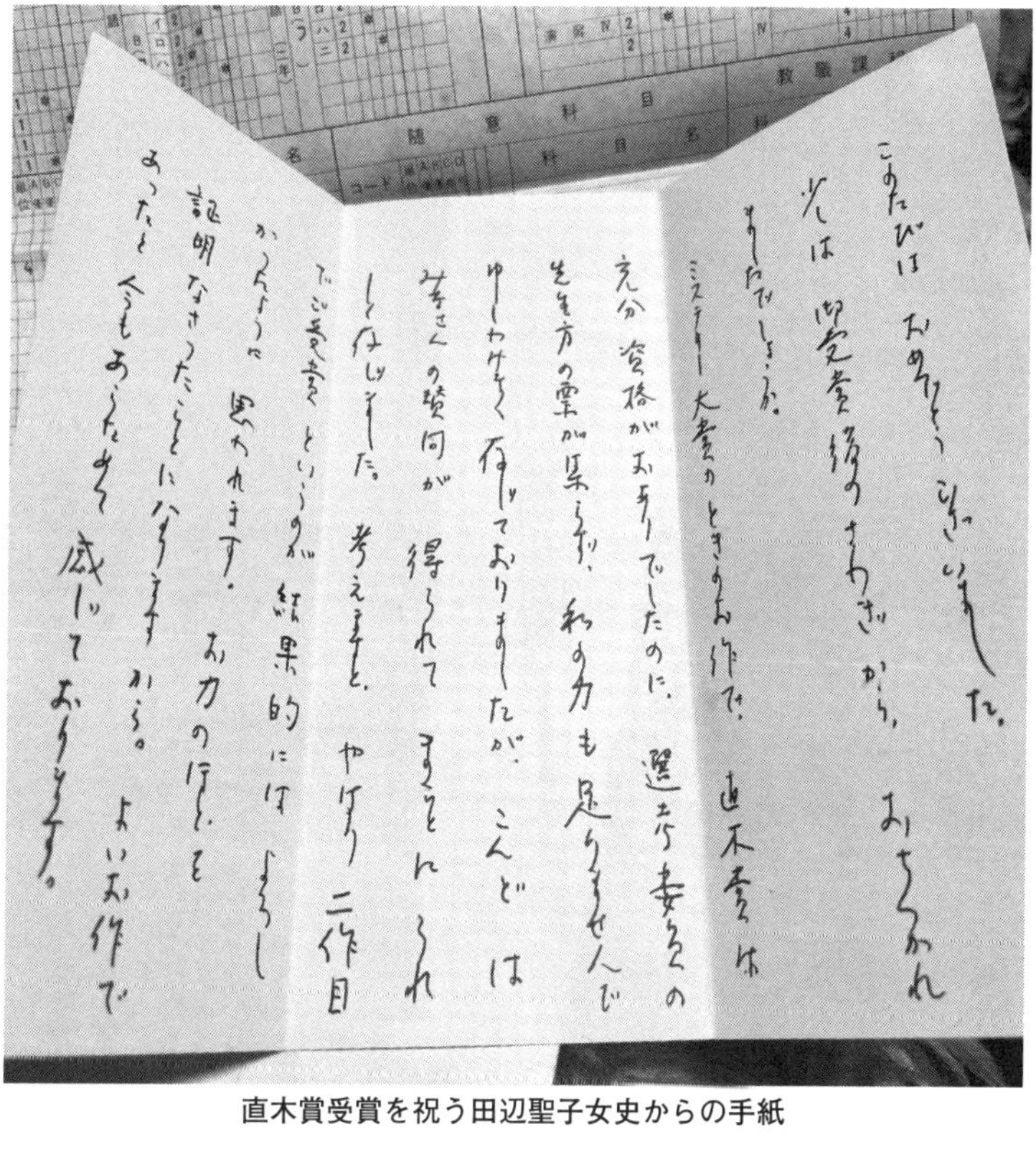
このたびは　おめでとうございました。
少しは　御受賞後のさわぎから　おちつかれましたでしょうか。
ミステリー大賞のときのお作で　直木賞は充分　資格がおありでしたのに　選考委員の先生方の票が集らず、私の力も足りませんでもうしわけなく存じておりましたが、こんどは皆さんの賛同が得られて　まことにうれしく存じました。考えますと、やはり二作目でご受賞というのが　結果的には　よろしかったように　思われます。お力のほどを証明なさったことになりますから。　よいお作であったと　今もあらためて　感じております。

直木賞受賞を祝う田辺聖子女史からの手紙

たのだった。

○帰還はバンコク経由の目的

日本への帰国時は、チェンマイから大阪への直行便だったが、復路の帰タイは、まずバンコクへ飛んだ。この目的の主なるものは、カレンダーを手に入れることだった。たかが？と首を傾げる人もいるはずだが、タイ仏教の伝統である「月齢」もキチンと記してあり、仏日（ワンプラ）にもブッダ像の印がつけられて、しかも小さなメモ欄も備わっているのは、バンコクのチャイナタウンにしかない。他にもあるのかもしれないが、例年、そこでは街の方々で屋台でも売られているから、見つけやすくもあるのだ。

三十バーツ（一バーツ＝四円・相変わらずの円安〈二〇二三年暮れ現在〉）のそれを首尾よく手に入れて、あとの用事はとくにはない。ただ、現地では、とりわけコロナ禍以来、ほとんど知友がいなくなってしまったなかで、やっと残っている数人のうち、ひとりは日本人、もう一人はアメリカ人と会うつもり（こちらは不在で今回は不可）だった。いまわしい伝染病のおかげで、誰もいなくなってしまった、といってよいほど寂しいことになっているのだが、バンコク在住三十年になる日本人男性、小川邦弘氏と会えたことは、まだしもであった。

その父君は、著名な経済学者の小川福次郎（元東洋大学名誉教授）氏だが、その血を受けたのか、いまはタイ人の細君とともに日本企業相手の経理会社を営んで、コロナ期を乗り切るに十分な成功をしている。

大学時代はラグビー部にいた、その小川氏が先頃、フランスのワールドカップ（ラグビーW杯）

へ出かけて、方々での観戦を楽しんできた。フランスではツールーズなどの田舎町がよかったのと、最安値のワインがすこぶる旨いのに驚いたというのは、我がかつてサッカーのW杯（フランス大会）に訪れたときのものと似ている。転がり込んだパリ在住の邦人Y氏宅で、毎晩のように、その安いワインをたくさん飲んだ記憶があるのだ。

ただ、もう一点、ラグビーのサポーターたちの品性がわるくなったという感想を口にして、不満を述べた。ラグビーといえば、本来は紳士のスポーツといわれ、相手チームにブーイングなど決してしないのをルールとしていたが、いまはそれが失われているというのだ。

モラルの低下は世界的な現象であるのか、ここチェンマイでも品行のわるい中国人観光客の入境を拒もうとする動きがあったことを思い出す。人心の荒廃、でなければ衰退というのだろうか。解決の目処もつかないウクライナ戦争や、ロシア、アメリカ、中国など大国のツバぜり合いを見ていると、人のこころがすさんでくるのも当然の、政治の品性こそが失われているという思いを抱かせる。争いごととは無縁の聖域とはいえ、そこにすら問題は多々あることを思うにつけ、まして俗世の大変さは計り知れず、憎きコロナがほぼ立ち去ったあとも改善はみられないどころか悪化の兆しすらある。そんな感想を小川氏の話は確かなものにしたのだった。

そうしたやっかいな俗世に、わが知友のアメリカ人も身を置いている。その苦境と紆余曲折のやまない現実について、しばらく話題を向けたい。

○国際結婚の破綻とその経緯《いきさつ》

S（ニューヨーク生まれ）と親しくなったきっかけは、彼が我と同じアパートメントの住人だった頃、その三軒先にあった小さなタイ料理屋がともに行きつけであったという事情によるものだった。その店の店主、T（華僑系タイ人）は英語がすこぶる達者で、おかげでコミュニケーションに不自由はなかったことから、いわばファミリー的な親睦をもたらした。長屋形式の一軒である自宅の、猫の額ほどの庭先で、テーブルとて二卓しか置けない店であったため、客同士は否が応でも言葉を交わすようになり、店主を含めて親しくつき合う仲となったのである。

数年後、Tがスウェーデンのタイ料理店へ出稼ぎに行って不在となってからも、我らは近場のソムタム（パパイヤ・サラダ*）の旨い店で落ち合い、もろもろの話題で時を過ごすことになる。そのなかで、Sがなぜハワイの病院（外科医）を休業し、バンコクまでやって来たのかという自身の境涯について、我を相手に心のうちを吐露したことが、親交を途切れのないものにした。

手短にいえば――、結婚したタイ人女性との間に生まれた女児が一人いるのだが、その養育をアルコール中毒に陥った妻が放棄したため、自分が保護者となるべく、まだ幼い娘（当時は幼稚園児）の暮らすタイへやって来た、というわけだ。

ところが、事は思うように運ばない。娘のM嬢が暮らすのは、タイ東北部（イサン）の玄関口、コーラート（正式名ナコン・ラーチャシーマー）で、妻の母、つまりお祖母ちゃんが引き取って面倒をみていたが、この祖母が彼の後見を受け入れず、娘を手離そうとしないのだった。はじめは週に一度ばかり、バスで三時間ほどかかる街まで出向き、そこの幼稚園を訪れては娘に会って帰ってくる、ということをくり返していた。

M嬢も、むろん会うたびに喜んで、周りの友人たちも父親が医者であることを知ってからは無邪気に大騒ぎをして、先生たちも大いに歓迎していたのだったが、そのことがお祖母《ばあ》ちゃんにはおもしろくなかった。つまり、孫を奪いにきた男としてしだいに敵視するようになり、会うことを妨害するようにもなっていくのである。

孫が可愛いのはいずこも同じながら、実の父親を排斥するのは行きすぎだと我も思ったものだが、Sは我慢がならず、法的手段に訴えることに決めた。この辺はいかにもアメリカ式で、我はいささか疑問を感じたものだ。米国は何かと法が決めてくれる契約社会であり、それに違反することはできない厳格な仕来りがあることから、その原則に従って裁判を起こしたのだった。が、相手は東北タイの田舎のお祖母ちゃんである。もとよりサイバンなどというものとはかけ離れた、縁のない世界で生きている人であり、理解の外であったのだろう、公判に呼び出されても足を運ばず、期日は先へと延びるばかり、再三の呼び出しにやっと応えて出てくると、その証言は自分の娘（Sの妻）を弁護して嘘を並べ立て、Sとは目線すら合わせない。といったことをSはソムタム屋で、我を相手にしきりに愚痴るのであった。

Sのコンドミニアムの部屋（近場にできた新築のそれへと引っ越していた）には、娘とプールで一緒に遊んでいる写真が飾られていたが、実に愛らしい、Sによく似た美少女である。その七歳の誕生日にはバンコクへやって来て父親と一緒に過ごすはずだったが、M嬢を待っていた沢山のプレゼント（人形だのお菓子だの）は待ちぼうけを食わされて、それもお祖母ちゃんの妨害によるものだった。

これは、タイ女性と欧米人の間にできた子供のほとんどにいえることだが、タイ側の血はどこに混じっているのかと思えるほどに父親の血を濃く引いて、見た目はまったくのアメリカ人である。我の知る範囲では例外なしに、と言い切れるほど、そうなのだ。Sの娘もまさにそうで、ゆえによけいに可愛いのだろう、法的手段にまで訴えて、自分の養育を実現したいという願いは、ほとんど祈りに近い決意であり、でなければ、医師という貴重な職を離れて異国までやって来ることはなかっただろう。

◇アルコール中毒という魔の因

Sの妻は、ハワイで出会った当初はふつうの会社のOLであったという。が、ほどなくして飲酒をおぼえたのは、医者の妻となってそれが飲める身分になったからにほかならなかった。ところが、だんだんとその酒量が増し、出産後はほどなくしてアルコール中毒の症状を呈しはじめる。その怖さについてもSは力説するのだが、酒が入ると人格が変わってしまい、子供の世話などまともにできる状態ではなかったという。我自身も会社時代にその種の人を知っていたので、それはよく理解できた。体質的に飲んではいけない人が陥る、いわば血の業的な病といえるだろうか。

Sはそこでやむなく、娘を母親から引き離してタイに住む妻の母親（お祖母ちゃん）に預けるほかはないと判断し、まだ一歳そこそこの娘を連れて飛行機に乗った。その頃はまだ、医師としての職場を離れるわけにはいかなかったことから、子供を預けた後はまたハワイへと戻ってくる。ところが、妻の様子はひどくなる一方で、酒が入ると、その行動は手がつけられない乱れをみせて、夫婦仲がどうこうという次元の話ではなくなった。酒を飲む金を与えなければ、昼間は自分でアルバイトをし、夜にそれを使うといった有様で、やがて職場で知り合った男性と浮気をして、アメリカ本土の一州へとSの元を去ってしまう。

こうなると、もう夫婦とはいえない。が、離婚することは子供がいる手前、すぐには踏み切れなかった。まとまった休暇がとれた日には、彼だけがタイへ飛び、娘と会って戻ってくることをくり返しているうち、歳月はまたたく間にM嬢を幼稚園から小学校へと成長させる。その間、妻のほうはアメリカ本土で新しい恋人と暮らし、ただ祖母に預けた子供がいることだけはわかっていて、少しは仕送りもしているらしいのだが、会いに帰ることはなかった。

これだけで、十分に困難な状況がみえてくるのだが、Sが娘の成長を見守るうち、その養育をタイの田舎にまかせておくわけにはいかない、と思い始めたときから、また別のやっかいな問題が生じたことは先に述べた通りだ。何とかしてまずは娘をバンコクへ呼び寄せ、アメリカン・スクール等の優良校に入学させ、後にはアメリカの大学へ入れてやるのが父親の義務であると心得るSは、それを受け入れようとしないお祖母ちゃんがまったく理解できず、我を相手にその無教養さを罵るばかりなのであった。

といって、我に解決策を提言できるわけもなく、ただ聞いているだけだったが、みずからの正当性を主張して疑わないSにも独りよがりなところがあるのを感じていた。確かに、田舎のお祖母ちゃんは教養のない人ではあるのだろうが、幼時から孫を育て、大きくしてきたのはまぎれもない手柄であり、それに対する感謝の気持ちが乏しいうえ、仕送り額にしても十分とはいえない。せっかく育て上げた祖母にしてみれば、可愛い孫は財産であり、それを手離すのは断腸の思いであろうことは、この国の人々がいかに子供を可愛がり大事にするかを思えば納得がいく。将来はひょっとすると、ミス・タイ、あるいはユニバースのタイ代表にならないともかぎらない。有名な女優や歌手には、いわゆるルーク・クン（他民族とのハーフ）も多く、とりわけ欧米人とのそれはトップ・スターの座にいるくらいである。頭がよければ、成人してからでも都会へ出て、よい仕事に就くことは決して不可能ではないし、Sが与えようとしている教育だけがすべてではない、という考え方があっても、間違いとは言い切れないだろう。

しかしながら、Ｓにはそういう相手の側に立った見方ができなかった。みずからの価値観は絶対であり、何がなんでも実現してみせるという決意のほどが、我には痛ましくもあった。裁判を起こしたこともそうだが、アメリカ式の物の見方、考え方は、アジアのこの国にはそぐわないところがあるのを彼は理解できないのだ。経済発展をして、確かに外観は先進国並みになってきたものの、その伝統的、慣習的な精神に昔とさほどの違いはなく、欧米社会のそれとは水と油といってよい。そのことを少しでも認識できれば、お祖母ちゃんを無教養な田舎のわからず屋と非難してばかりいず、折り合っていける術も見出せたであろうに……。

◇異文化理解の欠如も因

もとより、男女問題はいずこの国にあってもむずかしい。同国人同士でもすれ違いが起こるのは日常茶飯なのに、相手が異国人ともなるともっとそうであるのは当然のことだ。およその場合、そのことの認識がないままに結ばれて、先々に問題が生じると、その解決の術を見つけられない人が少なくない。子供がいる夫婦の場合はとりわけそうで、Ｓの場合、米国とアジアというギャップの大きさが加わって、相当にやっかいなのであった。

異文化を理解するにも、そこにある価値観の違いを認めることが必須の条件となるはずだが、Ｓにはそれができない。加えて、タイ国に対する不満、不平もかなりのもので、その社会を秩序のない汚職社会だと非難して憚らない。その態度からは、ある種、差別と偏見の匂いすら漂ってくる。ならば、どうしてそういう民族の女性と結婚したのかと問いたくもなってくるのだが、そんな皮肉は措くとしても、それほどに愛する娘は誰が産んだのか、という冷静な省察くらいはあってしかるべきだろう。それがあれば独尊的な考えも少しは抑えられるだろうに、自分の考え、価値観が正しいとして、譲ることも妥協することもないのであった。

この辺りの理解のしかたは、我にとっても他人事ではなく、在家であった頃は、うまくいかない子供たちの母親との関係に苦慮したものだった。それは（以前にも記したように）今もそうであるから、偉そうなことはいえないのだが、妥協というより、自我を抑えて相手に一歩も二歩も譲る心の姿勢がなければ、解決の糸口すら見出せない、という認識に至って久しい。むろん、仏法が非とする慢心などはもってのほかで、ときに暴れだす煩悩を鎮《しず》めていくほかはなく、つまりは争いをやめ、みずからの改心を何よりも優先させることがなければ、不幸な結果へと向かうしかない。いわば綱渡りにおいて、バランスを失えば落下するのと同じことだと理解して、それをいかにして渡り切るか、という問題に尽きるといえる。

○判決にみる民族性と正論の壁

T（前出・タイ料理のコック）がスウェーデンから一時帰国したのは、Sが起こした裁判が始まって数年後、行きづまりをみせていた頃だった。Sからさまざま話を聞いて、アドバイスもしたようだが、その本音は我にだけ告げたものだ。つまり、Sは裁判に勝てないだろう、というもので、なぜなら、タイ人の精神、メンタリティーはそれとは別のものだから、と。

意味深長な言葉だった。孫を取り込んだお祖母ちゃんのほうが、いくら理屈の上で法に従って養育権の正当性を主張しても、現実的にははるかに強い、という意見なのだ。再三にわたって裁判を無視し、ボイコットして公判の進行を遅らせてきたのは、そんなものに負けるものかという決意の表明でもあって、この点で、すでに思考法や価値観に埋めがたい溝《みぞ》があり、Sにはそのことがわかっていない、ときびしい口調でいうのだった。

Sがもう少し我《が》を通してばかりいず、出費を控えて仕送り額を増やすなり、たとえ娘をこちらで養育しても定期的に交流を持つことを約束するなりして、穏便に折り合う法を考えるべきであったのに、いきなりの裁判はない、と我と似たような残念を口にしたものだった。

それはともかく、ゆうに五年を費やした裁判の判決がやっと出たというので、Sと顔を合わせた。子供の保護、養育権は母親の側にある、という一方的な敗訴である。Sの驚きと失望は尋常ではなく、負けるはずのない相手に完敗したショックを隠さなかった。

母親は確かにアルコール中毒で子供を育てていないかもしれないが、代わって祖母が義務を果たしているのだからそれでよい、というのが理由だった。これをホームタウン側の強さ、既得権というのだろうか。いま現在、大きな問題もなく孫と暮らしているお祖母ちゃんの方に権利を与えた形だったが、まさにTのいうタイ人の精神が、Sの理屈を寄せつけなかったのである。子供を何よりの宝とする国民性が、裁判所の判断にも影響を与えたことは確かで（もとより異国人は争いの場で弱い立場にあることも現実としてあるのだが）、みずからの正当性を信じて疑わなかったSには大きな誤算であった。

どうにもならない壁の前に、Sは途方に暮れて、判決以来、体調も芳しくなかった。いつものソムタム屋で、我は、娘さんが十八歳くらいになるまで待つしかないのではないか、と慰めをかねて提案する。あと五年、そのときは、彼女も自分で判断する力をつけているだろうから、と。Sは肩をすくめ、うなだれて、口に入れたモチ米（カオニャオ）が喉につかえるような苦渋の表情を浮かべたものだ。

Sがいうように、確かに十三歳の今が引き取って教育をほどこすには絶好の年齢だろう。言語一つをとっても、今なら母国語の如くに英語を習得できるわけで、わからず屋の祖母とそれを後押しする元妻（離婚は本件とは別の調停ですでに成立ずみだった）に対しては、もはや恨み辛みしかないようであったが、そのときも我は、Sの考えが全面的に正しいとはいえない、という気がしてならなかった。M嬢のためにはどちらがいいのか、即断はできない。バンコクのような人都会へ連れてこられて、それまでの静かな暮らしから一転、わいざつな環境で暮らしていくことに、何の問題もないはずはない、といった思いがあることも理由だった。人の人生というのは、どこで何がどう幸いし、あるいは災いするかはわからないものだという、これまで生きてきた我自身の実感からでもあっただろう。

それにしても、国際間の恋愛、あるいは結婚はむずかしいものだと、改めて思う。むろん、うまくいっている例もあるはずだが、我の知るかぎり、破綻してしまっているケースのほうが多く、子供はおよそ母親の側が引き取って育てている。とくにタイ国の場合はそうで、もとより母系社会の伝統的な慣習でもあって、したたかな母親の細腕ひとつで子供を育て上げたケースは枚挙にいとまがない。我の行きつけだった路傍の露店カフェーの女主人は、二人の娘を成人させているし、ソムタム屋の女主人もぐうたらな夫を追い出して男女ふたりを養育中、といったふうに、育て上げた子供に対する母権の絶対性が家庭内の伝統的慣習になっていることもよく納得がいくのである。

この日常的な母権の強さは、わが国の学者の中にもわかっていない人がいて、誤った論文を見かけるのだが、祖母権といったものも当然考慮されるはずで、Sの敗訴はそれが大きな因といえるにちがいなかった。近年のタイ社会は女性の進出が著しく（大学への進学も圧倒的に女性が優位）、男性をしのぐ優秀性がますます発揮される時代が到来している。そのことが、一方で少子高齢化*を招く一因ともなっているのだが。

*日本の後追い的現象であるが、いずれ再考したい。

◇民族・国家間の深い溝ゆえに

我がSに対していささか哀れを感じるのは、それゆえにまさに漂流民のようになってしまったことだ。アル中に陥るような異国人と結婚してしまったことの後悔くらいなら、可愛い娘がいることで宥《なだ》められるはずだが、どれほどこの国が自分の意にそぐわない、従って口を開けば小言になってしまう肌合いのわるい異国であろうと、そのことにも耐えていかねばならないことこそが苦難の因となるからだ。

ひとりの人間が異国に向かう理由というのはむろん人それぞれだが、どのような動機、事情があるにせよ、少なくとも向かう先の国がある程度はみずからの性に合う、魅力のある、できれば生き甲斐も見つけられる場所でなければ、そこでの生活そのものが精神的に危ういものになる、というのは我のこれまでの見聞からもいえることだ。

Sの場合、タイ人の妻と出会ったのはハワイであったことから、タイという国については何の知識もないままだった。そのことがこの度の因果な状況につながるわけだが、その生活ぶりをみていると、まさに浮き漂っているとしか思えなかった。当初は、タイ語学校にも通って娘との交流に役立て、また、みずからの資格と経験を生かして大学医学部の臨時講師もやりながら意欲的だったが、裁判が敗訴となってからは、そのような姿勢もなくし、夜の街へ出歩くことがしばしばとなり、その風貌もにわかに老け込んでみえるほどだった。新築のマンションを買い入れたのも娘を受け入れるつもりでいたからだが、遊びに行っても足の踏み場に困るほどの散らかりようで、ベッドルームからは異臭すら漂ってきた。

ニューヨークはブルックリン地区の生まれ育ちで、五十八歳（二〇二三年時点）になる。両親はユダヤ人で、一人いる姉も両親同様の信者ながら、彼自身はユダヤ教を信じているわけではなく、シナゴーグにも足を運ばない。いわば無宗教といってよく（親の影響は受けているはずだが）、その意味ではめずらしいアメリカ人といえる。医者としての人道主義的な信念（とくに戦争を忌み嫌う）はしっかりと備えていて、偏りのないバランス感覚をみせてくれるのだが、そういう彼にも、米国という国家のもつ驕慢さ、つまり、みずからが世界で唯一正しいとする価値観と思考法が垣間見えることがある。

彼の米国批判は、ひとえに政府と戦争に関してのもので、およそまっとうな批判精神といえるものだが、タイの国と人々に関しては、正当な批判ですらない罵詈雑言になってしまうことに、我は戸惑うばかりだった。民族、国家間の違い、隔たりといったものの大きさ、相互理解などはあり得ない絶望的な距離を感じてしまうのである。そこには、S自身の心の安らぎもない、身の置き所もない不安定さの因もみえてくるのだが、それこそが現代世界に生きる人間のやっかいさの典型といってよいものにちがいない。ひとりの人間としての存在と、みずからが籍を置く民族と、所属する社会、身を置かざるを得ない国家との、時に相克をなす関係性のなかで、いかに無事かつ健全に生きていくかという問題こそが、国境をまたぐ現代人のむずかしいテーマとしてある、という気がするからだ。さしずめ、国と国の間をむすぶ綱渡り、といえる。

◇他国へ向かう理由の多様性

先に、Sの陥っている状況は他人事ではないと記したが、我の場合を手短にいえば（他でも書いたことにつけ足せば）――、移住のきっかけは経済的に行きづまったことだったが、主因はそうであっても、背景に（条件として）あったのはそればかりではなかった。本来のモノ書き稼業に邁進していればよいものを、雑多な人間関係のなかでよけいな事に手を出して道を逸れ、人生の舵取りを誤った。まさに精神性の希薄な戦後世代の代表格といってよく、その意味では、やはり、こりゃダメだという（三歳時の写真からの）知友のコトバ通り、避け得ない血の、環境の「業」であったと、いまは自覚している。

そして向かった先は、若い頃から付き合いのあった異国であり、不適合性はない、むしろみずからのルーツのような親和性をも感じる場所であったことが、先に述べた背景にあったことの一つだ。これは後にも出てくる友人C君とその兄Pとの交友に始まって、八〇年代には難民救済活動や小説の取材とも関わって、何度も行き来をくり返した国だった。欧州への長い旅の帰路に立ち寄って以来、アジア世界にヨーロッパに覚えた違和感とはまったく別種の親和性をおぼえたことが、その後の活動の原動力となったのだった。

日本での暮らしに行きづまりがきたとき、その因のほとんどは自己責任であったが、こころの奥には、戦後の日本社会に対する不信、憤りといったものが根をひろげていて、日本に背を向ける条件としてあったことも確かだった。異国へと、よろこんで落ちていった、というと語弊があるけれど、その年の暮れ近く（十二月九日）に成田を発つとき、そのような心情があったことを憶えている。

むろん、現世のシガラミが我にもさまざまあって、後ろ髪を引かれるような心地はあったし、支援してくれた人たち（とりわけ没落したり故郷を追われたりした人たち〈これは他書に書いている〉）には申し訳ない思いが拭えなかったことも記憶にあるが、この国はもういいや、という半ば捨てるような気分であったのを未だに思い起こすことがある。命を絶つ者が少なくないのもうなずける理不尽な戦後社会の現実に、いわく言い難いものを感じていた。

人は多くの場合、条件を一つとかぎって、物事をわかりやすくしようとする。これは救いがたい偏見、誤った考え方であって、我が手を出した映画で失敗をして膨大な借金を抱え、それから逃れるために異国へ向かった、とか、妻子など家族問題のごたごたが原因で、それから背を向けたのだとか、勝手な解説をみてきたけれど、すべて偏った見方だった。それらは、ブッダが真っ先に「非」としたもの（最悪の煩悩の一つ「見」なるもの）であり、それが平然と流布されて信じられていく社会は、その一点をとってもやはりどうかしているというしかない。あらゆる面で精神性の希薄化した日本の、戦後社会には問題が多すぎることが、以来、外から眺めていっそう認識を新たにするのだが、実に背を向けるに足る何かであったのだと、いま振り返って思う。

先に述べたアメリカ人Sにしても、タイに住みついている理由は、ただお嬢さんを取り返すためだけではないことが、付き合いのなかでわかってきた。その背景の一つには、どこか我にも似て、母国アメリカへの批判、反感が相当に濃くあるようだった。会う度に聞かされた、タイに対する以上の罵詈雑言は、とんでもない米国政府の謀略や大統領の陰謀に関するもので、何ともやりきれない溜息がこぼれたものだ。そんなアメリカに暮らすよりタイのほうがまだマシ、たとえ貴重な医者の職を投げ打ってでもそうすることがSの生き方であるのだろう。むろん、アメリカを敵視しているわけではないが、母国を去った理由はそう単純なものではない、といまは理解しているのだが。

そのような次第で、我の移住は、まだしも救われる部分があったにちがいない。住むに易い部分とそうでない部分を計りにかければ、かろうじて前者が上回ることから、そして、ここならばいろんな苦労にも何とか耐えていけるという条件の下、どうにか生き永らえていたのだろう。Sの状況とは異質のものだったが、男女関係の破綻や子供への執着がもたらす「苦」など、その本質において他人事ではなかったことが、長いつき合いを可能にしたのかもしれない。

◇戦後世代の移住にみる難民性

そこでの暮らしは、確かに経済的な面では助かっていたが、精神面でのストレスはかなりのものだった。ビザ取りの面でさまざま苦労をしたことは前作に述べたけれど、それ以外にも、日々、ひっきりなしに伝わってくる事件や出来事にも、個人的な問題とはまた別の、異様な疲れを覚えることがしばしばだった。

卑近な例を一ついえば、何十億という日本国民の年金を横領し、この国へ逃げのびて、さんざん夜の酒場と娼婦に散財し、逮捕のときは、わずかな悪銭すら身につけないスッカラカンとなり、かつて貢いだ女性の慈悲にすがって生きていたという、わが国の戦後社会の有様が透けてみえるような話を聞くと、絶望的なまでの溜息をついたものだ。

自国で悪事を働いて逃亡してきた人間を、我は「犯罪難民」と呼んでいた。国際指名手配されている重罪人のみならず、もはや逃げるしかなくなった人たちのことだが、彼らに特徴的であるのは、逃亡先の国においても同じ種類の悪事をはたらくことが多い、という事実だ。とくに詐欺、横領の類は、その性向を異国にまで持ち込んで、狙いをやはり同朋に定めるため、被害にあってしまう人も少なくなかった。

いつぞやは、周りの知り合いからさんざん借金をして（それもグルであるタイ人妻の巧妙な泣き落としでもって）、もう借り入れる当てのない限界に達したところでいずこかへ姿をくらました日本人男性の話がずいぶんと話題になったものだ。先の年金横領者の例も含めて、その浮遊性は最悪のレベルに達しており、どこまでもさすらうほかない哀れさは、これまた戦後世代のものといえるにちがいない。これは後にも触れようと思うが、戦前の海外移住者（南米やフィリピンへの移民）の立派さとのあまりの違いは何なのだろう、と思わせる出来事ばかりなのだった。

それほどに極端な例でなくても、年金では充分な暮らしができないためにやって来る人たちもまた、故国に背を向けた漂流民とみてよいと思われる。いまや団塊の世代を中心としたそれは、わが国のむずかしい現実の具体例、裏返しであり、我は「年金難民」と呼んでいる。やはり、一歩間違えば抜き差しならない状況に陥ってしまう危険をはらんだ存在であることは、身内の手によって殺人の被害にあった（小金もちの）ご老人の例を持ち出すまでもなく、間違いのないところだろう。

ナンミンなどとはひどいことをいう、と叱られそうだが、我自身がみずからを「経済難民」と呼んでいることからくる、ごく自然な発想にすぎない。本来は終《つい》の住処とすべき故国がありながら、年金だけでは暮らしていけないがゆえに異国に活路を見出さねばならない、ということ自体、精神的な意味合いにおいて問題がないはずもない。場合によっては死期を早めるほどの状態に陥ってしまう人の例を見聞するたび、ナンミンの言葉が的外れではないことを実感したものだった。いや、文字通りの難民のほうが真面目に生きようとする意欲が大きいともいえるだろうか。年金や災害補償金（大震災等による）をこちらで消費するぶんには逆に充分すぎることから、好き放題の飲み食いがたたり、一年も経つともう糖尿病を宣告され、あれほど上手かったゴルフがアベレージにも達しないボロ・ボロの身体になってしまった人もいれば、入れあげた女性に逃げられた後は生活そのものに乱れを来たし、屋台の安物ばかりを口にして見る影もない、との噂を聞いた知人が訪ねてみると、コンドミニアムのひと部屋で孤独死をとげ、長く放置されていた人もいるなど、それやこれやの例は、いかに異国という場所そのものが生きるに易くなく、甘いものではないことの証しともいえる。ましてや、先頃のコロナ禍においては、幸いにして帰るところのある人がすべて去ってしまったあと、残された人のなかには、老人性のうつ病になってしまう人もいて、邦人社会の問題となったほどだった。

むろん、自己を律し、生き甲斐としての趣味を持ち、健やかな老後を過ごす人も少なくない。だが、そのような人たちでさえ、いま居る場所が異国であることから来る諸々の不安、とりわけ夫婦（男女）関係や健康に関するそれから逃れられるはずもない。長期滞在者のための親睦会は、いうなれば異国での危機管理（情報交換と相互扶助）の役割を果たしており、そこに参加できる人はまだしも安全域にいる、今のところは元気に生きている人たちだが、先に述べた詐欺師や孤独死をとげた人などもそういう会に属したことのある人たちであってみれば、組織や団体とはまた別の個のレベルで、我のいうナンミン性の問題から逃れられている人はいない、といってよいにちがいない。

路傍の天秤売り＆ソムタム屋〈バンコク〉

＊ソムタム：唐辛子、ライム汁、椰子砂糖（ココナツ・シュガー）、ナムプラー（魚露）等を小さな臼《うす》に入れて擂粉木《すりこぎ》で叩き、さらにトマト、インゲン豆、好みによって小蟹（プー）と魚の発酵汁（プララー）を入れてまた叩き、最後にスライスした青パパイヤを入れて混ぜ合わせる。東北タイ〈イサン〉が発祥の、ビタミン、酵素の豊富な健康食。

＊モチ米：カオニャオ〈粘り気のある米、の意〉という。ふつうソムタムと共に食べる飯は、これ。蒸し上げたモチ米はタイでは庶民の日常食で、それを利用した料理やお菓子が数多くある。

◇実りなき闘いは何処へ

ここでまたSの件に話を戻せば――、敗訴の後、むろん納得できないことから控訴して、今度はバンコクの上級裁判所へと舞台を移していく。またも弁護士費用など、出費もかさむわけだが、もはや自尊心と意地とで凝り固まってしまったようであった。

一方、田舎のお祖母ちゃんの方は、勝訴したことによって自信をつけたのか、これまで以上に孫を囲い込み、父親とも会わせないようにしてしまったという。それればかりか、学校の先生までがSの来訪を望まなくなり、事実上、隔離された状態になってしまったのである。裁判に勝てばバンコクへ連れてくるという宣言がまるで逆の結果を招いてしまったのだったが、この国は悪夢しか与えてくれない、という一言にSの心境のすべてをみるような気がした。

その失望はひとかたならず、上訴に加えて、テレビに出て世論に訴えるとまで言い放ち、その通りの活動を始めていた。まさに全面戦争に突入するようなもので、そんなことはお嬢さんのためにならないからやめたらどうかと、我はこの時とばかりに意見をしたものだが、耳を貸すはずもない。

アメリカが介入した、あるいは引き起こした戦争には激しい調子で憤りを露にしながら、いざ個人的な話となると、自制がきかず、独尊的な行動に走ってしまうことには、人間の限界ともいえる度し難いものを感じてならなかった。

Sにとって、この国との相性の悪さが悲劇的な域にあるという現実を、わが方としてどのように解釈すべきなのかは、また別の問題としてあるように思う。欧米とは水と油ほどの、いわばこの国が水とすれば欧米は油とすべき違いはむろんあるわけだが、必ずしも絶対的に相通じない、絶望的な状況になるとはかぎらず、わずかながらもチャンスは残されているはずだ。が、それをうまく捉えられるかどうか、いかに小さな可能性を生かすかという、綱渡りのような技、術が必要となることは前述した。その現実を見定めることもなく、楽観的に自己の世界だけを押し通すならば、個と個の関係を壊し、悪くすれば双方の自滅につながってしまいかねない。Sの困難さは、その発端からして特異なものであっただけに、よほど細心の注意と努力を払わねばならなかったわけで、いまの状況を招いた因はそれを怠ったことによるというべきだろう。それゆえ、解決の糸口すら見えなくなって、この先もただ戦うほかはないという不幸な成り行きになってしまったのである。

で、今回——、しばらくぶりにSに電話をかけると、おう、アキラさん、ゲンキー？　と日本語でいう。我が、ソムタム！　と返すと、いつもは、何時？　と問う。十一時半でどう？　オーケー、と即座に返すのだが、今回は、いまパタヤ、だった。ナミノリ、とこれもハワイの日本人女性（観光客）から学んだ日本語で。趣味のサーフィンをパタヤの海岸でやっているらしい。以前と違って、声が明るい。さては、何らかの好転があったかと期待した。

裁判の敗訴からすでに八年、この前会ったのは二年ほど前のことで、M嬢はすでに成人していた。が、バンコクへ呼び寄せられたという話は聞かなかった。部屋へも立ち寄ってコーヒーをよばれたけれど、相変わらず部屋は散らかったままであったから、たいした進展はないとみえた。その件にはあえて触れないようにしたのだったが、今回は聞いてみようと思っていた。が、いまパタヤならしかたがない。後日の機会を待つしかなく、ただ、正月明けにはバンコクへ戻り、それからはいつもの部屋（コンドミニアム）にいることだけ確かめて電話を終えた。

この話の続きは、いずれ——。

○ノンVIPバスは最優先の代償

暮れのバス・ターミナルは、立錐の余地もないほどに混み合っていた。北部タイ、チェンマイ行き長距離バスは、その「モーチット」と称されるターミナルから出る。

これはタイ変なことになったと溜息をついた。タイ人にとって一月一日は新正月だから帰省客もさほどではないだろうと高《たか》をくくり、予約ナシで来たからだ。このぶんだと席がとれないかもしれない。そのときは、しかたがない、次の日の予約だけをして引き揚げよう、と覚悟した。

タクシーを降り、重い荷物を引きずりながら、人と人の間を抜けてチケット売り場へ向かった。すると、ひとりの係員らしい年配女性が目の前に現れて、こっち、こっち、と手招きした。空港でもそうだが、僧姿をみると、係員がやって来て最優先で通してくれる、それと同じだな、と我はよろこんで、比較的すいている窓口へ。

そこで、バスはVIP、隣に人がいない席がほしい、と注文をつけて申し込んだ。オーケー、オーケーと、窓口の年配女性はすこぶる調子よく答えて、693バーツ、と告げた。たぶん割引をしてくれたのだろうと、VIPバスにしては安い値段に我はうなずいて、千バーツでおつりをもらう。と、それを待っていた先ほどの年配女性が再び、こっち、こっち、と手招きしながら先に立った。

その速さがふつうではない。まるで走るように先を急ぐので、その姿を見失わないように人混みを分けながら従《つ》いていき、やっとのことで遠く離れたバス・レーンへ。時刻は午後七時ちょうど、今まさにバスが発車しようという直前のこと。さあ、乗って、と先に着いて待っていた案内の女性は急《せ》かした。

大小四個あった荷物を添乗員の男性に預け、乗り込んでみると、なんとVIPバスではなく、ふつうの4列シートで、それもほぼ満席状態、二階へ階段を上ったところの席に一つ空席があるばかりだ。隣席の若い男性が我に窓側の席を譲ってくれたけれど、話がちがう、と文句をいうにも案内の女性は見当たらず、そのままバスは発車した。

これが最優先の代償か、と我は苦笑して、もはや後戻りはできない、と観念した。案内係の女性が非常に急いだのも、七時発のバスに間に合わせるためだった。チケット売り場では、そのバスにちょうど一席空いているから、そこへ僧姿を押し込めば効率がよい、と考えたのだろう、我の注文などはどうでもよい、乗せるが勝ち、さあ、急いで！　というわけであった。

あきらめは早かった。考えてみれば、僧にVIP席などゼイタクである（老僧であるから大目にみてほしいというのはこちらの勝手で）、ふつう席で十分じゃないか、というのが窓口と案内の年配女性の思いであったか。この混雑時に最優先で乗せるのだから（割引も一切ナシ）、それくらいはガマンしなさい、ということなのだろう、と理解してすませたのだった。

ところが、案の定、隣の若い男性が大股をひらいて我の領域に侵入し、しかもゴソゴソと夜通し動くので、安眠妨害もいいところ。これだから、隣のいない席がいいのだと、愚痴をいったところで意味のない繰り言だ。結局、ほとんど一睡もできずに朝を迎えた。

チェンマイのバス・ターミナルは「アーケード」と呼称される。バスがそこへと滑り込んだとき、心からホッとしたものだ。とにもかくにも無事に戻ってきた、預けた命も事なく返されて、やれやれ、と老僧は呟いた。

◇忘れられた一個の荷物

しかし、安堵するのはまだ早かった。乗客が次々と降りて、それぞれの荷物もトランクや一階の荷物置場から下ろされたが、我のものが四個のうち三個しか出てこない。あと一つ、白い布バッグが見当たらないのだ。

空になったバスに再び乗り込み、そこにあるはずの荷物置き場をつぶさに点検したが、ない。添乗員をつかまえて、かれこれしかじかと説明して、どこへいったのかと尋ねると、またもバスのなかを点検して回ってくれたが、やはりない。これは困ったことになったと頭を抱え、荷物置場に置かれたはずだと、その場所を指していった。添乗員は男女ふたりがいて、我が乗り込んだときは男性のほうがその荷物を預かったのだったが、急かされていたので、それら（四個すべて）が置かれた場所を確認していなかった。

バスはすぐにレーンを離れねばならない。ために、添乗員たちも困った顔をして、しかし、誰かが間違って持っていった可能性もあるため、半ばあきらめたようすである。が、我のほうはそうはいかない。大事なものが入っている。日本で仕入れた食品やLさん&C氏への土産、本門寺で買った交通安全の御守りまで入っているのを失ってしまっては、ただ残念でしたではすまない。そのことを、我は添乗員を相手にゴネた。困る、本当に困るんだ、とくり返し訴えた。

ところが、バスはもうエンジンをかけ、退出する態勢にある。いったんは最優先をよろこんだものの、VIPバスではなく一睡もできないエコノミー・バスであったことも含めて、後悔しきり、最後に来てなんというザマか、と落胆した。

その瞬間、今まさにバスがレーンを離れようとして動き始めたとたん、男性の添乗員が、ハタと思い出したように再度バスに飛び乗った。すると、二階へと駆け上り、我の席とは反対側の頭上の棚の奥へと手を突っ込んで、一個の白いバッグをつかみ出した。

あッ、それ、それだよ、と我は叫ぶようにいい、降りてきた添乗員からそれを受けとると、相手はホッとしたような苦笑を浮かべて、大きく溜息をついた。出発間際のドサクサにまぎれて、自分がしまい込んだ場所をすっかり失念していたのだ。ゴネ得とはこのことか。とにかくよかった、結果よし、と我もホッと胸を撫で下ろし、地面に放置してある三個の荷物とともにその場を離れたのだった。

◇冷や汗ものの因果関係

飛行機では、これまでに二度ばかり荷物が出てこなかった記憶があるけれど、バスは初めてだった。こんな冷汗ものの事態が発生するとは、想像もしていなかった。が、それを冷静に分析すれば、やはり因果の関係（法則）がみえてくる。

すなわち――、タクシーがモーチットへ着く時刻が七時を過ぎていれば、これは起こらなかった。窓口の年配女性がＶＩＰバスの要求を無視していなければ、起こらなかった。暮れの混雑で、添乗員が忙殺されていなければ起こらなかった。我が四個もの荷物を持っていなければ、起こらなかった。男女ふたりの添乗員のうち、とろい男性ではなく、しっかりした女性が扱っていれば起こらなかった。そして、主因なるものはやはり、我が僧姿であったこと、それゆえに最優先されることがなければ起こらなかった。主因（正因）に加えていろんな縁因（条件）が重なって起こったことであり、そのうちの一つでも欠けていれば、まったく違った展開になっていただろう。

まるで、わが人生の来し方（不運が七割）をみるようだったが、転々する因果の行く先はいっときの油断もならない。その過程では、どこでどうなるか、わかったものではないゆえに、一喜一憂はもってのほか、少なくとも冷静に状況判断をしていかねばならなかった。最優先などに踊らされてはいけない！

その他、身に受けた教訓を確認し、今後に生かさねばならない、と思う。そもそもお主《ぬし》は何ゆえに、四個もの荷物を携えていたのか？　小さなものから順に、頭陀袋（これは肩掛け用）、白い布バッグ（やっと出てきたもの）、大きめのカバン（これにパソコンや本などが入っている）、そして小ぶりのスーツケース。考えてみれば、必ずしも必要でないものが半分はある。日本で仕入れた食品、味噌やカットワカメ、ヒジキ、鰹ぶし、などはなくても現地で何とかなるし、着替えにしても最小限でよいし、細々とした日用品にしても持ち歩くケースが大きすぎる。それでもバンコクからチェンマイへ、持ちきれずに郵便パックで送ったものがあるから、何をかいわんや、である。

これはもう病気の類に相当する、と我ながら呆れるのだが、この病はやはり認知症にも相当する、治癒するにやっかいなものかもしれない。つまり、これには僧にあるまじき俗人の「欲」なるものが関わっていることをトクと自覚することから始める必要があるからだ。

いやはや、こりゃダメだ、と改めて自省をうながしながら、本拠の僧院へと向かった。仲間の僧たちへの土産、何枚かのチョコレート（これも重い）は大変喜んでくれたが、別になくてもすませられたものだ（お菓子などは在家から腐るほどいただく）。よけいなもの、よけいな気遣いがありすぎる、老いた坊ちゃん僧であった。

第二章　タイ新正月からのゆうらん：1月〈2024〉

○クリスマスも祝う寛容性

その年の暮れともなると、タイでは街にクリスマス・ツリーと雪ダルマやサンタクロースなどの人形が飾りつけられる。まぎれもない仏教国で、国民の大多数がブッダを至上の教祖として崇めるにもかかわらず、キリストの誕生を祝う日には何の抵抗もなく華やいだ雰囲気をつくりだすのを、我は在家の頃からおもしろく思っていた。

わが国でもそれは似たような事情だが、これはとりもなおさず仏教のもつ寛容性の現れであり、他宗を排除しないで受け入れる、という基本的な性質ゆえだろう。むろん争いを望まない平和主義の伝統が背景にあって、なかなか好もしい。

だが、片や欧米諸国を見てみると、どこかのキリスト教国が、ブッダの誕生（仏誕節）もしくは大事な仏日を祝う、などという話は聞いたことがない。完全に無視を決め込んでいるわけで、この辺がどうもバランスに欠ける気がするのは、我の勝手な感想だろうか。前作では、生きものの殺しを戒として禁じる仏教などは、とりわけ大国にとっては都合が悪い宗教として排除するような傾向《むき》があると記したけれど、それに関連する想いである。

ここチェンマイでの知り合いに、山岳民族（リス族）の女性がいる。ミャンマーから国境を越えて働きにきている四十歳ほどの人で、我が出家する前にいたゲストハウスの従業員であったが、山

街の雪だるまとクリスマス・ツリー〈バンコク〉

岳民族に多いキリスト教徒である。その彼女が、たまに我が差し上げていた（ゲストハウスへ運んでいた）麺類などの布施食を決して食べないことを知ったときは、いささか驚いたものだった。

女主人によれば、お寺さんのものは食べない、という頑なな主義を通しているからだという。それでどうというつもりはないけれど、その非寛容性、至上の神を信じるがゆえの排他性というのは、この世界の悲劇的な何ごとかを示唆しているような気がしたものだった。

むろん女主人のほうは（こちらは仏教徒）、そんな彼女を咎めるわけではなく、仲よくしているのだが、これでどちらかが寛容性を欠くことがあれば、主従の関係は壊れるだろう。キリスト教とユダヤ教、イスラム教などの一神教が互いに相容れないというのは、こんなささいな話からもうかがい知れるのである。

○意外な御守り効果

ともあれ、先に記したように、もう少しで失うところだった白い手提げバッグの中から、池上の本門寺で買い入れた御守りを取り出し、到着の翌朝（押し迫った三十日）、それを手に折り返し点のLさんたちに、ハイ、お土産（コーン・ファーク）、と告げて手渡した。そのときの喜びようたるや、サンキュー、サンキュー、と英語が少し喋れるLさんはくり返した。これは日本の有名なお寺のものので、効果満点であるから、運転席に吊るしておくように、とアドバイスすると、オーケー、オーケー、サンキュー、サンキューとまたもくり返して破顔した。

バイクのC氏も、日々、危ない思いをしているから、まったくのご満悦である。むろん日本仏教はテーラワーダ仏教といろんな面で違いがあることは百も承知であるが、そんなことは関係がない。

お寺さんの御守りは排除するどころか、すべからく有難いのである。

翌日、大晦日は托鉢を休んだ。左足の指関節にかなりの痛みをおぼえて、ムリをしない、と決めたからだった。やはり、四個もの重い荷物を持ち運んだことが祟ったのだろう、最優先されたせいで、係の年配女性に、こっち、こっち、と急がされたとき、すでに古傷がぶり返していたのだ。

その足指の関節を痛めたのは、もう二十五年も前――、我にしては珍しく（手を出した映画の件で）物思いに沈んで歩いていたときのことだ。道を渡ろうとして踏み出したところへ、猛然と走ってくるトラックに気づいてグイと引き返した、その瞬間、左足のその部分にヒビでも入ったのか、傷みは長々と尾を引いて二十年余り、一進一退をくり返していたが、ここ五年ほどはすっかり癒えたと思っていた。それが今回の事態で、一気にぶり返してしまったのだ。

一日置いて、新年の朝を迎えた。足指の関節はまだ痛い。いったんは休むことを考えた。というのも、一月元旦の朝の布施の多さは格別であることが、これまでの経験からわかっていたからだ。ある年などは、帰路の途上で重荷の余り（十五キロほどあったはずだが）身動きがとれず、トゥクトゥクを呼び止めて寺まで運んだほどだった。

しかし、ゆっくりと小さな歩幅で、瞑想するように歩けば持つかもしれない。布施食ほかの品々のみならず、布施金もかなりの額になることがわかっていたし、折り返し点でLさんたちに預ければ何とかなるか、と考えた。

空は快晴。朝の気温、摂氏18℃と寒いくらいだが、毛糸帽をかぶりショールを羽織って出た。雨季の頃は、傘が邪魔っけだったが、その必要はもはやない。およそ一滴の雨も降らせない寒季の大気はすがすがしくもある。左足指は、つよく地面を蹴らないかぎり、大丈夫のようだ。

子供僧を気づかうピックアップ車のＬさん〈ターペー通り〉

だが、案の定、いつもの休まない布施人に加えて、この日とばかりに、まるで年に一度のお寺参りさながらに、ふだんは見知らぬ人たちも沿道に顔を見せていて、用意してあった布袋はたちまちにして二袋分が満杯となってしまった。やっと折り返し点に辿り着くと、そこにも布施人が、僧の集まる場所と知っているために列をなしていて、Lさんが差し出してくれるプラスチックの大袋もたちまちにして満杯となり、二袋目を用意してもらわねばならなかった。その二袋目も、次々とやってくる布施人の布施品でほどなく満杯となって、まるでコロナ禍明けの大爆発を起こしたようだと、あまりの事態にとまどった。

帰路がまた異常であった。折り返し点から二、三十メートルの範囲なら、また引き返してLさんのピックアップ・トラックに預けることができたけれど、その先ともなると、もう引き返すわけにもいかない。もらっておいた大袋がはちきれるほど満杯となって立ち往生してしまったのは、ターペー通りの、わが寺まであと1キロはある地点であった。さて困った、もう歩けない、と再び足指が痛み始めているのを感じながら、道路脇に立ち尽くしていた。

すると、C氏のバイクがまるで待ち受けていたかのように、我のいる歩道に寄せてきた。ニコニコと満面に笑みをたたえて、やっぱり……、といわんばかり。ふくらんだ大袋を持ち上げると、後部座席の荷籠に積み上げた。御守りの効果はここにもあったかと、我は心から安堵して、助かりました、ありがとう、と走り去るバイクへ声を放った。

房に届けられた大袋三つは、托鉢に出なかった五名（住職を含め）が三日ほどかけても食べきれるかどうか。これも皆、喜んでくれたけれど、正月くらいは托鉢に出るべきだろう、というのが我の感想だった。爆発的な布施の多さがわかっていて、それを避けるためなのか、他の寺からも少数しか出てこないだけに、一人にかかる負担が倍加するのである。我もまた一時は休もうかと考えたのだったが、これも御守り効果か、足指の痛みが現状より重くはならずに幸いであった。

○寛容な戒違反の告罪

僧が托鉢に出なくてもよいとされるのは、タイ・サンガの多数派であるマハー・ニカイ（大きな派、の意）であり、タンマユット・ニカイ（ニカイは「派」の意）では、原則として出なければならない。ラーマ四世（モンクット王）が親王であった頃は長く僧籍にあったが、その時期になした宗教改革は、後世がゆがめたブッダの本来の教えを見直し、僧の生活を戒律に基づいて立て直すためのものだった。僧はその食べものを托鉢によって得るべし、という原則もそのうちで、その派に属する寺院はチェンマイでもごくわずかながら存在し、やむを得ない事情がないかぎり、早朝の街へ出る。

むろん、わが寺が属する多数派のマハー・ニカイにしても原則は同じだ。出家式では「あなたの命が尽きるまで」という表現で、托鉢に出ることが義務づけられるけれど、実際は、それぞれの僧の自由意志にまかせられる。昨年の雨安居《パンサー》期に、わが寺で出家した二人の男性はほんの一か月ばかりの一時出家であったから、彼らは戒和尚《かいわじょう》に言いつけられた通り、ほぼ毎日、我と同じ折り返し点まで肥ったカラダを運んでいたけれど。

従って、ずぼらをしたければするし、ちょっと体調がわるければ出ないことにしてもよい。わが寺院の僧のように、未成年僧《サーマネーン》も含めて、最近はほとんど出ていかない、ということになっても、住職が咎め立てすることはない。確かに、朝の庭掃除や学校へ行く準備などで忙しいことも言い訳としてあるけれど、その気になれば朝の一時間くらいは何とかなるはずであり、すっかり出なくなってしまうというのは、やはり怠慢がそこにあるといわざるを得ない。それをきびしくすると、僧を辞めてしまう恐れもあって、するとますます僧の数が減ってしまうだろうから、むずかしいところではあるのだが。

そういう我も偉そうなことはいえない。先に記したように、久しぶりに帰国すると、知友たちとの付き合いのなかで、昔の気分がぶり返してしまう。いや、我は戒を持つ身だからウーロン茶にしておく、と本来はいうべきなのだが、ついつい相手に合わせて、それじゃ少しだけ（実際、深酒はしないが）、ということになった。

この点は大いに注意を要するところで、歯止めがきかなくなると、やっかいなことになる。ちょっとした気の緩みがもとで抑制がきかなくなり、やがては堤の決壊を招きかねないからだ。前作でも記したが、以前の住職ですら（他寺の住職仲間とともに）酒浸りとなって在家からリコールされたように、寺へ戻ってからもやめられない悪習となっては元も子もない。せめてその辺のケジメはしっかりつけなければ、と、チェンマイに帰還してからは、この世に酒なるものは存在しない、我の辞書に酒はナシ、という自覚でもって過ごしているけれど。

むろん、違反は違反であったから「告罪」なるものをなし、赦しを乞うことになる。わが寺では（以前の寺でもそうだったが）、夕刻の勤行の最後に、住職を頭にそれをなすのが習わしとなっている。その意は、およその僧は多かれ少なかれ戒に違反するようなことをやっている、という予測が前提としてあるからだ。

だからといって、その違反の中味を告白するわけではない。ワタシは日本に帰国中、忘年会気分で酒なるものを口に致しました、といった内容は告げる必要がない。その禁は「サンカーディセーサ法」（その違反は告罪すれば許される）なる戒群の一つにあるのだが、その法は述べることがあるようだが、わが寺ではそれも要らない。

――尊師よ、私は今日いろんな戒違反の罪を犯しました、と告げると、住職が、

――君よ、その罪を見ていますか（解っていますか）、と尋ねる。

――はい、見ています、と僧が応えると、住職は、

――それでは以降、よく気をつけてください。すると僧は、

――尊師よ、わかりました、以降、十分に気をつけます。

これは三回、念押しするようにくり返す。

次には、住職自身が僧に向かって――、君よ、私は今日さまざまな戒違反の罪を犯しました、と告げる。すると僧が――、尊師はその罪を見ていますか、と尋ねる。――はい、見ています。――それでは尊師よ、以降よく気をつけてください。――はい君よ、十分に気をつけます、十分に気をつけます（同じく三度のくり返し）。

これで終わり。勤行はお開きとなるのだが、何ゆえに、このようなやりとりを毎夕の本堂で、欠かさずやるのか。と問えば、二二七戒律（なかには有名無実化したものも多々あるが）を守らねばならないのが僧の義務、原則ながら、完璧を期すのは不可能に近い、というのが前提としてあるようだ。ゆえに、こうした風通しをもって心の負担を軽くしてやろうという、テーラワーダ仏教の寛容性、お情けの表出であるだろう。

テーラワーダ僧は、その類別詞を〝ループ（姿、影の意）〟として、コン（人）とは区別される存

在であることはすでに述べているが、人間であることに変わりはない。いや、なかには俗化して、金銭欲や性欲をあらわにする姿もあるのは、年に何度かの不祥事が報道されることからも明らかだ。まして、多少の戒違反など日常茶飯であることは、わが寺の僧たちが托鉢に出ないこと一つをとってもいえるわけで、毎日のように許しを乞うてちょうどよい、ということにもなるだろうか。

それでも、そのような反省のしくみ、機会を持っているのはよいこと、としたい。テーラワーダ僧は日々、反省ばかりして過ごしている、というのは我の前々からの感想だが、そうやって一日ごとに省みていれば、欲に歯止めがきかなくなったり、行き過ぎた違反を犯したりすることが抑えられるのではないか。などと思うのだが、我もまたその効用に浴しているといえそうなのである。

○新年のお寺参りと聖糸

さて、先に新年の托鉢を記したが、時は少し遡る。タイが年明けを迎えるのは日本より二時間遅く、つまり午後十時が日本の十二時であるが、いよいよ暮れていくその頃ともなると、気の早い爆竹が打ち上げられる。

昨年までは、その音も湿りがちでパッとしなかったが、今年（二〇二四）はコロナ禍のうっぷんを晴らすかのように、それが午前零時きっかりに花火となって爆発した。カウントダウンが0となった瞬間、大小さまざまな花火が空を染め上げて、いささか行き過ぎのように思えたほどだった。タイ人の友人C君がラインで送ってくれたバンコクの映像などは、呆れるばかりの華やかさ。いまわしい伝染病を徹底追放する意図もあるのだろう、それらが次々と空を彩った。

わが寺では、大晦日の勤行は（午後六時から）いつも通り、告罪でもって締め括られた後は、近場のサンデーマーケット（三十一日は日曜日）に来る人々の車で埋まったにすぎない。僧らは、毎日曜日、その整理のために（一台につき60バーツを徴収しながら）詰所に陣取るが、年明けまでの用事といえばそれだけである。

ところが、我が以前にいた寺（パンオン寺）では、大晦日から年明けにかけて、大々的な勤行が執り行われた。それは今年も同じであったというが、その盛況ぶりたるや、さすがに仏教国を思わせたものだ。わが国でも新年のお参りを寺や神社へ出かけてやるのと同じで、およその人が年に何度か気が向いたときにお寺参りをするようだが、年に一、二度の人でもその大事な日にはやるわけだ。

着飾った人もいれば、普段着のままの人もいるが、本堂のスペースは満杯となる。ために、その脇の境内にまでずらりとパイプ椅子を並べる。僧らの仕事は前々日から始まって、大晦日の午前中に終える、その主なものは、広い本堂の天井のみならず、境内に並べた椅子の上方にも、いわゆる「聖糸」なるものを碁盤目状に張りめぐらせることだ。

すなわち、参拝者は天井から垂れ下がる糸巻きをほどき、頭に巻きつける。九本の木綿糸を縒《よ》り合わせたもので〝サーイシン〟と呼ばれる聖なる糸だ。霊糸ともいい、それをまずは起点となるブッダ像に巻きつける。次に、香しい花弁を入れた鉢へ渡して巻きつけるのは「聖水（ナム・モン）」なるものをつくるため。そこから碁盤目状の天井へ、各々の参拝者へ、さらには居並ぶ僧の掌の間を通しておくと、僧らの読経《どきょう》がその糸を伝わって届き、より効果をもたらすというものだ。

これはタイ仏教独特の、古来の土俗（精霊）信仰とも結びつく慣習である。霊験《れいけん》あらたかを求めて、というべき伝統は「霊」の存在（「ピー」と呼ばれ何処にでもいると考えられている）を信じる人々

聖糸を頭に巻いた正月の参拝人〈パンオン寺〉

の日常の思いとも符合するものだ。悪霊を追い払い、幸運を呼び込むために、サーイシンをグルグルグルと頭に巻いた姿はいかにも霊的な光景であるが、むろん真剣な願いがこめられている。

さて、大晦日のハイライトだが――、ちょうど零時に街では花火が打ち上げられる、その刻限に合わせて僧らの読経が最高潮に達し、花火と経の競演となる。勤行自体は、ふだんの仏日とさほど変わらないが、花火と競うこの日の経は、一定のフレーズが九度もくり返されて新しい年を祝うのである。

「過熱を避ける（智慧の）経」と題される。

〝アッティ　ローケー　ウンヒッサ　ウィチャヨー　タンモー　ローケー　アヌッタロー　サッパサッタヒタッターヤ　タン　トゥワン　カンハーヒ　テーワテー〟

――この世の最高の法とは、過ぎたるもの（過熱）を排することだ。汝は、まず何よりもそれを成就せよ。さすれば、あらゆる富と繁栄を得る助けになるだろう。

〝パリワッチェー　ラーチャヤタンテー　アマヌッセーヒ　パーワケー　パヤッケー　ナーケーウィセー　プーテー　アカーラ　マラネーナ　ワー〟

人間以外の生きものの、虎や大蛇の、毒と邪悪な精神から逃れていよ。さすれば寿命（まっとうな命の終り）以外の死から免れていられるだろう。

〝サッパッサマー　マラナー　ムットー　タペータワー　カーラマーリタン　タッセーワ　アーヌパーウェーナ　ホートゥ　テーウォー　スキー　サター〟

寿命以外のあらゆる形、あらゆる種類の死を乗り越えよ。そして、過ぎたるものを避けていれば、汝は常に幸せである。

〝スッタスィーラン　サマーターヤ　タンマン　スチャリタン　チャレー　タッセーワ　アーヌパーウェーナ　ホートゥ　テーウォー　スキー　サター〟

真理の教えを受け、正しい生活をするように。さすれば、汝は常に幸福であるだろう。

〝リッキタン　チンティタン　プーチャン　ターワナン　ワーチャナン　カルン　パレーサンテーサナン　スッタワー　タッサ　アーユ　パワッタティー　ティー〟

賢く読み書きができ、かつ深く思考し、それを忘れずにいる者、また人に正しく話し、人の話をよく聞き、敬意をこめて行動する者は、長い命を享受するだろう。

意味内容はそういったことだが、くり返される一連のフレーズには聞く者を酔わせるような音色と勢いがあって、それが夜空の花火とシンクロされていく。すべての参列者は、合掌して瞑目したまま微動だにしない。かつては月の変わり日にすぎなかったのが、国際標準に合わせるようになって以来、新正月にも馴染んできた証しともいえる、おごそかな光景である。

勤行が終わると、経を聴かせて作った鉢の聖水《ナム・モン》を振りかけて歩くのが住職の仕事で、参拝者はこぞってそれを身に（顔に）受けようとする。

新年ばかりでなく、日頃、いわゆる「タンブン（徳積み）」に訪れる人たちもそのようにして経を聞き、後でその糸を手首に巻いてもらうことが多い。少なくとも三日は外さないそうで、中には白い木綿糸が黒ずんでしまうまで付けている人もいる。ただ、正月はとくべつに用意された赤いブレスレットを参拝者の一人ひとりに住職みずから手渡して*、いくばくかの布施のお返しとするのが恒例である。布施金は後に僧へも配られて、例年、破格の千バーツ（約四千円〈一月現在レート〉）程度

聖糸を渡して経を唱える僧たち〈パンオン寺〉

であった。

　このような大晦日から新年にかけての勤行は、我がかつて在籍した寺のように、長く健全な存続をして在家をたくさん持っている寺院にかぎられる。我が当時の副住職に連れられて移籍したいま現在の寺では、それができないのである。
＊調査によれば、毎月四回（仏日）のお参りをするのはごく一部の熱心な信徒（中高年の女性に多い）に限られているようだ。国民の半数近くが月に一度、気が向いた時という人が三十パーセント内外、三か月に一度が十パーセント程度、半年に一度、一年に一度がそれぞれ一ケタ、といったところである。
＊女性にはその掌の上へポトンと落とす。直接の手渡しは原則としてしないためで、これもタイ仏教のみの慣習。

○変遷したタイ正月

　ここで、タイ正月について付言しておくと――、かつては旧正月というのがあった。これは太陰太陽暦（陰暦）に基づくもので、それが四月のソンクラーン祭（別称・水掛け祭）とは別に、年ごとに異なる日程で行われていた。中国正月はいまもその伝統を守っているが、タイ正月についても、旧年の陰暦四月下弦14日から、新年の五月上弦1日までが本来のタイ正月としてあった。これは、現チャクリー王朝・ラーマ五世の時代、一八八九（仏歴二四三二）年になって、年ごとの日にち変更をやめ、陰暦四月一日をタイ正月とすることが定められた。

　ところが、一九四一（仏暦二四八四）年に至って、その旧正月を廃止し、世界標準に合わせて太陽暦（グレゴリオ暦）の一月一日を新正月とする、との決定がなされる。というのも、旧正月は暦の上で常にソンクラーン祭に近く、近代になって世の中が忙しくなってくると、そうたびたび休みにするわけにもいかない、という事情からであったといわれる。ために、旧正月はソンクラーン祭に吸収、合併させ、その代わりに一月一日が「新正月」と定められたのだった。

タイの正式な正月（旧）は、いまではソンクラーン祭（本来は仏像に水をかけ五穀豊穣を願う雨乞いの行事）として知られるようになったが、そのような背景があることを知る人は少ない。つまり、四月半ばの大祭は、水掛け祭とタイの旧正月が合体（一本化）して、否応なしに盛り上がるという次第なのだ。一年のうち、最長の連休でもあって、故郷のある人々はおよそ帰省する。

従って、新正月の一月一日は、かつてはどうでもよい月の変わり目にすぎなかった。それがだんだんと世界標準に同化していくのは寛容な民族らしいところで、いまではクリスマスに続くイベントとして、大騒ぎをするようになったのである。が、わが国などと違うところは、国民の休日は一日だけで、二日からはもう年明けの活動がはじまる。という意味では、カウントダウンと花火は派手にやっても、本来の正月はまだ先の四月であることの表明であるだろう。

○安直な薬剤摂取のたたり

新年早々、恥ずかしい話をしてみたい。

我の持病?ともいえそうな目眩、ふらつきは、まずバンコクへ（チェンマイへの帰路に）戻ってきてからも相変わらずで、大都会の空気のわるさも手伝ってか、以前より悪化した感じすらあった。そこで、今回はチャイナタウンの漢方薬店ではなく、ふつうの街中の薬局へ入り、サーク（Serc）なる薬を求めた。店員に聞くと、一日一錠（20㎎）が正規の処方であり、やはり知友がいっていた通り、三半規管に作用して、ウィアン・ファ（めまい）に効くという。タイでは医者へ行くより先に薬局へ、というのは常識で、医者が出す薬と同じものが薬剤師によって出されるためだ。

ただ、我の以前の体験――、風邪薬を処方通りに飲んで恐ろしい便秘に襲われた記憶があるため、今回もとりあえず一錠の半分を一日一回、と決めた。フランス製らしいそれは、西洋人の巨体を対象にした分量であり、小柄な日本人にはそれで十分、と考えたのである。

そうして、一日ごとに飲んだことを確認するメモをとりながら、一週間ほど続けた時点で感じたのは、やはり副作用なのか、便秘がちである（便が硬くなった）ことだった。それだけで、あとは何の変化もなく、どこにどう効いているのか、さっぱりわからなかった。が、20錠入りの箱であったから、半分ずつで四十日、とりあえずは続けてみよう、と考えていた。

それが八日目に至って、うっかりメモするのを忘れたことから、夕刻になって、昼食後に飲んだかどうか、記憶がはっきりしなかった。飲んだような気がするけれど、確かではない。で、今日はたとえ先に飲んでいても、あと半分で一錠になるだけだからいいだろう、と決めた。この安直な決断が、実は大変な間違いであったことに気づくのは、それから二日半ほど後のことだ。

案の定、便秘だという気づきはあった。二日経っても催す気配がないためだったが、やっとそれを覚えたのは三日目の午前中のことだった。ところが、すでに化石のように硬くなった便は、肛門の奥にとどまったまま、一向に出てきてくれない。いくら催しても出ないことの苦しみは、かつての風邪薬がもたらした状況と似ていた。が、今回はさらにひどいようだ。

思いもよらない事態であり、大災難を予感した。知識はかぎられていて、かつて介護の仕事をしていた人の話では、ひどい便秘に陥った老人の場合、肛門に指を入れて中のものを掻き出すこともあるのだという。そんなことができるのかどうか、試してみようと思い、潤滑油としてココナツオイルをつかって指先を差し入れた。すると、やはり化石となった便の先端に触れたが、とても掻き出せそうにない。その間にも、はやく出せという脳の指令なのか、催しだけはいや増して、苦しさの余り、息をつめてきばりにきばり、すると、いまにも血圧が頭の血管を破ってしまいそうなほどに高まって、さあ大変なことになったぞ、と呟いた。

いま一つの法は、一度目の経験と同様、浣腸剤を使うことで、確かまだあったはずだと、立っていって薬箱の中を点検すれば、いくつか残されていた。それを仰向けになって肛門に差し入れ、注入するにも、入口を化石がふさいでいるので奥へは入らない。これもやっとオイルに頼って奥へ、ある程度のところで止めると、しばらくガマンして液が行き渡るのを待った。すると間もなく、相当な催しが襲ってきて、再びトイレへ駈け込み、頭の血圧を高めてみた。

ところが、薬剤の液体だけが噴出し、肝心の化石はビクともしない。こりゃダメだ、とまたも落胆して、しかし苦しさは増すばかり、このまま脳の血管が破裂して、トイレで倒れたなら、まさに我が恐れている孤独死となる。その恐怖にかられたとき、落ち着け、という内なる声を聞いた。急ぐな、慌てるな、とくり返し言い聞かせ、冷静さを強いながら、自然なままの生体反応にまかせよう、と決めた。

すると、何度目かの催しで、化石の先が肛門から顔を見せ始めているのを感じた。このときとばかり、先ほどはムリであった手指による掻き出しを試みる。と、ポロっと先っちょがこぼれ落ち、それを皮切りに、次々と、人差し指の先が化石の節目に引っかかり、やっと二度、三度と掻き出すことに成功する。浣腸剤がいくぶん柔らかくしてくれていたのだろう、これを根気よく続ければ何とかなるか、という希望が生まれた。焦らず、ゆっくりとやることを心がけ、催すたびに打ち寄せる苦しさをしのぎながら、休み休み、十数回にわたって掻き出していく。その度に、化石の硬度がだんだんと緩まってきて、ある段階までくると、やっと便が棒となって落下を始めた。そのときの安堵感たるや、命拾いした、という呟きがこぼれたほどだったが、これもかつての持病であった痔疾のような症状が、手指に傷ついた肛門に残った。

○大失敗はブッダの教え違反ゆえ

食事中の方には申し訳ない話であったろうが、不思議なことに、ニオイなどはほとんどない、むしろ香ばしいほどの塊であったのは、何とも異様というほかなかった。生涯で二度目の薬剤による大失敗は、今度こそ、命拾いした我に、大きな教訓を植えつけることとなる。

すなわち——、原因もよくわからない症状に、それもふらつきという致命的でもない症状に対して、医者の処方もない化学薬品を安易に口に入れたことの過ちは、何とも度し難い、言語道断の行為だった。しかも、最近は顕著になっている忘れっぽさ、クスリを飲んだかどうかも憶えていない、まるで認知症の予備軍的な状態についても注意が足りなかった。が、半錠であろうと一錠であろうと、我のカラダは化学薬品には弱い、少なからずの危険をともなうものであるという認識も足りなかった。

これをブッダの教えに照らしてみると、やはりとんでもない選択であったことが浮き彫りにされる。いわく——、何事であれ、それが正しいかどうか、真実であるかどうかをみずから確かめて確信しないかぎり、信じてはいけない。ましてや行動に移してはいけない。どれほど権威ある人の話であろうと、偉い人の話であろうと、鵜呑みにしてはいけない。自分でよく調べ、考えて、真偽のほど、信頼性の有るナシをしっかりと見極めてからでなければ、行動に移してはいけない、と。

古代インドは、コーサラ国のカーラーマという村で説いた説教（カーラーマ経）として知られるが、人間が陥りがちな習性を鋭く突いている。長いものに巻かれることを拒んだ釈尊らしい、大いに教訓とすべき言葉だが、この度の我はそれを守れなかったのである。人の身体を、わが身を甘くみたことのシッペ返しでもあったか。不覚というほかはない。

再び「人の身体はわからない」という認識を強いられもして、残りの薬剤（Serc）〔定価３４０バーツ〕はすべて迷うことなくゴミ箱へ捨てた。クスリは一方で「毒」であることを痛感させる出来事であったが、実際、この便秘症を元に戻すのに、一週間から十日ほどの日数（服用した期間）を要したこともまた、何ごとかを示唆しているのかもしれない。

けだし、我にはとりあえず漢方的なものが適しているようで、今後はそういうものでやっていくしかない、と決めた。効いているのかいないのか、よくわからないけれど、便通だけはよくなったようだ、というくらいでちょうどいい。お正月の聖糸の霊験、不可思議な効き目のようであっていいのだ、と。

＊この人間のカラダの不思議については、後にゆっくりと考えてみたい。

○年始めのワンプラ（仏日）

一月四日――。快晴。室内24℃、屋外18℃。薄着はできないが、日本から戻ってくると暖かく感じる。月齢は、下弦八夜（半月）、タイ暦も一月、あと一週間で二月に入る。

托鉢は例によってお休み。出ると布施の洪水で持ち運びに苦労する、老僧にはムリ、というのが主な理由だが、出なくてもワンプラに来る熱心な在家信者の布施食だけで有り余るためでもある。

壇上の僧が六名と、椅子に腰かけた在家が六名の、正月はじめの仏日にしては寂しい勤行となった。以前の寺のような大晦日の勤行もなく、やはり滅びかけた寺であることがよくわかる光景である。が、ワンプラが持てるだけ、まだマシなほうで、通りを隔てた眼前の寺（ワット・ウモン）などは、七十歳になる住職と、それよりも老いた僧が二人いるだけで、かつての名刹のカゲもない。むろんワンプラなども開けず、まだしも裸足で歩ける住職ひとりが、早朝から杖にすがって托鉢に出て、その日の食をやっと持ち帰る、といった有様である。

栄枯盛衰は世の習いとはいえ、いささか複雑な哀感がある。それでも、老僧たちはしっかりと定刻に鐘を鳴らし、本堂にて朝の勤行をやっているが、在家の来駕は一人か二人、やっと虫の息をつないでいる、といったところで、むろんそんな寺は枚挙にいとまがない。

世の中がどんどん悪くなっていく、とは帰国する度に耳にする知友のセリフだが、戦後の日本社会は速さと効率を追い求めすぎてココロを忘れ、そのことのツケが今頃になって顕著に表れてきたような気がしてならない。この度の（新年早々の）能登半島沖地震にまつわる出来事もそうだが、踏んだり蹴ったりの不幸が多すぎる。さすがにタイ人の布施人たちも同情して、口々に、だいじょうぶかね、と我に問いかける。どこもかしこも滅びの危機あり、他人事ではないことがわかっているからだろう。

ワンプラの勤行は、いつもと変わらない。ブッダ（世尊）への礼拝、三宝（仏法僧）への帰依の誓い等の定番と、在家の布施に対する返礼としての説教（住職が分厚い解説書の中から選ぶ）は、年初めにふさわしい、仏教徒とは――、というテーマだった。

その基本的な心得は、「布施」等の善行による徳積み（タンブン）、「持戒」（戒を守ること）等の信仰心、そして「瞑想」等による煩悩の抑制、さらには消去、という三項目。布施は、悟りへの道筋となる教えの代表格としてあるものだ。持戒といえば、在家の五戒や僧の二二七戒律などを意味する。瞑想はテーラワーダ仏教の真骨頂なるヴィパッサナー瞑想のことであるから、すべてを包含する三要素、といってよい。

我のこの書きモノにおいても、説教めいた話の背景には、それがあることは述べておいてよいように思う。いちいち仏法を持ち出すことは、うるさくなるので（どうしても必要なもの以外は）できるだけしないでおこう。ただ、どのような話題であっても、その思いや考えは、我が勝手に造り出したものではなく、あくまで仏弟子としての、つまりブッダの教えの代弁者としてのそれであることを確認しておきたい。

勤行の最後に、「三宝」のそれぞれの徳を唱えながら、仏塔の周りを三周する話は前作に記した。そのパーリ語は、むろん丸暗記をして、住職の後につけて歩きながら唱える。今日は、わが恩人作家の、田辺聖子女史の冥福を祈りながら歩いた。

〝イティピソ　パカワー　アラハン　サンマー　サンプットー　ウィッチャー　チャラナ　サンパンノー　スカート　ローカウィトゥー　アヌッターロー　プリサタンマー　サーラーティ　サッターテーワ　マヌッサーナン　プットー　パカワー　ティ〟―仏の九徳―

日替わり冥福、と我は呼んでいる。その日ごとに思い出した故人の冥福を祈りながら歩いていると、しばしば声がつまって足元がふらつく。合掌しているからよけいにバランスを崩しやすく、仏塔を取り巻く四角い囲いが低いため、転ぶと落ちてしまう。そうして命を落とした日には、冥福の祈りが意味をなくすから厳重注意、一歩ごとの瞑想あるきの要領が必要だ。

　生前の恩に十分に報いられなかったことの悔いも兆してくる。先立たれてしまった知友にしてもそうで、なかには遠方を言い訳にして葬儀にも参列しなかった例もある。その不義理を許してもらおうというのでもないが、せめて僧となったわが身の務めでもあるだろうか。日替わりにしても一か月に余る大事な人をなくしてしまったのは、それだけの歳に我もなっているからだろうが、それら知人、友人たちの支えをなくしたがゆえに今の僧姿がある、という気もしてくる。生きていてくれたなら……、と思う人の何と多いことか。

　一切皆苦は釈尊《ブッダ》の唱えた教説だが、この歳にもなってくると、そのことが骨身にしみてわかるようになる。ほんに、人の一生は「苦」に覆われている、その通り、だと。わが母は、それがよくわかっていたのだろう、人間は「哀れ」なもの、というのを口ぐせにし、人は生きていくだけで大変なのだと言い続けた。

　ただ、今になって思うのは、生きていくことにむずかしさを感じる度合いというのは、人によって違う、ということだ。地位や財産に恵まれて、ゆうゆうと生きている人もいれば、あくせく働いても実入りの少ないその日暮らしの人もいる。我などは、まったく余裕などはなく、自分のことで精一杯、やっとのことでモノ書きの命をつないできた、というのが正直なところだ。そのため、恩を受けながら十分なお返しができず、ご無沙汰を続けてしまった例もあれこれとあり、そのような方へ、いずれは……と思いを向けることもある。

〝サワーカートー　パカワーターー　タンモー　サンティティーコ　アカリーコー　エーヒパッ

スィーコー　オーパナイーコー　パッチャタン　ウェーティタッポー　ウィンユーヒー　ティ〟――法の六徳――

この唱え文は、決して変わることがない。同じ唱えを年中くり返し、三宝の大事を謳い上げる。ブッダの教えがいかにすばらしい法か、とことん賛美して揺らぐことがない。一切の疑いもなくその真理を称える徹底した姿勢がなければ、人を悟りへと導くことはできない。一連の唱文は、そのことの表明でもある。

〝スパティーパンノー　パカワートー　サーワカサンコー　ウチュパティパンノー　パカワートーサーワカサンコー　ヤーヤパティパンノー　パカワートー　サーワカサンコー　サーミチパティパンノー　パカワートー　サーワカサンコー　ヤティタン　チャッターリ　プリサユカーミ　アッタプリサプッカラー　エーサ　パカワトー　サーワカサンコー　アーフナーヨー　パーフナーヨータッキナーヨー　アンチャリカラーニーヨー　アヌッターラン　プンヤッケータン　ローカッサーティ〟――僧の九徳――

僧は、サンガの仏弟子（サーワカ・サンコー）、と呼ばれる。パーリ語の「ガ」はタイ語では「カ」と清音になるが、サーワカ（仏弟子）は〝サーウォク〟と変化するものもある。これまた、尊敬され、布施を受けるに価する、悟りへの道の途上にある者たち、等と称え上げて動じるところがない。これを当のテーラワーダ僧自身が唱えるところに、いささか自画自賛的な面があるとはいえ、世の最高の徳田《ふくでん》と謳うサンガ（僧団）の自信のほどはたいしたものだ。しかし、仏《ブッダ》の法を実践する者であるから当然のことでもあるだろうか。まさにブッダの代弁者としてある仏弟子への民衆の信頼をうながす唱え文だが、僧はそれに応えなければならないという条件つきでもある。

そこにある、〝四双八輩（チャッターリ　プリサユカーミ　アッタ　プリサプッカラー）〟という一節に注目したい。そのようにいわれる仏弟子たちは……、云々と繋いでいくのだが、四双とは、悟りのステップが「四段階」あるという意味で、それぞれに「道」と「果」があるため、八輩とされる。これもテーラワーダ仏教の教説としてあるもので、どの煩悩をどの程度消去しているかによって、「悟り」の程度も段階的に決まっていく。*

例えば、物事を客観視できず、自分勝手な偏った考えを振りまわす人は、悟りのステップ1にも達していない、といったことだが、この手の人は周りにいくらでもいる。我自身からして未だ怪しいものだ。

ブッダはいいことをいっている、その教えはすべて紛れもない真実である、と信じられるかどうか、これもステップ1の条件としてある。これについては、我の場合、ほぼ満点である。こころに一点の曇りもなく、脱帽するほかはない。来し方の人生の失敗、過ちのすべては、その教えに照らせば、その理由が、原因が白日の下にさらされる。柔な坊ちゃんの目がくらむ、恐ろしいほどのものだ。

タイ人がなぜ数字の「9」を好むのか。これは誤解されているようで、かつて我が通ったタイ語学校の先生（女性教師）も間違っていた。すなわち、進歩する、カオ・ナーという語が、数字のカオ、と似ているためである、と。本当のところは、四双八輩をおさめて最高位の悟りを得た者は、「涅槃（ニッバーナ）」という最高に幸せな境地に達するとされるが、8にそれを加えると9となる。つまりは、幸福の極致を示す数字なのだ。わが住職に教えられたことで、やはり仏教国の、奥の深い謂《いわ》れを感じさせる。先に記した、聖糸の9本も、ブッダ像の傘（チャッタ）の9層も、すべてその意である。

＊悟りの四段階（四双八輩）については、拙作『ブッダの海にて三千日』（大法輪閣）に詳しいので、興味のある方は覗いてほしい。やや煩雑なので、ここでは割愛する。

○天才投手との出会いと復権運動

先に日替わり冥福と記したが、異国暮らしが長いため、その間に訃報を聞いたり、帰国してから人に聞かされて驚いたものもある。とりわけお寺暮らしをしていると、世俗の情報が入ってきにくいため、まして日本での出来事となると、大きな事件以外は耳に届かない。

長くご無沙汰をしているうちに亡くなってしまったりすると、もう会えないのだという事実がなんとも切なく、残念でならない。そのうちの一人に、近年では、池永正明という人がいる。つい一昨年（二〇二二年九月二十五日）のことであったが、それを耳にしたのはその翌年の春であったから、半年ほども知らなかったことになる。いまの若い人は、その名を聞いてもほとんど知らないと思うが、我々の世代から上は、野球に関心のない人を除けば、知らない人はおそらくいないほどに、プロ球界で名を馳せた人だった。

その経歴ほどに、いま思えば、波乱にとんだ野球人はいない。下関在住の開業医で我の親友、川野医師（胃腸科内科）の記憶では、その中学時代から、すごいピッチャーがいるという噂で有名だったというが、その後、下関商業（高校）時代は春の甲子園で優勝、夏には準優勝、という経歴をもって当時の西鉄ライオンズに入団し、いきなり20勝投手となって新人王に輝いた。その後も順調に、剛腕稲尾（和久）を継ぐエースとして活躍し、将来は３００勝投手となるのも夢ではない、と誰もが認める大投手であった。が、入団から五年を経たその年（一九六九）のシーズン終了間際から始まった一連の八百長疑惑（「黒い霧事件」と呼称される）に巻き込まれ、終《つい》に「永久追放」なる処分（一九七〇）を受けて球界を追われてしまう。

その池永氏と我が何ゆえに知己となったかといえば、たまたま新聞小説（静岡新聞連載『人びとの岬』〈後に『旅人岬』と改題〉）の取材で下関から九州を訪れた際、装丁家の毛利一枝さんらと博多で会って（拙作『昭和のチャンプ たこ八郎物語』の復刻版〈葦書房〉は彼女の装丁）、その折に、そういえば、池永氏の酒場がここにあるはずだから行ってみたい、と告げたことに始まる。スナック〝ドーベル〟は界隈では有名であったからすぐに見つかって、毛利さんらとカウンターに並び、よもやまの話で時を過ごした。

その後、件の親友、川野医師と博多に遊んだときも訪れて、ふたりでカウンターにとまり、そのときは川野（博章）君が下関での氏の記憶を話したりしてひと時を過ごした。それが縁で、取材に来るたびに立ち寄り、もろもろ話を交わすうち、氏の球界への復権運動が知友を中心に盛り上がりをみせており、やがてコミッショナーから嘆願書に対する回答がある、ということを知った。

ところが、答えは残念ながら「ノー」であり、これが最後の請願になると考えていた人たちは落胆しごくであった。本人はむろん、期待を裏切られて消沈する人たちをみて、我は、もう一度やろう、という勝手な決断を自分で下した。ここで諦めてしまっては、もう永久に追放されたままで生涯を終えることになるのは目に見えていた。大向こうから復権させてやるとは決していわないのがお上《かみ》の常識であるからだが、それ以降、再度「池永復権会」なるものを我が代表となって立ち上げ、活動を始めることになる。

いったんは諦めた人たちは、我が声を上げたものだから驚いて、むろん協力を惜しまなかった。当時はまだ没落していなかった我の知友で、東京・杉並区在（父親が地主で富豪だった）のU君が荻窪にあったマンションの一室を提供してくれて、そこを拠点に、全国各地へ、有志の作家・赤瀬川隼氏らと講演して歩いて署名と支援金（一口103円は氏の現役五年間の通算勝利数）を集めながら、長い時を費やす覚悟だった。どうせいったん決定したものがにわかに翻るはずがないと考えたからだが、趣旨に賛同してくれた人は、各界の著名人で、スポーツ選手、歌手、俳優等の芸能関係者、作家などなど。さすがにかつての名投手への支援者は、その知友をはじめとして、多岐に及ぶ顔ぶれが揃っていた。

そうして、じっくりと時間をかけながら、とにかく継続することが大事と心得て、決して大騒ぎはせず、ただ当局（コミッショナー）へは、まだやっていますよ、諦めていませんよ、という意志表示だけは欠かさなかった。

◇超一流投手の条件はボール半個

その活動の合間にも、我はたびたび博多を訪れて、スナックが閉店したあとは、誘われるままに深夜の酒場へ（むろん池永氏の行きつけだったが）。そこのカウンターにとまって朝まで飲むことになるのが常だった。そこで話したことは、事件のことはほんのたまに触れる程度で、あとは酒場の主人を交えた世間話と、野球そのものについての話だった。我にしても、あまり根掘り葉掘り聞くことは、おそらく傷口へ手を入れるようなものであろうから、すまいと決めていた。

あるとき、我が、超一流のピッチャーになれる条件は何ですか、と尋ねたことがある。すると、氏は迷うことなく、ボール半個を外したり入れたりできるかどうかじゃろね、と答えた。一個じゃなくて、半個ですか、と我が問い返すと、そう、半個、と笑いながら、三センチほどの幅を指で作ってみせた。抜群の制球力で打者をゆさぶり、2ボール0（ナッシング）からでも見事なスライダーで相手打者を内野ゴロに打ち取っていく、その投球術には舌を巻いた南海の野村克也（捕手）など、エピソードも数知れない。手ごわい打者は、張本（勲）〈元東映フライヤーズ〉だけだった、とも聞いたことがある。確かに、氏に劣らず天才打者だった。

そうした歳月のなかで、モノ書きとしての我の関心事は、本当のところはどうだったのか、ということだった。当時の池永正明は、野球一筋に生きるまだ二十三歳の若者であり、混乱する球界の思惑に翻弄されるばかりで、ただ、疑惑に対しては、八百長はやっていない、という否定の言を発するだけだった。確かに、かつて同球団で世話になった先輩投手のTから、百万円の現金を預かったけれど、それは押し入れにしまい込み、依頼には応じていない、と。

実際、はっきりと投球に手心を加えて敗戦投手となった試合があったかというと、その形跡はどこにもなかった。ために、いわゆる「証拠」といえるものがなく、その限りでは、現金は預かったが実行していない、という言い訳が成り立つ。が、その辺りの詳細について、池永は調査委員会の詰問にも説明することなく、依然として、八百長を否定することに終始した。つまりは、黒か白か、どちらかだということになってしまったわけで、これは非常にまずい成り行きであった。

◇八百長未遂に下された死刑判決

結局、調査委員会は、現金を受け取っている以上は、黒の疑いを免れない、という「疑わしきは罰す」という結論に達した。同じ処分を受けた投手たちでさえ、（自分たちと）池永は違う、極刑はない、と抗議したのだったが、彼らもまたある程度は真相を知っていたからだろう。巷においても処分の撤回を求める嘆願（署名）運動が行われたが、処分の決定はひるがえらず、池永は球界を去ったのである。

ともあれ、我が起こした気長な復権運動も六年目を迎えた頃だったか、支援者の一人であった小野ヤスシさんから連絡が入り、新宿の喫茶店で会うことになった。小野氏は、池永の長年の親友であり、最も強く復権を願う人のひとりだった。そのときに氏から聞いた話は、まるで目からウロコが落ちるような思いがするほど衝撃的なものだった。つまり、池永は、処分後の歳月のなかで、真に信頼できる親友にだけ、現金を受け取った経緯《いきさつ》や、そのときの状況を、つぶさに語っていたのだ。

小野氏の話をここで再現してみよう。

これで（この金で）八百長をやってくれと依頼したのは、元西鉄ライオンズの投手だった（後に中日へ移籍した）Ｔであるが、池永が入団したときから何くれとなく面倒をみてくれた先輩投手だった。暴力団の八百長組織に取り込まれていたＴは、その日、池永を料亭に呼び出し、現金の包みを差し出した上で、頼むから聞いてくれ、と頭を下げる。すでに落ちぶれて、みじめな姿になっていたＴに、池永ははじめ、いくら先輩でも、それはできませんよ、ときっぱりと断わったという。が、相手は素直には引き下がらず、現金を押し付けて、頼む！　お願いだと、土下座までして深々と頭を下げた。

その哀れな姿をみて、池永は、長く思案した末、Ｔに向かって、いっぺんだけですよ！　とついに答える。いっぺんだけ、を何度か念を押し、あとは聞かないことを約束して、その場はおさまった。つまり、現金はただ預かっておくつもりで持ち帰り、押し入れに突っ込んだままにしたのだという。

その後、前もってTが指定した日は、ローテーションからして、池永の登板日に当たっていた。ところが、なぜか池永の先発はなく、当時の中西（太）監督は、二線級の投手を先発させ、途中で池永にスイッチする予定であったらしい。が、その先発が、いきなり相手チームの痛打をあびて大量失点を許し、結局、その試合での池永の登板はないままに西鉄ライオンズは敗退する。

そこで池永は、預かった現金の包みをTに返すことにした。が、結果よし、で助かったTは、取っておけ、と言葉を返して、それを受け取ってくれなかった。やむなく、そのまま押し入れにしまっておくのだが、そうこうするうち、事件がN投手の疑惑を発端に燃え広がって、池永をも巻き込んでいくことになる。が、疑惑を追及していた検察庁が証拠不十分として池永を不起訴処分にしたのは、疑わしきは罰せず、の法の原則をもって判断したからであった。

小野氏は、そのようなことをトクトクと説いたあとで、復権運動の続きはオレにまかせてくれ、とおっしゃる。先々とくに打つ手もなかった我には、むろん何の異存もなく、バトンを氏に渡すことにしたのだった。が、池永氏とはその後も博多で会うことになる。というのも、執筆中のものがあったためで、その内容について、小野氏の話を参考に、本人の口から聞き出したいと思ったからだった。

小野氏から聞いたとはいわなかった。が、我が、未遂でしたね、というと、頭を垂れてしばらく考えたあとで、暴きよる、と一言、苦笑して返されたものだ。もう許してくれてもいいだろう（九州弁では「たいがいにしてくれんとね」）、というコトバは、真っ黒ではないが、灰色であった事実があり、その負い目のためだと、我は考えた。やってはいないが、いっぺんだけ、と相手の懇願に負けてしまった事実がある。皮肉なことに、その心のやましさ、負い目があったことで、死刑にも相当する追放処分に抗議することもせず、長い歳月を耐え、許される日を待っていたのだった。

何ということだと、我は無言でうなだれた。博多の小ぢんまりとした、マスターがひとりのカウンターだけの酒場だった。小野氏が話してくれたような経緯を、もし当時の池永が、頭から否定せず、真相を素直に打ち明けていたならば、黒ではなく灰色として、一時の出場停止処分くらいですんだのではないか。というのはしかし、現実的ではない。当時の混乱した状況のなかでは、ましてや恩あるTの手前、そのぶざまな有り様を暴露することなど、とてもできない相談だったろう。わるいようにはしない、オレに任せろ、と告げた球団オーナーの言葉を信じて、黙りを決め込むほかはなかったのだ。まさか永久追放はない、と本人も甘くみていたか。

だが、確たる証拠もないのに、また徹底した真相究明の努力をせずに、そのような極刑を決めた当時の権力者たちの非も問われるべきだろう。黒い霧は処分する側にもいえたことで、一人の前途有為の天才投手を正当な理由もなく葬ってしまったのだ。大騒ぎの世間に示しをつけるための、球界の自己保身のための「スケープ・ゴート」だった、というのが長い歳月を経たあとの我の結論である。ひとりの大物投手を生贄《いけにえ》にすることで、権力者たちはその責任を取ったことにして、まんまと逃げおおせたのだ。噂によれば、本当はもっと重い罪状にあった他球団の選手たちもまた、そのおかげで一件落着となって助かったのだという、なんとも理不尽な話を聞いたものだったが。

◇新コミッショナーの英断

後日談がある。

小野氏が我に、オレにまかせてくれ、といったのは、十分な勝算があってのことだった。ちょうどその年（二〇〇四年）の二月、新コミッショナー（第11代）に就任したのが、根来泰周《ねごろ・やすちか》という、元東京高検の検事長などを歴任した法律家だったが、就任後は球界再編に着手し、野球協約の改定や暴力団の追放（八百長に巻き込まれた選手たちは、ベンチにまで入り込んでいたといわれる暴力団の、戦後社会の犠牲者ともいえる）、コミッショナー職の権限強化などに取り組んでいた。小野氏が池永復権について直談判に及んだのは、そのような新コミッショナーの意気に期待したためで、よい感触を得ていたという事情があった。そして案の定、翌二〇〇五年の春には、その根来氏によって、池永の球界復帰を認める宣言がなされたのだった。

そのひと月余り前には、我の拙作『復権 ―池永正明35年間の沈黙の真相―』（文藝春秋）が世に出ていた。その出版に先立って、出版部長と担当者を伴って博多を訪れ、また一献傾けたのだったが、池永はそのとき、やがて復権嘆願に対するコミッショナー回答があるけれども、どうなるんでしょうねぇ、と未だ不安な面持ちであった。

真相を暴かれた我の本については、複雑な溜息をつきながらも、ノーというわけにはいかんじゃろ、と諦め顔であったが、かつて我が、もう一度やろうと持ちかけなければ、望みは永久に絶たれていたはずだから、それなりに感謝もしてくれていた。今度こそ、大丈夫でしょう、とそのとき我は応えて、その日を待つことにしたのだった。

◇不思議な時の運・不運

実のところ、その特報を待っていたのは、新聞各社のスポーツ関係者だった。とくに地元の下関や九州では、全面を使って記事を用意していたところもある。アメリカ球界もなし得なかった、永久追放処分の解除は、それが実現すれば大ニュースであったからだ。

忘れもしない。二〇〇五年四月二十五日――、待ちに待った発表が根来コミッショナーから宣せられたとき、ほぼ同時に、わが故郷の兵庫県で、前代未聞の鉄道事故が発生する。記憶に新しい方もいるはずの、JR福知山線の脱線事故である。死者107名、重軽症者562名という、まるで航空機事故のような事態に、日本全土が震撼した。

それによって、当然ながら各社は予定の稿を投げうち、大事故のニュースと差し替えることになる。続報につぐ続報で、すっかり機を逸した記事はお蔵入りとなり、池永復権は大勢に知れ渡ることもなく、まるで小さな死亡記事のごとくになってしまったのだった。

あの事故さえなければ、本は売れていた、という恨みは、むろん俗人のものだ。文春の部長からは、印税は何に使いますか、などと尋ねられたほどに、ベストセラーを期待されたのだったが、肝心の九州でふるわない、という言葉通り、我の他書と同じ初版止まりで、その年の暮れ（二〇〇五年十二月）にはタイ国（バンコク）へ向けて日本を去ることになる。経済苦が主な理由であったが、長年の池永問題に決着がついたことによって、また施設にいる母親（とうに九十歳を過ぎて死期が迫っていた）は次姉にまかせられることから、安心して異国へと落ちていけたのだった。先に、タイへ移住することにした因縁は一つではない、と述べたが、そういうこともある。後は小野氏に任せたとはいえ、すっかり放り出してしまうことはできなかったからだ。

思いがけない出来事のおかげで、影が薄くなってしまった池永復権だったが、たとえ鉄道事故が起こらなかったとしても、我の本が売れていたかどうかはわからない。先に述べたように、我の世代以上の人たちにはノスタルジーではあるが、およその人にとっては、三十五年も前のことにどれほどの関心を抱くだろうか、と問えば、われらが世代ですらもすでに記憶は色褪せて、遠い過去の、ふだんは意識の外にあるものでしかなかったろう。たとえ思い出したところで、よほどの西鉄（ライオンズ）ファン、池永ファンであった人を除けば、わざわざお金を出してまで真相を知ろうとは思わない。というのが、思えば当然の「真相」であったにちがいなかった。

それにしても思うのは、それほどに過酷な処分を受けながら、腐って悪の道に入ることもなく、まっとうに終焉まで生き切ったというのは、やはり称賛に値する人物だったということだ。並みいる一流の球界人が博多の店を訪れて教えを乞うなどしたというが、友人ほか支援者にも支えられ、奥方や娘さんたち家族もきちんと養いながら、復権後は、野球解説者や福岡ドンタクズの監督を務めるなど、余生を楽しみながら野球人生を終えたことはまだしも幸いだったか。

いずれまた、老いた身を博多に運び、一献傾けたいものだという願いもついに叶わなかった。重大な打ち明け話をしてくれた小野ヤスシ氏（二〇一二年・享年72）も英断を下した根来コミッショナー（二〇一三年・享年81）氏も次々と亡くなってしまった。復権でよみがえった人の一方で、数多くの不慮の事故死を遂げた人たちがいた。

次の仏日には、合掌して冥福を祈りたい。

○托鉢は「隔日」にした利点

よい天気が続く。朝の室温は、24℃ないし25℃、屋外は18℃前後だが、日によっては15℃から13℃くらいまで下がる。昼間もさほど上がらず、陽の照り方によっては30℃くらいになる日もあるが、冷房は要らない。一年で最も快適なシーズン、太陽もやわらかな、マスクを外せばカラっとした空気が鼻孔に心地よい。但し、これは朝方だけ。

しかし、我のカラダは好調とはいえない。その原因は、足元にある。暮れにバンコクからチェンマイへ向かう際、モーチット・バスターミナルで、僧姿が最優先されたのはいいけれど、案内の年配女性に、こっち、こっち、と手招きされて急がされたことが、重い荷物を持っていた我の足の古傷をよみがえらせた。モーチョット注意深く、老身をかえりみて、落ち着いて行動すべきだったと思うが、これもいまだ未熟の証しだろう。最優先にいい気になって、いわば心のどこかに傲りがあって、身の不注意、油断を招いたのだ。

先の池永復権に英断を下した根来コミッショナー氏は、阪神の大ファンであったようだが、神宮球場での試合は特別席を拒み、外野席で自費の観戦であったそうだ。さすが正義の法律家で僧侶の資格もあった（実家が浄土真宗のお寺であったからだそうだが）清貧の人であったればこそ、理不尽な永久追放に決着をつけることができたのだろう。これからは我も、最優先お断り、割引もナシでいい、くらいの精神《こころ》でいこう。

その報いとして、新年からの托鉢歩きがつらくなった。薄型シューズで裸足を覆うようになっていても、ハダカの足よりはマシだが小石を踏むだけで痛みが走る。二十年以上も前の傷が未だ癒え切っていないとは、何とも人間の身体はクセモノだ。自分の思い通り、願い通りになどなりはしない。老身はなおさらそうだ。そのことを心からわかっていれば、モーチットでの不注意も防げたように思えてならない。足に、いやココロにお灸をすえたい。

そこで、朝の托鉢は一日置き、とせざるを得なくなった。二日（48時間）に一度、ならばその間に痛みがひいて、どうにか歩ける。ある程度のインターバルは、野球の投手に必要な休息がそうだ。肩を酷使すると短命に終わるといわれるが、老足もまた労わってやらなければ壊れる、と察知したのだった。

住職は、そんな我の様子をみて、サンダルを履いて托鉢することを許可した（足が痛いのなら仕方がない、ということで）。だが、いまはまだ受けないことにする。しばしば出くわす、通りを隔てた寺（ワット・ウモン）の七十歳になる住職は、杖にすがってよたよたと歩いている。むろん裸足であるから、その姿は実に痛々しい。それを見ていると、我の方が五歳年上とはいえ、とてもサンダルを履いて歩くのは気がひける。せいぜい薄型シューズの準ハダシがいいところ。それよりも、隔日にするほうが身心ともにラクだ。

その分、布施は減るが、冷蔵庫があるから余った分を仕舞っておけるし、市場で仕入れるものがあるから、それを煮炊きすればよい。それに、時おり生米を布施してくれる人がいて、バケツに一杯、そのビニール袋がつまっている。昨日は、その中からモチ米を炊いた。蒸すといいのだが、それ用の炊飯器がないため、ふつうの炊き方だったが、それでもなかなかよいものだ。アツアツのご飯は、托鉢食では（冷めてしまうため）味わえない。

隔日にすると、よい面もある。それだけ時間が浮くため、他のことに使える。このような書きモノにも使えるから、筆《ふで》がすすむ、ということは、モノ書きとしてもよいことだ。日頃の無精から住環境がしっかりしていないため、ダニに咬まれないよう寝床を整える時間もつくれる。昨日は、長いこと放ってあった衣類を洗濯し、まだしも温かな昼間に水浴びをした。温水シャワーは思案の末、ガマンすることにしたから、昼の時間の余裕がありがたい。

ものごとは、臨機応変に、よい方へ向かえるようにすべきだ。こっち、こっちの代償は足の古傷を呼びさましたが、また幾年月か、休ませてやれば元に戻るだろう。問題は、やはり運動不足だが、以前は過多になっていた可能性もあるわけで、わが身をよく観察しながら、ということになるだろうか。ふらつきの原因追及も同時にやらなければ……。

今日（一月十三日〈土〉）は、その托鉢日だった。休まない布施人たちには、一日置きに来る、といってある。その一人、かつて転んで目にケガをした老婦人が、我に立派なタビを布施してくれた。分厚い底に滑らないコーティングが施されたもので、それも四組、いつもの布施に加えていただいたのだが、その心遣いが身にしみる。折り返し点のLさんたちも、サンダルを履きなさい、といってくれるが、いまのところ大丈夫、と応えている。そう、常に、今のところ、なのだ。明日はわからない。

○子供の日に思う親子の絆

タイの子供の日は、一月の第二土曜日（今年は十三日）と定められている。祝日ではないが、週末の休日。

その日、夜になっても礼拝所《サーラー》（集会や葬儀などを執り行う）の灯がついているので覗いてみると、住職が大量の品々に埋もれるようにいた。我は驚いて、この山は何かと尋ねると、子供の日の布施品だという。在家からもらったものだというので、我らは子供扱いされたのかと思ったがそうではなく、来週の火曜（十六日）にトラックにそれらを積み、山の子供たちへ届けるのだという。山とはチェンマイから数時間のドライブで行ける山岳地帯で、そこに住む貧しい子供たちへ、ということになる。アカ族、モン族、タイヤイ族等々、山の少数民族である。

米俵、水（ペットボトル）、卵、お菓子、Tシャツ、人形（ぬいぐるみ）、インスタント・コーヒーの類、焼き肉用の鍋、炭（火）コンロ、などなど。こういうものを、在家は寺を介して届ける。なかなかの習慣、助け合いの精神だ。タイという国は、子供と老人をとりわけ大事にする。か弱いものを労わる慈悲の精神が行き届いているのを、こういう時に感じさせられる。

我もまた、そのおかげで生き延びてきたわけだが、果たしていつまで続けられるのか。さらに老いて古傷が悪化し、足が動かなくなった日には、モノ書きの生命はむろんだが、みずからの命をどうするのだろう、と考えてしまう。先々のことなど考えてもしかたがない、とは思うが、近い将来の現実問題となると、そういうわけにもいかない。

若い頃は、長生きをするかどうかなどわからない、ゆえになけなしのカネから年金など払っていられない、とばかりに打ちやってしまったけれど、それこそは若造の浅知恵、危機管理の足りなさであったといわざるを得ない。確かに年金は高く、生計を圧迫するものではあるが、意に反して長生きをしてしまった日には、身体はどんどん弱ってくるから仕事もあまりできなくなる、ゆえに収入も減ってくるという、とりわけ退職金もない自由業の人間にいえる現実をもっと早くに自覚していれば、こんな気苦労はしなくてすんだはずなのだ。

このタイ国ならば、親がどんな状態になっても面倒をみるのが社会通念（常識）であるから、スッカラカンになったところで、働ける子供さえいれば、飢えることはない。それどころか、しっかりと最後まで、義務として養っていくのがごく自然の光景としてある。

いつだったたか、托鉢の途上で、いつもの折り返し点の近くにあったコンビニ前の椅子に腰かけて休憩していると、一台のライトバンが目の前に停まった。降りてきたのは、一人の老人と三人の若い男だったが、独りでは降りられない老人は、男たちにその腕と脇を支えられ、やっとのことで地面に降り立った。そして、休んでいる我に向かい、それぞれビニール袋に入った品を手に近づくと、次々と鉢に入れ、老人もまた身体を支えられたまま、みずからの手で鉢に入れてくれたのだった。しかる後、ひとりの男が老人の靴を脱がせ、男たちもハダシになって地面にうずくまり、老人だけは立ったまま合掌して、我の経を聴いた。

〝サッピーティヨー　ウィワチャントゥ……〟で始まる「祝福の経」（凶兆から逃れ無病、長寿、幸福等を願いあげる）を聴いたあと、先ほど老人の靴を脱がせた男性が、こんどはその足裏を左右ともに布で丁寧に拭き、汚れを取り除いたのちに、これもゆっくりと丁寧に靴を履かせた。彼らが親子の関係であることは一目瞭然で、父親の「タンブン（徳積み）」に付き添ってきたのだった。その所作を眺めながら、今日はいい景色をみせてもらったと思ったものだ。車椅子の老人もまた、世話人の付き添いで布施にやって来ることがある。

タイに居を構えて以来、この社会は高齢者を大切にする、と感じていた。我などはまだ老いの入口にいたのだが、地下鉄に乗っても誰かが席を譲ってくれるし、重そうな荷物を持っていると手を貸してくれる若者が必ず現れる。敬老の日などは設ける必要がない、毎日が敬老だと感じていたのだったが、なぜ、そのような精神が徹底しているのか、シカとはわからずにいた。僧になって托鉢に出るようになってはじめて、あるいはリンプラ（仏日）などに教えが説かれるなかで、なるほどと納得できるようになったのだ。

先の祝福の経は、アナタが病気や凶兆から逃れていられますように、という意味のものに続いて、後半部には、〝アピワータナ　スィーリッサ　ニッチャンウッタ　パチャイノー……〟すなわち、（親をはじめ）年長者を敬う者には四つの法の恩恵が増していく。それは美と幸福と長寿と力である、という教えが置かれている。そういう（ブッダの）言葉を年中聞かされている人たちは、敬老などは当たり前のことで、ましてや親をないがしろにするなどということは考えもしない、ゆえに先の男たちの父親を思う行為もまた当然のごとくやっているのだとわかってくるのだった。

この親子関係の濃密さは前作にも書いたけれど、いつ見てもいいものだ。人が決して失ってはならないものを失いがちであったわが身の過去を省みるせいか。老いさらばえても、子供さえいれば何とかなる。それが一般人に年金などはないタイ社会の強みでもあるだろうか。

比べるつもりはないが、わが国ではとてもそこまでの徹底した精神はない。伝統の断絶を起こした戦争の後遺症（「戦後苦」と我は呼ぶ）は、とりわけわが世代に顕著で、そうした精神は残念ながら希薄であるといわざるを得ない。むろん、わが子供たちもある程度は親を思う気持ちがあるようだが、我がいよいよ老いて働けなくなってしまった日には、どのような手助けをしてくれるのだろうかと問えば、それはわからない、と子供たち自身も答えるだろう。タイのような親子関係を望むわけにいかないことは、我自身がわが両親にどれだけのことをしてきたか、を省みるだけで十分だろう。戦後社会に顕著だった親子の断絶、核家族化、離婚率の上昇、そして少子高齢化へと、時代はいよいよ砂漠化していくように思えてならない。世代の現実は、よくもわるくも受け継がれてい

車椅子の老人から布施を受ける著者〈ターペー通り〉

くのだ。

子供の世話にはなりたくない、とまで言い放つ親もいる。捨てられたとも知らず、行方不明の息子の消息を帰省するたびに我に問うた父親もいる。だから、年金に頼り、保険にも入る。生活保護も必要になるわけだが、保護泥棒といいたくなるような現象まで起こっている。それらがすべてない我は、やはり孤独死、野垂れ死に覚悟の余生を覚悟しないといけない。淋しい話だが、それが最終的な報い、引き受けるべき自業自得というものにちがいない。そのように覚悟していれば、不安になることも、ましてや恐れることもない。

○ある作家の失踪に思うこと

ここでまた、寂しい話を思い出す。寂しさもまた「苦」であり、老いてくると増していく、が、引き受けていかねばならないものだ。

何の因果か、その人は、『密約幻書』という作品で我と同じ第101回の直木賞候補となった作家であった。多島斗志之、という。世代も同じ昭和二十三年生まれ、大学も同じ、いろんな小説を書いて、そこそこに名を出していた。その彼が、もう十五年ほど前のことだが、編集者など世話になった出版関係者に宛てて一通の書面を送り、行方をくらました。

その文面とは、個人的な事情により、社会生活を閉じることにした、というもので、親族など近しい人へは、先々において迷惑をかけたくないため、誰にも知られない形で生涯を終わらせることにした、といった衝撃的な文言が付け足されていたという。我の長年の知友である元新潮社の編集長、校條《めんじょう》剛氏（現作家）もまた、その便りを受け取った人で、その著『作家という病』（講談社新書）にそのあたりの経緯を書いている。

その年（二〇〇九年十二月）に京都市内のホテルを出たのが最後の消息だったという。老いるにつれて故障がちになるのはすべての人にいえることだが、多島氏の場合は目が悪くなってきていたようだ。モノ書きにとってそれは致命傷であり、あとは口述筆記という手があるけれど、そんな人を雇う余裕もなければ、もはや作家生命の終りを意味する。そこで、どうするかという選択に迫られたた氏は、妻子に迷惑をかけたくない、という理由から（それだけではなかったかもしれないが）みずから命を絶つことにしたようなのだ。

その後、姿をくらました氏を探して、お子さんたちはその行方を追うことになる。八方手をつくして消息を知ろうとしたけれど、ようとして知れないまま、月日は過ぎていく。氏の選択は、逆に身内を悲しませてしまう成り行きとなって、迷惑をかけるのとどちらがよかったのかという疑問を拭えないのだが、ともかく行方不明のまま、一冬を越すことになる。

これは後日談だが、その春、雪解けの頃、北海道のとある山岳で、白骨になった人の遺体が見つかった。そこから調べが始まり、持ち出したのであろう本人のノート・パソコンがそばにあったことなどから、それが氏のものであることが確定されたという。人の死は凍死がいちばんラクであると聞いたことがあるけれど、何ともせつない話を聞いたのも件《くだん》の校條氏からだった。

家族に迷惑をかけたくない、という理由から、保険をかけて自死する人の話も一度ならず聞いたものだが、いずれにしても他人事ではない。戦後社会は、人の孤独を増長させていったと先ほどの話に付け加えてよいだろうか。個と個が解り合えない、親子でさえも距離があり、支え合うこころを失っていく。ココロの砂漠化が進んでいる、というのが我の考えだ。どうしてこんな社会になってしまったのか、と問えば、ひと言でいうならば、明治の開国以降の、とりわけ戦後の政治が悪い（従って社会も悪くなる）、と断言したい。その悪さの大本《おおもと》は、何はさておき、世界（大多数の国）を相手に戦国時代を再現してしまったことだろう。おかげで、戦後は、その戦後苦をすべての後生が背負わされることになったのだ。このことは、住職と日本を旅した記録に（哀楽遊行と称して）さんざん書いたので割愛するが、戦後世代のこころの危うさは、容易には語り尽くせないテーマとしておきたい。

○作家という人種の共通項

それにしても思うに、作家という職業にまつわる話も、物語の数ほどあるといってよいかもしれない。ある知人は、かつて我を前にして、そのイメージについて——、酒と煙草を好きなだけ食らい、女にだらしがなく、無頼の生活でカラダを病み、果ては自滅していく、そんな存在じゃないの？　等々と、恐ろしいことをおっしゃる。いったい誰のことをいっているのか、よくわからないままに笑ってすませたのだったが、まったく的外れな感想でもない。

確かに、そのようなイメージを持たれてもしかたがないような生き様をした作家もいるから、それは違う、とは言い切れない。が、舞台の渦中にいた者として見てみれば、まさに十人十色、みんな違う貌《かお》を持っている。酒食や女色に対する「欲」はそれぞれに個性、強弱があるし、家庭のニオイがする人もいれば一切におわない人もいる。旅好きの人もいれば動かない人もいるし、冗談の一つもいわない暗い人もいれば人を笑わせてばかりの朗らかな人もいる、社交的な人もいれば独りを好む人もいる、といったふうに、そのタイプは実に多岐に及ぶ。むろん、書くモノもすべて違う。

なので、作家というものは……、と先の知人のような言葉はおよそ当てはまらない。人間を一つの枠にはめて考える、という傾向は誰にもあるが、そのほうがラクで納得しやすいからだろう。我が異国へと去った理由についても、そうした偏った見方があることは先に記した通り。

ただ、そうはいっても、何か、その職業にある、多くに（すべてに、ではない）共通するものがないかと問えば、それはある、という気がする。いわば共通項のようなもの、みんな違うのだけれども、最大公約数的な何かというのは、あるように思うのだ。

それは、何かというと、自分の命は自分が決める、という意志が強いこと、と大雑把にいえるだろうか。先の多島氏の例もそうだが、どんな生き様をしようと、最後は自分がその責任をとり、命の終わり方も決める、という覚悟ができている、ということだ。そうでなければ、こんな仕事は選ばない、本能的に避けるのではないか。むろん、自死だけとはかぎらない。病に陥れば、その対処の仕方も自分で決める。漢方にしろ、西洋医学にしろ、絶食療法にしろ、自分で選ぶ。あえて闘病などはせず、自然死（老衰死を含め）を選ぶ人がいるのもその意志の部類だ。

かつて親友のＦ（インドでの慈善事業中はマザーテレサとも関わっていた）から聞いた話だが、インドを放浪していたある日本老人は、その着たきりの衣の裏に、千ルピー札を縫い付けていて、自分が没した際の費用にしてもらう（河辺で焼いてもらいたいため）であったという。サドゥーのように旅をしているのは、日本における猥雑な人間関係や寛容性のない狭量な社会から逃れたいがためであったそうだ。

わが大学時代の恩師は、いまわのとき、家人が呼んだ医者に、オレを診に来たのなら帰れ、と追い返し、その後まもなく逝ってしまわれた。きちんと辞世の句も詠んで、覚悟の最期であったが、研究者とはいえ著作も数ある、作家といってもよい人だった。出自は鹿児島の仏寺であったから、仏教的な精神が横溢する方でもあって、我はその慈悲の心を受けてモノ書きの道へ進んだことは他書にも書いている。

そのような個の信念（信仰心に近い）に通じるようなものを、作家の誰もが基本的に持っているような気がする。人生の幕引きは自分が決める……。これだけが共通項であるという、我自身もそうありたいと願うことだ。むろん、我のような柔な凡才は、いよいよその時がくれば、コロリと変わって、子供たちに迷惑をかけることを拒まない、タイの常識を持ち込む父親になる可能性も大いにあるのだが。

人はすべからく、その時になってみなければわからない。長生きしたくない、などといっている人もイザとなると狼狽《うろた》えて、不摂生の後悔を始めないともかぎらない。我もまた、本当に足腰が立たなくなって、一行も書けなくなった日にはどういう心境になるのか、わかったものではないのだ。いまのところは、そこまでの（最後は命にすら執着しない）悟りをひらくつもりで精進したいものだが、まだ道は遠い。

ともあれ、また一人、冥福を祈る人が加わった。そのとき、我が賞を受けていなければ、我の存在がなければ、多島氏が受けていたかもしれない。さすれば、その後の氏の作家暮らしはどうなっていただろうか。

もっとも、そうなっていたからといって、よりよい半生が氏を待っていたかどうかは、わからないことではあるが。

○死者への義務を欠く生者

十八日（木）、年が明けて三度目のワンプラ、上弦八夜。朝に定例の勤行、十時からは葬儀という忙しい日であった。

ふつう寺で行われる葬儀は、三日から長くて五日の期間が設けられる。毎日、夕刻からは五名ほどの僧が参列者とともに読経の時間を持つが、我はこれに呼ばれることはない。大事な最終日、九名の僧が必要なときのみ参加して、一時間ほどの時を過ごす。勤行の中味はふだんとほとんど変わらない、死者のためというより見送る人のためにあるようなものだ。

ただ、葬儀の日にだけ唱えられる経というのはあって、それは参列者の幾人かが、布施品のほかに僧のアタマ数だけの「衣」を献上する儀である。衣はふつうサボン（腰巻）にできる程度の大きさの黄布だが、これが献上された後に、僧たちがその衣の端を右手でつかんでひと綴りの経文を唱える。「死者の衣（バンスクン・ターイ）」と称される短い経だ。

〝アニッチャー　ワタ　サンカーラ　ウッパータワヤタンミノー　ウッパッチタワー　ニルッチャンティ　テーサン　ウーパサモー　スコー〟

――人間というものは「無常（アニッチャー）」の存在である。生あるものはすべからく衰えるのが自然であり、その死を避けることはできない。それは寂静の世界（涅槃）に入ることであり、非常に幸福なことである。

死者の衣は神聖なもので、それを着せて荼毘に付すわけだが、僧の黄衣も神聖なものとしてあるため、それが布施として献上される。お返しの経の意味するところ、生あれば老あり死あり、それは自然なことであると同時に、もはや苦もない至福の境地に達することである、とうたう。涅槃は、パーリ語で〝ニッバーナ〟サンスクリット語で〝ニルバーナ〟というが、タイ語では、それを語源に〝ニッパーン〟（濁音が清音に変わるのは他の語もしばしば）という。生前では、悟った人間のみがあじわえる至福の境地とされるが、その死後については、もう輪廻しない、つまり二度と生存の苦をなめなくてもよい至福の世界へ行くとされる。が、葬儀では、その人が悟った人だったかどうかに関わりなく、涅槃（至福の界）へ行ったことにして、こういう経を唱えるのである。まさか地獄や修羅、蓄（どうぶつ）、餓鬼などの界—〝アバイヤプーム〟へ落ちたかもしれない、などとはいえないわけで、これはこれでいいのだろう。

それにしても思うのは、こうして棺に入り、親族、親戚縁者に弔《とむら》われて終われる人は幸せである、ということだ。わが国に、畳の上で死ぬ、という言い方があるけれど、野垂れ死に（路傍などで行倒れになること）はその正反対といえる。以前に我が覚悟していること、として記したものだが、孤独死にしてもまだマシなほうだろう。というのは、そこに遺体（あるいは白骨）があって身元もわかり、弔われる望みは十分にあるからだ。無縁仏になる可能性はあるけれど、荼毘にも付されずに野晒《のざら》しにされるわけではあるまい。

しかし、世の中には、それすらもない、遺体も上がらない、あるいは行方不明で生死すらもわからないままの人が数知れずある。津波などで海へ流されたままの人たちもそうだが、そのような災害による死者のほかに、わが国には（他国もむろんそうだが）「戦争」なるもので膨大な人命が失われた歴史がある。そうした遺体がない、あるいは生死不明という事態について、それが意味するところを考えてみるのは、生者の義務ではないかという気がする。生者必衰（必滅とも）の理は、それはそれで仏教の大事な教理ではあるが、その滅び方において、もっとも哀しい、哀れすぎるといってよい深刻なものであることに生者は想いを致さなければ、災害を未然に防ぐ方策も戦争を失くす法も真剣に考えることはできない。

渦中の人を除いて、生者はおよそ薄情である。他人の不幸をわが身に受けるのと同じこととして悲しむことができない。他人の幸福を心からよろこぶことのむずかしさと表裏の関係にある。大事故、大災害によって膨大な犠牲者、被害者を出しながら、ホトボリがさめると忘れ去り、教訓を生かすこともない。そのような精神性は、わが国の戦後社会のどうにもならない限界、かつ戦後世代の問題でもあるだろう。むろん、タイにも似たようなところがあって、そのことは後述する。

○行方不明の人を恋《こ》う哀れ

この歳になって振り返れば、我の周りにも、行方不明になった人、それを探す人、生死不明の人を想う人の存在がいくつもあった。それも理由がわかっている場合はまだしもだが、それもわからず、ただ突然いなくなってそれきりというケースなどは、残された人が気の毒であり、やりきれない気分にさせられたものだ。

わが生まれ故郷の小さな村にもそれがあって、幼い頃はよく遊んだ同年配の男性は、ある日、妻子を置いて行方をくらまし、一切の連絡を断ったままだ。また同じく幼馴染みの男性は、母親だけを引き取って遠くで暮らしていたが、捨てられた父親が息子の行方を知りたがり、我が帰省するたびにその消息を尋ねたものだった。みずから消息を断った者は、自分の意志でもってそうしたのだからいいとしても、残された者はたまったものではない。生活保護を受けながら暮らしていたその人は、ついに息子には会えないまま逝ってしまった。が、その葬儀には息子の姿があったというから、最低限のことはしたのかもしれない。

こうしたことも、わが国の戦後社会にある、家族や親子関係の危うさが具体化した例といえる。親を大事にしない精神にふれると、ついタイの絶対的な親子の絆を思ってしまうのだが、我の周りには、それが多すぎる。

盟友のように親しくしていた西伊豆・土肥の旅館の（同世代の）社長などは、跡をついだ息子がその交友関係の一切をないがしろにし、ガン手術もした老父の行方すら知らせようとしない。同じ静岡県下の我の友人Yともども、その行方不明は残念しごくであり、おそらく施設かどこかに入れられたというのが予想されるところだが、真相はわからないままだ。

その町の発展を思ってさまざま尽力した人であるのに、それが報われることもなく、跡継ぎに裏切られるような事態には何ともいいようのない悲しみをおぼえる。我が静岡新聞に連載した『人びとの岬』を支えた人でもあり、連載後に『旅人岬』（日本放送出版協会）と改題して本にするに際しても、整備された岬の命名（我が依頼される）からその文学碑（我の日本における最後の華でもあった）を建てる話に至るまで、すべての経緯に関わってくれた人である。

これはもう、個人の責任のみに帰せる話ではなく、先ほど述べたのと同じ次元の、わが国の社会自体がそのようであるからだろうと考えざるを得ない。それほどに、あってはならないことが方々で起こっている。やはり、これも戦後の病（世代禍）とせざるを得ない事態だろう。

○我にもあった消息不明の危機

我の場合もまた、心ならずも行方不明、生死不明になる恐れが一度ならずあった。若い頃から海

旅人岬〈伊豆市土肥〉＆小説『旅人岬』の文学碑

外をうろついていたから、それは必然的に生じる出来事であったともいえるが、あれやこれや思い起こせば、よくぞ生き永らえてきたという感想を抱かざるを得ない。父親が口ぐせのように逆縁を禁じたのも、いまではよくわかる気がするのだ。

その一つのケースは、若い頃の長い旅の帰路に起こった。

当時、すでに冬場に入っていたトルコのイスタンブールから、そこに集まって来る日本人の若者らと連れ立って、東へ東へと、日本が近くなる地をめざしてバスの旅を始めたのだった。雪深いトルコの山岳地帯を抜け、灼熱のアラブ諸国へ、果てしない砂漠の旅をやっとのことで（二週間ほどかけて）終え、アフガニスタンのカブールへ到着したとき、インド・パキスタン戦争（第二次）が始まった。

我らにあった選択は二つ、このままカイバル峠を越えてパキスタンへ向かうか、それともカブールからインドへ空路で向かい、そこで様子をながめるか。十人ほどいた仲間のうち、空路でインドへ飛ぶことにしたのは、我ともう一人、大学が同じで親しくした同年配のN君だけで、あとは峠を越える陸路を選んだ。空路といっても、戦争が始まった以上はその有無が危ぶまれたが、カブール発ニューデリー行きの民間機がその最終便を飛ばすことを知って急いだ。

どうにか無事にインドの首都へ着いたものの、それから先がまた問題だった。デリー空港はすでに封鎖されたことから、そこから飛ぶわけにもいかず、夜は灯火管制が始まって身動きがとれない。夜の食事は灯火管制の下、小さなランプをともした掘立小屋でカレーを食べ、昼日中も出歩くことができず、安ホテルの側にあった広場で、靴磨きの少年たちを相手に時間をつぶすばかりの日々が十日ほども続いた。その時の模様は、卒論――「ユーラシア紀行」にした後も『闇の喜劇』という小説に書いて、後に岳真也らとやっていた同人誌『えん』に載せたのだったが、同行したN君の愚痴、嘆きは我の比ではなく、実際、明日をも知れぬ戦時下のインドは街全体が混乱のなかにあった。

後にバングラデシュとして独立する東パキスタンから流れてくる難民の数たるや、食を求めてうろつく我らが足元に群れをなし、まさに生死の境をさまよっていた。いったい何度、横たわる難民の手足を踏みつけたことか。

まだパキスタン側からの首都への攻撃はなく、爆撃機の音もしなかったが、一刻も早くこの場から逃れなければ……、という思いに駆られて向かったのは、遠くのムンバイ（かつてのボンベイ）だった。そこからはまだかろうじて民間機が飛んでいる、という情報を得たからだった。そのときは鈍行列車の三等席で、一昼夜を費やす間、食事もロクにとれないままの苦しい旅だったが、着いて数日後、それが民間機の最終便であるというバンコク行きのエア・インディア機に乗り込んだ。

無事にバンコクへ着いたとき、暗黒のインドとまるで正反対の夜の明るさに接してひどく感動した憶えがある。もっとも、その平和な明るさは、ベトナム戦争下の特需景気による、他国の不幸と引き換えの繁栄であったのだが、当時は意識の外にある他人事でしかなかった。

一方、カイバル峠を越えることを選んだ他の仲間たちは、その後、どうしたか、いっさいの情報がなかった。インドよりはるかに狭いパキスタン側に入って、戦火の影響はどうだったのか、その後、N君のもとへも知らせは届いておらず、その生死すらも不明であった。

運命の分かれ道であったかもしれない。もし我に、長旅の休息地だったロンドンを発つ前、父親が送ってくれた帰路の費用を携えていなければ、彼らと同じ陸路を選んでいただろう。辿り着いたタイの首都には、そのロンドンで出会ったタイ人の友人（後に述べるP）が先に帰国して待っていてくれたから、あとは何の心配もいらなかった。

ドイツで急性盲腸炎に倒れ、これも九死に一生を得た話は前作に記した（このときは街中であったから行方不明にはならなかったと思うけれど）。戦時下のインド漂流もまた、長い旅の途上での間一髪つづきの窮地だった。


また別の一つは、フィリピンでの取材中に起こった。

もとより潤沢な資金のない取材者は、特派員諸氏のような立派な車を雇えるはずもなく、いつもオンボロ車をもつフィリピン人に頼っていたのだが、その日もそうで、確かマニラから遥か南の町へと走っていた。人家とてない山間の道を走っているとき、車が突然、爆発するような音とともに操作不能に陥った。何が起こったのか、吃驚する間もなく、車は横揺れして蛇行し始めた、その瞬間、運転手はそばのサイドブレーキに手をかけて、グイと引っ張った。そこでやっと車はスピードを落とし、蛇行をやめて停車したのだったが、そこはあと数十センチで崖下へと転落する手前の路肩だった。

ふうッ、と大きな溜息をついた運転手は、怒りにまかせてハンドルに手をかけ、コマを回すような動作をしてみせた。と、それはクルクルと何の抵抗もなく回転した。こんなことが起こるのかどうか、おそらくめったにないことが人の命を奪うのだろう、ハンドルの先端、両の車輪をつなぐジャンクションがブチ切れていたのだ。昨日、修理工場から出してきたばかりなのに、と運転手はその杜撰な修理を罵った。が、実に幸運であったのは、もし崖下に転落していれば、人も来ないはずの渓谷であったから、長く放置され、ふたりは行方不明、ということになっていたにちがいないからだ。

それからの一時間ほどは、運転手みずからが車の下へ身を潜らせて、繋ぎがはずれた部分を修理することになる。何とも器用なものだったが、これでオーケー、大丈夫、と破顔して再び走り始めたのはリッパというほかない、これがフィリピンだと感じ入ったものだったが。

◇危機一髪の火事の記憶

また別の一件は、全焼していれば身元不明になっていたはずの火事に遭ったことだ。それは台湾の都、台北で起こった。

その日、朝早くに目を覚ましたのは、何やら焦げ臭いニオイを嗅いだからだった。異様な鼻孔への刺激はふつうではなく、喉の痛みを生じるほどのもので、目を空けて虚空をにらむと、冷房機の排気口から次々と黒い煙が噴き出していた。

火事だと察知して跳ね起きたのはいいが、窓は鉄格子に阻まれていて、下を覗くこともできない。やむなくドアを開けて廊下へ出ると、そこはすでに煙が充満しており、しかし、部屋もたちまち煙が満ちてきたから、もはや選択の余地はない。エレベーターのある場所はおよそわかっていたから、寝巻姿のまま廊下を伝った。本当はエレベーターなどに乗らず、階段を使うべきだったのだが、そんな思慮もなく、ちょうど開いていた（誰もいない）箱へと身を入れて、一階のボタンを押した。それがもし動いてくれていなければ、おそらく我は助かっていなかった。中で蒸し焼きにされていたにちがいないが、幸いにして一階へ着いたときも扉は開いて、そのままホテルのロビーを駆けて戸外へと脱出した。

寒空の下、着の身着のまま放り出されたものの、命だけは助かったことを感謝したものだった。その後、早期発見の火事は消し止められて、部屋の荷物も無事だったが、これも一歩間違えば窒息して倒れていただろう。窓の鉄格子は、泥棒が多いための防止策だったが、それが徒《あだ》となって逃げ場を失い、命を亡くすケースを聞いたこともある。二階の部屋であったから、まだしも地階に近かったことも幸いしたのだが、逃げ遅れて屋上にのがれた人たちも、はしご車で無事に救出されて一件は落着したのだった。

この話を次の日に、当時サンケイ新聞の台北特派員だった岩野（弘）氏に聞かせると、いま少しでとんでもないニュース・ネタになるところだったと、行きつけの酒場で祝杯を上げてもらったものだ。やっかいな日中関係から、台北に支局を置けるのは産経新聞だけ、という状況下にあった当時、岩野氏にはずいぶんとお世話になって、後に我の連載小説『にっぽん国恋愛事件』（文春文庫）をコーディネートしてくださったりもした、元東京本社文化部長である。こんど帰国したときは、その消息を尋ねよう。

○あるチベット難民の行方不明

消息不明の人は、知友にはいないと記したが、実は一人いる。チベット難民としてネパールに逃れて暮らしていたチベット人男性で、名をティンレーという。二〇一五年四月（二十五日）、首都カトマンズを襲った大地震で、その消息がわからなくなった。

メールを打つと必ず返事をよこしていたのが、それ以来、一切の連絡がない。中国のチベット支配を嫌い逃れてネパールへと（ヒマラヤ山脈を徒歩で越えて）向かい、カトマンズ郊外のアパートで暮らしていた頃、何やらの取材で転がり込んだ我の面倒をみてくれたのだった。

界隈は、チベット難民が住みついてコミュニティをなしている地域（ボダナート周辺）で、近くに仏教寺院もあった。ネパールはヒンズー教徒が多数を占めるといわれるが、その意味合いはインドのヒンズー教とイコールではない。もともとインドから北伝した仏教は、ヒンズーの影響を受けて密教的色彩を増し、独自のネワール仏教をなしていったことから、その境界は微妙である。しかも、チベット難民ほか、チベットとの国境、ヒマラヤの麓にはチベット仏教を信仰する民族やイスラム教徒もいるから、いよいよ複合的な構成となる。仏教国でもあり、ヒンズー国でもあり、はたまた習合（宗教）国家ともいえる。

河辺で遺体を荼毘に付し、遺灰は川へ流してしまう光景を見て（これが訪問の主目的だった）、タイの仏教もその影響を受けているのを実感したのだったが、複数の宗教が混交、共存するネパールは（仏教徒であってもカースト制が存在する点はタイなどとは異なるヒンズー世界のものだが）王国としての平和を享受していた。

だが、近年はチベット同様、中国というやっかいな大国から共産党（マオイスト＝毛沢東派）の侵入を受けたことで、古来の王国は、立憲君主制へ移行した後も混乱を続けた。おそろしい王室の惨劇なども本当に王太子の乱心が招いたものか、不可解な部分が多々あって、民衆の多くも当局発表を信じておらず、その後の政局の混乱とマオイストを勢いづかせる社会不安を招くことになる。

新世紀の初頭（二〇〇一年）に起こったこのネパール王族殺害事件*は、それを手始めに王国（ゴルカ朝）が崩壊へと向かう序曲であった。そして、ついに二〇〇八年には、政局混乱のうちに王国は終焉を迎え、共和制へと移行する。大事件は王権とその政策をめぐるクーデターであったとして主犯の疑いを受けた（ビデンドラ元国王の）王弟ギャネンドラ（事件後に即位）は、やむなく退位することになったが、その際、王族の大量殺人への関与を否定したとされるが、疑惑は晴れることなく今に至っている。

ネパール国（連邦共和制国家）が今後、どのような国を成していくのか、まったく不透明である。ブッダの生誕地（ルンビニー）もある美しいヒマラヤの小国は、大国を排除できない嘆かわしい世界の現実に巻き込まれていく。なんとも残念な気がしてならない。

それに自然災害が追い打ちをかけた。マグネチュード7・5の地震は、死者五千人ともいわれる犠牲者を出した大規模なもので、古い石造りのアパートだった彼の住まいはおそらく倒壊したことだろう。ともにヒマラヤを越えた相棒の女性（タシーという名で妻同然であった）は、先にカリダへと向かったので助かったはずだが、彼はついに逃げ遅れた難民となってしまった可能性が高い。

我が出家する前の年であったから、以来、長く連絡が途絶えたままで、行方を知ろうにも術がない。彼を紹介してくれた親友のFは、ダラムサラ（インド）のチベット亡命政府とも通じている人だが、もはや現地へ足を運べない老後の暮らしを送っていて、ただ案じるばかりの日々である。

いつどこで何が起こるかわからない、危ない橋を渡りながら生き永らえてきた、そのことを想うと、我の命は我のものではない（無我）、という仏法の意味するところにもう一つ別の意を付け足さねばならないような心地にさせられる。天命というコトバがあるけれど、何かそのようなものの力で生かされてきたような気がして、この先もそれにゆだねるほかはないのだろう。最後にお寺に駆け込めたことも生き延びるには幸いな落ち所であったといえるだろうか。いや、幸いであったのは、むしろ（逆縁を禁じた）父と母であったかもしれない。遠い異国の片隅で没したことも知らず、その行方不明を悲しんだにちがいないからだ。我はもうこの世にいない人となるが、残された者たちは生きているかぎり癒されることはない。

＊二〇〇一年六月一日、首都カトマンズ、ナラヤンヒティ王宮で発生した事件（ナラヤンヒティ王宮事件とも呼ばれる）。王太子（ディペンドラ）が会議の途上、泥酔して父王・ビレンドラとその王妃、王女ら多数の王族を殺傷したとされるが（死亡九名・負傷五名）、事件には不自然な矛盾が多くあることから、王太子が真犯人かどうかは疑問視されている。ディベンドラは犯行後に拳銃自殺したとされるが、弾丸の不自然な角度などから他殺の疑いが濃い。その他、不可思議な事実が複数あることから、事件後に即位したビレンドラの弟・ギャネンドラ（事件当日はポカラの別荘に滞在、その家族は全員が無事）が計ったクーデターとする説もある。

○亡骸《なきがら》供養と生別の寂しさ

葬儀の話からずいぶんと横道に逸れてしまった。急いで引き返したい。

死者（寺の近くに住んでいた老女〈享年86〉）への弔い、供養は、それを行う僧への布施をもって表される。その日のそれは、大きめのバケツ（直径、高さともに30センチ余り）に入ったもので、布（タオル）、水（ペットボトル）、ソイミルク（瓶）、カップ麺、ティッシュペーパー、ココナツのビスケット（ひと袋）、乾燥細麺《センミー・ヘン》（1パック）、といったところ。それに布施金、500バーツとこれは（住職も含めて分け隔てなく）通常通り。

加えて、先に記した「死者の衣」の腰巻（サボン）が各僧へ二、三点、さらにその葬儀では、チーウォン（上衣）ほかのフルセットが四人の僧に与えられた。我もその一人に入っていたから、衣だけでかさばるほどの量となり、房へ持ち帰ると、隅に積み上げることになる。が、チーウォンのセットは、前々から欲しいと思っていた茶系のもので、以前の寺では許されなかったが、いまの住職は両方を使い分けることを許している（タイ・サンガもテーラワーダ僧の衣として、両方の色彩を認めている）。戒律は原則として、セットは二組まで、としているが、我の持ちものはそろそろボロ布となってきたので、一つは新しくしても差し支えない。

もっとも、インドの昔、釈尊の時代には、僧の衣は、墓場やゴミ捨て場から拾ってきた布を縫い合わせて作ったほどの質素倹約、最低限のものでよしとされたわけで、いまも衣はボロになればなるほど味が出てくるということだから、新調するのはあまりよいことではないけれど。

この度の葬儀に、わが寺の住職は不在だった。というのも、他寺で大事な葬儀があり、それに呼ばれたためだ。代わりにやってきた他寺の住職はもうかなりの高齢で、壇上に胡坐《あぐら》をかいて居るのもやっとのようすで、一時は咳がとまらずにどうなることかと心配したほどだ。が、やっと声が出るようになったものの、「五戒」の唱えでは順序を間違えて声をとぎらせ、結局、四戒ですませてしまった。三番目にくる、性的不義（浮気等の禁）の項目を飛ばしてしまったのだ。わが住職にはあり得ないことだが、年をとってくると、こういうことにもなるのだと、ほぼ同じ齢の（何かと抜けてしまいがちな）老身をかえりみた。

在家による布施の最後は、やはり昼の食事で、これは立派な弁当をいただくことになる。住職がいれば、それには参加しなくてもいいといってくれるが、その日はそういうわけにもいかず、場所を変えたそれに加わった。案の定、我ひとり皆の衆の早食いについていけず、半分も食べないうちにやむなく箸（フォークとスプーン）をおいた。老いた住職が加わるつもりもなくさっさと帰ってしまったのは、そのことがわかっていたからだろうか。

食半ばにして箸を置いたのは、食後には皆で経を唱えねばならないからだ。それは、托鉢で布施を受けたときの返礼の唱えと同じものだが、すでに葬儀のなかでも唱えているから、またもくり返すことになる。その念入りな、手抜きをしない精神は、この仏教の一つの特色といってよいだろう。もっとも、我の意見では、食の咀嚼《そしゃく》の手抜きをどうにかしてほしいものだが、誰か権威ある人に、肥満の因の一つともなることを説いてもらうほかはあるまい、と儀式の終りに老僧は思うのであった。

それはともかく、人の死を悲しいものとしない精神もまた、いつもながらの光景に感じとれる。わが国では、しめやかに（葬儀が）営まれた、などというけれど、ここでは、湿っぽさのカケラもない。泣いている人を見たことがないのは、これまでのすべての葬儀（毎月のようにある）でいえることだ。むしろなごやかな雰囲気に包まれて、笑いながら言葉を交わしている。先の経にもあるように、人は死してはじめて苦しみのない世界へ旅立てる、という基本的な教えが行き届いているためだろう。そのような死生観を持つことができれば、ずいぶんと生きること自体がラクになるような気がしてくる。死は苦としているが、それは老いて病に陥り、死ぬまでのことで、死んでしまえば、苦ではなくむしろ安らぎが待っている、とする考え方はわるくない。

そして、葬儀はまた、涅槃へ行くのは至上の幸福であるが、そうではない場合も考慮して、その供養もまた置いている。「滴水供養」なるもので、天上界ではなく「餓鬼」の界へ落ちて飢えているかもしれないとして、布施品がそこへも届けられること（徳の転送）を確信的に唱える。わが国でも、仏壇にモノを供えることが行われるが（こちらでもそれは同じだが）、布施に対する返礼として僧が唱えるのである。これもワンプラ〈仏日〉や托鉢におけるものと同じ。アナタから献上された布施は、すでにこの世を去った人へも届けられる、まるで河の水が大海を満たすように……。

〝ヤター　ワー　リュワハー　プーラーパーリープーレンティ　サーカラン……〟

その経を唱える間、在家はボトルの水を別の器に移し替えていくのだが、あの世との「渡し水」とでもいうべきか、真水がその配達の役割を果たすわけだ。なんとも不思議な感性だが、そのような一種の霊的なものを人間のタマシイは秘めていることも確かで、先に述べた正月の勤行における霊糸もそうだが、我は興味深く眺めている。

涅槃と餓鬼の界という、相反する死者の行き先をともに可能性として置くところにも、儀式の周到さを思わせる。参列者らもまた、昼の食事を境内に設けられたテントの下でなごやかに摂り、午後からは棺を多数の花輪とともにトラックに積み込んで、市営の火葬場へと向かった。

死は悲しむべきものではない。しかし、それは畳の上の死、あくまでまっとうに人生を終えた死の場合にいえることだろう。そうでない死（あるいは生死不明）は、述べてきたように、やはり残された者にとって悲しいことにほかならない。

我の場合は、せいぜい野垂れ死にくらいが許容の限度か。世界を流浪してきた者として、それがふさわしくもあるが、どんな形であれ、遺体を荼毘には伏してほしい。そして、遺骨となり、墓はともかく、供養されたいと思う。これも生きているかぎりの願い、生存時の希望にすぎないが、遺される者にとってもそれが最低限の望みであるはずだ。

○亡骸供養は最低限の生者の願い

ところで、先に、わが寺の住職が葬儀に不在であったという話をした際、その理由として他の大事な葬儀があるため、と記した。後になって知ったのだが、それはチェンマイの名刹の一つ、ワット・パーペン（パーペン寺）の住職、プラ・クルー・ウパタン・サーサナクン師（比丘）の葬儀が同日にあったからだった。享年93、パンサー（雨安居）の回数は72回（成人僧となってからの回数でサーマネーン〈未成年僧〉時代のものは数えない）の大長老であり、チェンマイのほとんどの寺の住職が、その一週間にわたる葬儀のいずれかの日に招待を受けたという（わが住職は十八日）。

タイ人の平均年齢*からすると、大変な長生きである。日本人の寿命でいえば、百歳をかるく超えて、まさに枯れ落ちていったといえるだろう。テーラワーダ僧の場合、とりわけ高僧といわれる人は概して長寿である。インドの昔でもそうであったらしく、百二十歳まで生きたとされるアーナンダ（釈尊の従者）やマハーカッサパ（釈尊の後継者）などの他、なかにはそれ以上、百六十歳の最高記録をもつ僧（パークラ比丘）までいる。何ゆえにそれほど長生きができるのか、と問えば、酒もたばこものまず、一日一食でもって生殖行為もせず、日々、戒を守って自己を律する暮らしをしているから、という一応の答えが出せるけれど、人間の（生物としての）可能な寿命は二百歳くらいだといわれるから、あながち不思議な話ではない。

その最終日（十九日）は、最も大事な「火葬の儀」で、住職は出向かなかったが、メディアではむろん報じられた。その崩御はしかし、二年前にさかのぼる。つまり、二年間の遺体保存をおこなった後に、ようやく火葬の日を迎えたというわけだ。

国王の場合、例えばラーマ九世（プーミポン王）は一年間の保存の後であったが、それよりも長い、ということは、ある意味で国王よりも人事に扱われていることの証しともいえる。タイ・サンガの頂点である大僧正（プラサンカラート）も二年間の保存であるが、その前では国王も（その出家時には教えを受ける師でもあるから）五体投地の三拝をする。やはり、タイではもっとも崇高な人、ということになるが、その火葬の儀では、わざわざ立派な炉塔（プラサート・ハッサディーリン〈聖なる象と霊鳥をあしらった彫塑をもつ〉）を建築するのが仕来たりである。これは、パンサー四十回以上（二十歳で得度した場合は六十歳以上）の長老、もしくは国王の崩御のみに造られるものだ。

そして、その遺骨は一般人のように河へは流すことなく、大事に保管されるという。国王の場合もそうで、ただ、その生誕記念日などには、その一部を空へロケットで打ち上げたりもする。いわゆる空中散布であるが、これは一般人でもやっていることで、河へ流すよりもこちらを選ぶ遺族もいる。ただ、流骨式よりも仕掛け花火をなすのに高くつくそうだから、これも富裕層が選ぶことなのだろう。

いずれにしても、遺体と遺骨に対する生者の思いというのは、やはり格別なものであることの証しでもある。以前にも書いたが、それがないことの重大さをいっそう際立たせる話でもあるだろか。どんな形であれ、また費用の多寡にかかわらず、弔い、供養することができる、というのは生者にとって最低限の願いは果たせていることになるのだろう。

○同郷作家との生別と死別

我の場合、多くの知友を亡くしてきたが、幸いにして、というべきか、国内では遺骸《なきがら》がないという事態になった人はいない。その冥福を祈ることが素直にできるのは、せめてもの慰めといえる。

住職の「火葬の儀」の炉塔〈パーペン寺〉

ただ、それですべてかというと、そうでもない。かつて親しく付き合った人で、いまはその生死すらわからない人も数多くいることについて、死別した人たちとはまた違った、残念な思いがある。とりわけ我のように異国で出家して久しい者にとっては、いつの間にか月日が無情に過ぎ去ってしまう。会わなくなってもう何年になるかと数えてみれば、十年はおろか、十五年も二十年にもなってしまっていて、どうにかして再会したいものだと思う相手も少なからず、なのである。

同郷の作家、軒上泊もその一人だ。彼とは、我が帰省するたび、酒やお茶でもって長くしゃべり合うのを習慣にしていた。我より一足早く、オール讀物の新人賞（『九月の町』にて）を受け、それが『サード』（彼が西脇市〈兵庫県〉で経営していた喫茶店の名前でもあった）と名を変えて映画化され、それがヒットした。東陽一監督、永島敏行主演で、寺山修二が脚本を書いた。以降もいろんな作品を発表するたびに映画化されるなどしていたから、けっこう羽振りがよかった。大学（神戸）を出てから少年院の教官をしていた体験でもって、それをネタ元にして小説を書いていたのだが、同年配かつ同郷のよしみのみならず、気が合う点でも作家仲間として大事な存在だった。

その彼と最後に電話で話したのは、我が異国《タイ》へと居を移す前後のことだったと思う。確かこんな話だった——、いま作品を一つ書き終えたのだが、それをどうするか、考えている。もしどこか、紹介できるところ（版元）があればお願いしたい。

ところが、その頃の我は、もはやどこからも注文が来ない身で、せっかく出会った熱血的編集者も急死して、書き上げた作品（これが十七年後〈昨年〉に復活した『詐欺師の誤算』〈論創社〉なのだが）が宙に浮いてしまうという事態に陥っていたから、とてもそんな余裕などなかった。彼にはただ、考えておく、と答えたと思うが、紹介できるような当てはなく、そのままになってしまう。その後、我が異国へと落ち延びていったことから、長く連絡しないでしまったのだが、彼はといえば、やがて四国の高知市へと、奥方の里へと居を移すことになる。加東郡滝野町（現加東市）にあった実家をすべて処分し、家族もろとも土佐へと越していったのだ。

そうなると、よけいに疎遠になってしまうのはやむを得ないことで、以来、消息もつかめていない。その後、本も出ていないようなので、連絡のとりようがないのである。奥方の郷里であるから、生活はどうにかなっているはずだが、何ともいえぬ心地がしたのは、我と前後して稼業が斜陽となり、故郷を去って生き延びる場を他に求めねばならなかった、という符合ゆえだ。別に相談したわけでもなく、そのような状況となっていったのは、やはり作家としての栄枯盛衰がいずれ訪れる宿命にあったということだろう。気が合う仲間は、没落も時期を同じくしたということだろうか。

ただ、彼の場合、インターネット検索でもって、まだ生きていることだけは確かめることができる。もし亡くなっていれば、そこに没年が記されるはずだからだ。我と同じ、後期高齢者となっているから、健康で長生きをしてほしい、そしていずれ新作を、と今は願うばかりだ。

そういえば、ふたりが同郷のよしみとして慕っていた作家、三枝和子さんが亡くなってもう二十年にもなる（二〇〇三・享年73）。最後に会ったのは、その三年ほど前、さしで飲んだ郷里の居酒屋だったが、ギリシャの研究家でもあった女史はそのとき、ギリシャの衰退は、文化の崩壊にある、とりわけ言語の崩れにある、と断言されたものだった。

スマホ（広くPC）は、便利になりすぎた時代の象徴的なものだが、その功罪は確かにあるという気がする。手軽で安直な「口」の悪さ、怖さは、その攻撃に苦しんできた人たちの言をまつまでもない。匿名ゆえに言いたい放題の輩はタチが悪いし、無責任で軽はずみな政治家の失言にしてもその類だ。手書きで文章を刻みつけた時代からみれば、信じられない便利さ、速さが度を超して、モノ書きの精神性まで変えていったように思える。書き手読み手ともよいように変えられていったのなら、本が売れなくなる時代は来なかったのではないかという気もする。その意味では、我が迎えた行きづまりも自業自得のうちだろうか。

それもこれも文化、国家の衰退に関わる話としたいところだが、三枝さんにはもっと生きていただいて、いまの時代を斬ってほしかった。ワタシの本は四千部でいいの、という言葉を聞かされたものだが、当時は非常に少ない部数だった。いまや、多いくらいの部数となっていることを女史が知ったなら、やはりこの先は専業作家でやっていける人がいなくなるのではないかという予想を立てられるかもしれない。

新宿の、軒上氏とともに行きつけだった酒場もいまはない。三枝さんの夫君、文芸評論家の森川達也氏（地元の寺の住職であった）もすでになく、兵庫県人作家が我の周りから次々と去っていってしまう。昔を想う縁《よすが》はいずこにありや？

〇一方通行の消息の寂しさ

だが、そうやって生死の別を確かめられる人はいいが、それさえもできない人がいるのは困ったことだ。かつて、女優のあき竹城は、しみじみとこういったことがある。

――ワタシはテレビに出ているから、相手のひとは元気でいることが確かめられるけれど、ワタシは相手のことが見えないのよね。どこでどうしているのか、知りたくてもそれができない。

日劇ニュージック・ホールのダンサーから女優となっていく過程で、付き合って別れた（あるいは世話になった）男性があれこれといるらしく、なかにはその後の消息を知りたい相手もいたのだろう。ほんとにそうだね、と我が返すと、アンタにもいるの、そういう人、と笑った。

アンタもね、ひとつ当たればいいのよ、一つだけ！　そしたらあとは順調だから、とよくいっていた。映画『楢山節考』（83年カンヌ映画祭パルムドール〈グランプリ〉受賞・今村昌平監督）でブレイクした彼女ならではのセリフだった。今村監督は、彼女がバラエティー番組に出ていた若い頃から、緒方拳（長男・辰平役）の妻（玉やん）役はこの子だ、と決めていたという。

誰がどこで見ているかわからないものだね、とそのときも笑っていたけれど。

なんでもいいの、ひとつ当たれば！

我の直木賞受賞作『遠い国からの殺人者』（文藝春秋）は、そういうわけにはいかなかった。歴代の受賞作品で最低の売り上げを記録した、と文春の役員の方から聞いたものだったが、同時受賞したねじめ正一氏の『高円寺純情商店街』（新潮社）に押されて窒息してしまったのだったか。そのねじめ氏はわが懐かしの阿佐ヶ谷（杉並区）の在だ。ともに同じ町組の水城顯氏（元「すばる」編集長で後の作家・石和鷹）によくしてもらったもので、後年、ササクラはどこでどうしているのだろう（消息不明）、と案じているという話を人づてに聞いた。

人には、人世《ひとのよ》には、時の運、不運があることは先に記した。もし、第101回の芥川賞が（先に情報が届いて）ナシでなかったら、おそらく評が割れたねじめ氏の作品は見送られていた、とも担当者から聞いた。田辺聖子委員ほか十名が満場一致（反対ナシ）であった我の作品だけでは、その回の芥川・直木賞はさびしい、従って（五対五に票が割れたけれども）二人受賞に、という決定になったというのはむろんオフレコだが、この程度の話はいいだろう。はじめての候補作で受賞したねじめ氏は、その幸運のせいで、周りから、オマエは詐欺師だ、ペテンだ、などとずいぶんなショット攻撃を受けて参ったという話を本人から聞いたけれど、その後の氏もまた続けていくのに苦労したようだ。

我の「すばる文学賞」時の話などは、もっとおもしろい。選考委員長だった井上光晴氏は、黒井千次（選考委員）氏がその場にいたらなぁ、と後日、我の前で嘆息されたものだった。というのは、その選考会があった日、黒井氏は、我の受賞に反対、のコメントだけを残してロシアへ旅立たれていたからだ。もしも氏が海外へ出かけることなく出席されていれば、我の作品がイチ推《お》しであった三浦哲郎氏、受賞に反対ではなかった田久保英夫氏らとともに、黒井氏をああだこうだと説得して、その意見を変えさせることもできたのだが、居ないのではどうにもならない、その面子《めんつ》も立てねばならなかった、という事情から佳作に回さざるを得なかった、というのだった。集英社の担当者からも、本当は二人受賞なんですからね、腐《くさ》らないでくださいよ、と慰められたものだったが、佳作なのに本にしてもらったのはそういう事情からだった。

対抗馬だった又吉栄喜氏（『ギンネム屋敷』で受賞）は、後に芥川賞（第114回）を受けることになるが、沖縄とは人間関係において相性がいい我とは、その点だけは行き違いになってしまった。当時の編集長、水城顯氏（後の作家石和鷹）は、カサクのほうがいいんだよ、と言い切ってくださったものだが、その通りであったろうか、もう一段上の賞に（又吉氏より七年ほど早く）辿り着くためのバネになったことは確かだ。三浦哲郎氏からも同じような励まし――、あと十年でいっぱしになるように、との言葉をいただいたものだったが、後の（直木賞受賞時の）田辺聖子女史につながる恩人だった。

落ちる者あれば浮かばれる者あり、いまさら人を押しのけて上へ行こうとは思わない。すべては時の運、めぐり合わせ、因果の成り行きゆえ、その度ごとに一喜一憂するなかれ。これもまた、出家して老僧になっていればこその心境だろうか。

一つ当てよ、と我にハッパをかけた女優（本名・竹田明子）も、いまは亡き人だ。人にはない感性で生きた人だった。いまわの時の母堂の遺言は、つよく生きよ、というものだったという。最愛の母かつ最高のファンであってくれた人を亡くしたとき、女優をやめようと思ったらしいが、その言葉《ラストワード》を受けて続けることにした、と聞いた。

最後に会ったのは、我が異国へと落ちて三年目くらいだったか、帰国時に居候していた高円寺の居酒屋を訪ねてきて、ワタシの歌をつくってほしい、といい、三万円を置いていった。貧乏している我をカワイソウに思ったのだったか。ずいぶんとイジメにもあった踊り子時代からの叩き上げであったから、その苦労話を詞にしたものだったが、その後、立ち消えてしまったのが残念。亡きあともスクリーン（我が手を出した映画『新雪国』にも友情出演）で会うことができるのは、女優ならではのよさだろうか。

それやこれやの思いから、親しい人とは会えるときに会っておく、という心得を持つようになった。できるだけ、時間の許すかぎり、その努力をすることが、死なれた後に悔いを残さなくてすむ、という気がする。早瀬のような時の流れは留めようもないが、それに棹《さお》さして、旅をする。老いを言い訳に、保身のために、一つ所に長く留まるわけにはいかない、と思い始めたのだ。

我には最後まで「旅」がふさわしい、とも自覚する。乗り物に乗ってさえいれば機嫌がよかったわが母の血は、今ごろになって、争えないとも思う。

バス乗りが好きだった小学生の頃、夏休み一杯を過ごした奈良（母の郷里）で、市内の循環バスに乗って何周したのだったか、飽かず景色を眺めて乗り続けていると、ボク、どこで降りるの、ととつぜん車掌に聞かれ、びっくりして、次で降ります、と答えてしまった。それが奈良ホテルの前、祖母の家からは対角線の停留所で、後はトボトボと歩いて帰ったことを、伯母たちは長く語り種《ぐさ》にしたものだった。血の業、三つ子のタマシイを想う今日この頃――。

○古巣の宿と女将の思い出

そういうわけで、人に会いに出かけることにした。二十六日（金）の夜、満月日のワンプラ（仏日）が前日に終わったのを機に、ほんの二、三日、クルンテープ（バンコク）へ、用事があるから行ってくる、と住職に願い出ると、むろんオーケーが出た。ガンの手術をした友人を見舞いたい、というだけで即座に了解、そして、どこに泊まるのかと聞くので、友人の家、と答えると、〝トゥルン（老僧）、アーチャーラ・コーチャラ（僧の正しい行儀と行動、の意）〟だよと、釘をさすように口にしたにすぎない。我の場合、それに問題がありそうだということを、ともに日本を旅して以来（もう五、六年来）、感じているからにほかならなかった。

バス乗りのやり直しだった。今度はしっかりと予約に出かけ、VIPバスのひとり席を確保してあった。チェンマイには僧の割引があって（以前のバンコクではこれがなかった）、来るときの料金と同じ、六百九十バーツ余り。

だが、当日の夜、予約したつもりであったCrabタクシーが来ない。どうも操作の誤りがあった

小学三年時の著者と高校生の長姉（隆子）〈自宅前庭〉＆著者の田舎

ようで、しかたなく若い僧に代わりを頼むと、ほんの数十秒、パッパッパッと操作して、たちまち呼び寄せ完了、間もなく最安値のピックアップ・トラックがやって来た。その後部座席へ（荷物は荷台へ）身を入れて、若い僧には、ごくろうさん、と手を振った。これだから、もはや若い手を借りねばならなくなっているのだと、改めて自覚したのだったが、その後は、およそ快適な旅が待っていた。

やはり、乗り心地がまったく違う。車体自体もふつうのバスより優れていて、はるかに振動が少ない。飛行機ならビジネス・クラスの座席、リクライニングは寝そべるほどに倒れるし、ブランケットもよい生地のものが用意されてある。よいものゆえ、そのままバッグに入れる人がいるらしく、「持ち帰らないでください」の貼り紙あり。水とあんパン二個のサービスあり。満席の顔ぶれはほとんどが外国人観光客だ。コロナ後の観光シーズンとあって、やっと賑わいを取り戻したかにみえるが、かつてはよく見かけた日本人の姿は見当たらない。やはり、最悪の円安で足が凍りついているのだろう、一時は一万円で四千バーツも来たのが、いまは二千四百にも届かない。タイの物価も上がっているから、実質的にはひと頃の半分くらいの価値しかない。このとんでもない落差はいったい何だろう。日本の経済政策が間違っているのか？　何ものかの陰謀か？　我には不可解としかいいようがないけれど。

それはともかく、こういうバスの長旅（十時間半）ができるのもあとどのくらいか、ＶＩＰバスならまだ何とかなる。ただ、老僧にとって唯一の問題はトイレだ。途中で休憩が一度あるだけで、あとは最後尾にあるトイレを使うことになるが、そこへと立っていくのが難儀この上ない。やはりバスは揺れるため、停車中以外は、それでなくてもふらつくカラダをそこまで運ぶのは危険である。

一度は、意外に早く動き出して転倒しそうになったこともある。

それだけが苦労で、あとは腰痛もなく、足指がまだ痛むだけで、無事にモーチット・バスターミナルに着いた。定刻（午後八時）から二十分遅れの出発だったが、しっかりと取り戻し、六時半きっかりの着はリッパ。以前はルーズだったタイも変わってきたのか、それとも偶然《たまたま》か？

この前は出てこなかった荷物も、こんどは二つきりで、一つは一階のスペースに置き、一つは座席に置いて、これも問題ナシ。帰りのバスもターミナル・ビル正面にある窓口で（割引ナシで）、こんどは昼間のそれを予約した。そのほうが明るくて、本も読めるし（そういえば夜行には読書灯がない）、景色を眺めていればいいし、とこちらを選ぶ人がいるのを知ったからだ。長旅は夜行バスと決めてしまっている、その思い込みがよくない。が、感じたことが一つ、バンコクの窓口は、にこやかなチェンマイより、どこかトゲがあり、愛想がない。どうしてこうも人間が違うのだろう。バンコクの人間は、この半世紀ですっかり変わってしまった。古都のよさを守ってきたおかげで、タイ第五の都市に転落したチェンマイのほうが、たそがれの老僧にはふさわしく思える。もっとも、街路のやかましさは似たようなものだが。

この前は、空港からのタクシーが、あきらかにメーターの機械を料金が早く上がるように改造していて、正しい料金の倍ほど（五百バーツ余り）になってしまった。文句をいう気にもなれず（これをやってピストルで撃たれた日本人女性がいたけれど）、素直に払ってすませたのだったが、今度のタクシーは正直な人で、宿泊地のアパートメントまで百バートと少しで運んでくれた。そういう車が稀になってしまったのも、大都市の変貌（悪化）の一つだ。

住職に告げた、友人の家、というのはあながち的外れではない。我がその年（二〇〇五年）の暮れ近くに経済難民としてバンコクへ向かった際、人に紹介されていたサービス・アパートメントがそのBマンションだった。最初の落ち着き先としてあったそのアパートが、以降、十年余りもの間の住み処になったのは、ひとえに女主人の親日的な対応と、主に現地人向けの安価な部屋（五畳ばかり）がならぶ館が裏庭にあったことによる。食事代、部屋代と光熱費、さらには食事代（＋缶ビール〈330㎖〉一日ひと缶）、すべてひっくるめて月額三万円の暮らしは、ひと月一万五千円でやりくりしている現地人と比べればゼイタクすぎた。当時はまだ物価も安く（しかも円高で）、日本での出費の十分の一というラクさは、実に落人にふさわしい、いまのお寺暮らしにも匹敵する非常な安らぎを与えてくれたものだった。

そこでの日本人に対する女主人のもてなしぶりは、何くれとなく面倒をみることに加え、折にふれて日本人宿泊客をメナム・クルーズ（チャオプラヤー川の船旅）の夕食に招待したり、ジム・トンプソンのバッグや純金のネックレスをプレゼントしたり、まさに破格の待遇であった。我もまた、そうしたサービスを浴びた日本人のひとりで、そのお返しに、家族で日本を旅したいという希望に応えて西伊豆を案内するなどしたのだった。まだ、件の旅館の社長が（後に造反する）息子を従業員として従えて健在であった頃、部屋からみえる海の光景や旅人岬の我の文学碑（前記）にいたく感動したものだったが。

非常に敬虔な仏教徒で、立ち寄る托鉢僧への布施は毎日のことで、大事な仏日のお寺参りはむろん、中庭の隅に建つ〝サーンプラプーム（土地家屋の守護神）〟へお供えを手に日参することも欠かさなかった。

その女主人、プラニーさんが亡くなったのは、滞在七年目に入った頃（二〇一二年・享年65）だっ

著者が長く住んだアパートメント＆中庭のサーンプラプームに参る女主人〈バンコク〉

た。体調がわるくなってからもフロントには顔をみせ、最後まで愛想よく振る舞っていたけれど、ついに入院となって半年ほどが経った頃、とつぜん娘さんから危篤の報を受けた。病状の経過をいっさい知らせなかったのは、心配をかけてはいけないという配慮からであったが、我には、息子に日本語を教えてほしい、と言い遺したと娘さんから聞いた。

その頃は、タイでの安価な生活にさえ苦労する有様であったから、そのM君へのマンツーマン日本語教授は大いに助かって、それ以降、出家するまで二年余り、週に二日のルーティンで続くことになる。まだタマサート大学の法学部在学中から、卒業して建築会社に就職するまでの間だったが、そのおかげで親交が深まり、我が出家して久しぶりに訪れた日から、バンコクでの滞在はまかせてほしい、との有難い待遇を受けることになる。すなわち、老僧からは宿泊費をとらない、という布施の申し出だった。

そうして女主人のおかげは没後にも続くことになったのだが、いまでもその流骨式のみごとな光景が目に浮かぶ。郊外の静かな河川だった。チャーターした舟に親戚縁者が乗り込んで、三十分余り下流へと向かう間、ひとりの僧が経を唱え続け、やがておだやかな流れの河口域で舟を停めると、用意された花びらの散布が始まった。ダオルアン（国花）や菊、ブーゲンビリアなど色とりどりの花びらが鮮やかに川面を覆いつくし、そのなかへ、M君らによって遺骨を収めた壺が傾けられた。

もとより、テーラワーダ僧は見ず知らずのホテルに泊まることができない。行く先々にある寺院の僧房か、クロットと呼ばれる蚊帳《かや》のなかでの野宿、それもできなければ友人宅など知り合いの家が正しいやり方だ。海外旅行などやむを得ない場合を除いてホテルはご法度なのだが、友人にも相当するM君のもてなしであるから、これは問題がない、としてよいだろう。滞在中の我の部屋は決まっていて、別館の最上階、いちばん広い十畳ほどの部屋があてがわれる。バンコク経由で帰国するとき、あるいはチャンマイへ帰還するときは、そこに泊めてもらうことにして、もう五年ほどになる。

で、今回もそのようにして、夜行バスで疲れた身を休めたあと、会えるときに会っておくべき人たち、日本人のSさんとアメリカ人のS（前記）に電話をかけた。同じイニシャルでまぎらわしいが、サンをつけるのが日本人、ただSとするのがアメリカ人、として話をすすめよう。

○膀胱ガンからの生還者

まずは、Sさんと顔を合わせた。というのも、その月の半ばに日本からやって来てBマンションに滞在中であったからだが、実に三年ぶりの再会となったのは、コロナ禍の影響もさることながら、その間、Sさんは二度まで大手術をして、大変な目に遭っていたことによる。人づてに（というその人とは以前、西成体験でお世話になったY氏のことだが）、それは膀胱ガンであると聞いていた。いまは元気になって、海外へも行けるようになったというのは、ライン・メールで知っていたが、その後の詳しい経過については知らされていなかった。先の女主人が存命であった頃からBマンションの顧客であり、おかげで親しく付き合った邦人のひとりだった。

膀胱ガン、というのは癌のなかでも珍しい部類に入るらしい。Sさんを最初に診て手術した病院では何年かに一つ、次に手術をした癌センターでも年間に三十件（月に二、三件）程度と他のガンに比べればはるかに少ない。従って症例に乏しいこともあったのか、ガンの影があるとしてそれを取り除いてからも再発し、また手術することになった。そのとき、医者の説明に納得がいかず、セカンド・オピニオンを求めて癌センターを訪ねた。そこでやっと詳しい説明が得られ、全摘することに同意したが、その際、男性のもつ勃起神経というのをトルかどうかについてのみ、逡巡《しゅんじゅん》する。それは膀胱のすぐそばを通っており、残しておくこともできるが、過去の症例からすると、それを伝ってガンが他へ転移する可能性もある、とのこと。その説明を聞いて、ならばこの際、同時にトルことに決めたという。それを置いておくことは将来に不安を残すことになるわけで、まさしく命に関わる選択だった。

あとは、全摘後にその代わりをするものをどうするかの話で、穴をあけて袋をつけるやり方と、小腸を切ってそれで新しい袋をつくるやり方の二通りを説明された。前者の袋を外へ露出させてぶら下げる方であれば、身障者の扱いになって、何かと優遇されることになるが、後者の方だとそれがない。この辺りの法律が妙であるが、そういう決まりになっているらしい。袋を下腹部にぶら下げるというのは、聞けば、定期的な消毒や、横になるときに注意することなどあって、何かと不便そうだ（ゆえに身障者扱いなのか?）。ために、手術は長時間に及ぶけれど自分の小腸でもって造る方を選んだという。約十時間をかけた苦労な手術は、名医といわれる人の周囲に見学の研修医などを従えてのものだったという。

ところで、ガンが発見されたきっかけだが、定期検診などではなく、ある日とつぜんトマトケチャップのような尿が出て仰天し、近場の病院、泌尿器科で受診した。すると、ここではムリだといわれ、紹介された市立病院で検査を受けたところ、ガン細胞が見つかったという次第だった。真っ赤な尿が出たときも痛みはまったくなく、それまでも自覚症状などは思い当らない、まさに突然の出来事であったらしい。ふだん貧血ぎみであるから、その薬を飲んではいたが、あとはかつて膀胱炎を二度ばかり起こしていたにすぎない、晴天のへきれき的病だった。

会うまでは、さぞ窶《やつ》れているのではないかと案じていたが、その心配はまもなく消え失せた。海外へと旅ができること自体、すっかり元気になっていなければ成し得ないが、その通りで、下腹部を切り裂いた手術痕が生々しいだけで、話好きの（今回も独りで長々と詳しく喋る）、よく笑う朗らかさは以前とまったく変わらない。

Bマンションの女主人、プラニーさんの命日（十二年前の一月二十二日）は過ぎていたが、遺影を訪ねて供え物をしたのは、わが国ならば十三回忌をすべき年に当たっていたからだ。その流骨式における美しい川面の光景はいまも瞼に浮かぶが、もうそんなに経つのかと、M君とその姉のK嬢と話しながら感慨を新たにする。

そのあと、Sさんと近場の路傍レストランへと向かった。チェンマイへ戻れば、またまた告罪するにしても、どうしようもない俗僧だな、と内心で呟《つぶや》きながら、全快祝いのビール（LEO銘柄・アルコール度数5％）での「乾杯」となった。本拠のチェンマイでは決して口にしないサケなるもの、やはりウーロン茶ではいま一つ盛り上がらない、祝い用の飲料である。俗世でつき合った人間とは、そうでなければ離反するしかない（付き合えなくなる?）、やっかいな「習性《さが》」であることを改めて思う。アーチャーラ・コーチャラ、と注意を口にした住職には、〝尊師よ、×××……〟と告罪の経を内心で唱えて、今晩だけ、と呟いた。実は、ふた晩であったけれど。

いまや言い古されていることだが、セカンド・オピニオンというのがいかに大事かという話で、その実例をみるようだと我はいった。初めに診察した医者のいうことには矛盾があって納得がいかず、病院を変わることにしたときは急に機嫌が悪くもなって、もう二度と戻って来ることはできないからそのつもりで、などと脅されたというが、膀胱ガンというものが（症例も少なくて）よくわかっていなければ、説明不足になるのは当然のことだろう。インフォームド・コンセント（患者と医者の意志疎通）の大事さもよく指摘されることだが、知識が不足している医者ではそれもうまくできない。一つでも多く症例がほしいところへ、病院を変わられてしまうのだから、いわばせっかくの獲物を逃したような心地であったのか、妙な脅しのセリフはそれゆえであったのだろうが、命の沙汰も医者しだいであるから、それが正解だった。

次なる話は、男性機能の喪失について、だった。それを失うことで、今後の余生にどれほどの損失をもたらすのかという問題だが、それはないよ、と我はいう。むしろ、そんなものはないほうがよい、といってもいいくらい、人間の幸福とは何か、という問いとの関係性はない、と。それが人の幸福感を損うほどのものであれば、テーラワーダ僧になる者はひとりもいないだろう。わが寺の住職などは、十一歳で得度して以来の生え抜きであるから、女性というものを知らない。指の一本も触れたことがない。それゆえにみずからの生命《いのち》への恵みがすり減っているかというと、むしろ逆に、十分すぎるほどの幸福感を得て過ごしている。

かつて、俳優の森繁久彌さんは、長生きの秘訣は何ですかと聞かれるたびに、はやくに女人を断ったことだ、と答えておられたが、森繁氏流のシャレ、かつ本心《こころ》からのコトバでもあったろうか。何であれ、刹那的な快楽を否定するのがテーラワーダ仏教の精神だが、決して満足せずに求め続ける性質のものは「苦」であり、かつ空しい危険なものでもあるからだ。

Sさんもまた、決して暗くはなっていない。むしろ以前より明るく、快活になっていて、余生をぞんぶんに楽しむつもりでいるようだ。長生きができますよ、と我はかるく笑っていう。宝石の細工師であるSさんには、美の追求という生き甲斐もある。

○アメリカ人の友人Sのその後

会えるときに会っておく、と決めたもう一人は、アメリカ人の友人Sであることは前述した。我の電話に応えて、いきなり、ソムタム、と返した。やっていれば、ということで行ってみると、やはり休みであったから、店の前で落ち合って別のタイ飯屋へ向かった。

電話の声が明るいと感じたとき、お嬢さんの問題が解決したのでは……、と思ったが、そうではなかった。その辺のことを率直に尋ねてみると、小さく肩をすくめて、アイ・ドント・ノー（知らない）と、まずはそっけない答えが返ってきた。わかっているのは、すでに二十三歳になっていること、いまはアメリカ（本土）に住む母親のところへ行ったらしいこと、それだけだという。

アメリカのどこへ？　と問えば、たぶんバージニア州、と答えるだけで、詳しい住所も知らない。コーラート（ナコン・ラチャシマー）の育て親、おばあちゃんとは裁判を起こして敗訴して以来、完全に没交渉であるから、詳しい事情を知るすべがない。ために、お嬢さんとも連絡のとりようがない。相手（お嬢さん）もこちらの居所など知らされるはずもないから、会いに来ることもできない、まったくのお手上げ状態であるという。

しばらく無言でクイティァオ・カイ（鶏肉入り麺）を食べるSの顔はさすがに曇ってみえたが、食べ終わると、来月にはインドへナミノリ（波乗り）に行く、と話題を変えた。趣味のサーフィンは相変わらず続けているようだが、いつまでタイにいるのかと問えば、まだわからない、たぶん長く住むつもりでいる、という。アメリカへは帰らないのか、と重ねて問うと、それは考えていない、と首を振った。

人に任せてあるニューヨークの賃貸アパートメントの経営があるので、その用事で帰ることはあるかもしれない、というのは初めて聞くことだった。それがために、生活はどこにいても安泰である、という。アメリカと比べれば、格段に物価が安いタイであるから、なおさら問題はない。

話を聞いていると、かつてのSとはまるで人が変わったように見えた。お嬢さんへの想いが執着となって彼をとらえて離さなかったのが、いまはその束縛から解き放たれている。やむを得ない状況への諦めが解放感をもたらして、今後は自分の人生をたのしむほかはない、という認識に至ったようなのだ。

かつて話した、上級裁判所への控訴については、担当した弁護士が金ばかりを要求して話にならず、これも途中で取り下げてしまった。テレビに出て訴える、などという話も結局は立ち消えて、もはや打つ手がなくなった末の心変わりであったようだ。

むろん、お嬢さんのことは忘れていないし、今後、何らかのきっかけで会うことができる望みも捨てたわけではないという。が、とりあえずの生き方として、そのように決めたようだった。

母親の権威はゼッタイである、というタイの常識にもSは疎かった。アメリカへ娘を呼び寄せたのは、その仕来りを行使した結果であるにちがいなかった。アル中であろうが、再婚していようが、関係がない。裁判に勝てなかったように、娘に対する元妻の力にも勝てなかったのだ。

食後に招かれたSの部屋は、相変わらずの散らかりようで、人が来た気配もなかった。リッパなコーヒー・メーカーでもってエスプレッソを振る舞ってくれたり、キャベツのピクルスを造ったので味わってみてくれといったり、壊れたランプを自分で造り直したとその器用な作品を見せたり、サーフィンの軽いボードを見せてくれたりしたものだ。あるいは、我のふらつきの原因は、托鉢で鍛えた下半身の丈夫さに比して上半身が弱く、バランスが悪くなっているからだろう、と考えを述べた。一キロのダンベルでやっている、というと、それじゃ足りない、二キロにして筋肉量を増やすように、と告げて、弱りがちな二の腕の鍛え方などを教えた。

それにしても、数奇な運命を背負わされたものだと、辞したあとで我は思う。タイ人である元配偶者と娘はアメリカに住み、米国人の父親Sはタイに暮らすという、まさにアベコベの行き違い人生になろうとは……。医者という貴重な職を捨ててまで執着したお嬢さんとは遠く離れてしまい、再会の当てもない。さぞかし無念な結果であろうが、それでも生きていく以上は、それに代わる生き甲斐、救いを見出していかねばならないのが人の常、人生というものだろう。

我の場合をかえりみれば、少なくとも子供たちとは疎遠になっていない、会うつもりであればいつでも可能であることの幸いを思わせてもくれる。が、そういう我の状況も、いつなんどき、どういうきっかけでガラリと変わってしまわないともかぎらない。人の一生はそういうもの、ゆえに釈尊は一切が「無常」であり「苦」であるとした。その一つ、愛別離苦（愛する人と別れる苦しみ）、をSは長々と経てきたのだった。

だが、その「苦」は、仏法に照らせば、原因が白日の下にさらされる。さまざまな因が集積して苦を招くことは方程式としてあるが、*以前のSには感知できないものだったのだろう。他民族に対する偏見と差別意識はもとより、母権を絶対とする民族の風習に対する無知と無理解、ゆえに一方的に裁判で決着をつけようとした独断、愛嬢への過度の執着、父権をふりかざした支配欲など、何一つとしてよい結果につながるものがなかった。仏法にも違反するそれらは、まったく他人事ではない、我自身が経てきた過去を垣間見るようでもあって、何事かをいえた義理でもない。さすがのSも、その辺りの間違い、無思慮については省みたはずであり、それゆえの生き方の転換でもあるのだろう。意外に明るい声の理由がそれで解けたのだったが、むろん表情にはいささかのカゲがあることは否めない。

いかんともしがたい現実には、ただ耐えて時をやり過ごすほかない点では我も似たようなものだと、安直な比較を省みて思ったものである。

＊苦・集・滅・道――「苦」はさまざまな因が「集」まって在るが、それを「滅」することができる「道」がある、と説く法は「四聖諦」と呼ばれる。その道とは「八正道」に集約され、戒・定・慧、あるいは身・口・意（＝心）と大きく分けられるが、この稿に記した「経」の内容にはその教えが含まれている。これも詳しい仏法の内容は、拙作『ブッダの海にて三千日』を覗いてほしい。

○托鉢通りの寂しい出来事

いつだったか、いや、その年のことは、いまもはっきりと憶えている。以前の寺では副住職であったアーチャーンと日本を（東京を皮切りに）二度目に旅してタイへ戻ってきたときのことだ。まずはバンコクへ着いてBマンションへ向かい、そこでM君らと再会した、その翌日の朝、すぐ裏手の、我が別名、托鉢通りと呼んでいた小路へと托鉢に出た。

そこには、我が在家の頃、五年余りの間、通い続けた路傍の露店カフェーがあって、そこの女主人を数年ぶりに訪ねる目的もあった。そこでの出来事は、我の拙作『ブッダのお弟子さん～〈前記〉』の終盤に書いているが、その店への通いがなければ、僧にはなっていない、と断じていいほどの存在だった。日々、そこから眺めていた托鉢風景が我に訴えた修行の必要性は、まさにその通りであったのだが、以来、バンコクへ立ち寄ってBマンションの世話になるたびに、その裏通りへと出て托鉢していた。

ところが、ある日、露店カフェーの向かいにある揚げパン《パトンコー》を売る店（女主人が親しくしていた）へ、同じくその通りを托鉢ルートにしている近場の寺の僧から、我に対する苦情が発せられた。

すなわち――、あの僧はどこのだれか、どこから来て托鉢しているのか、と問いかけ、その答えに対して、それは違法である、托鉢は所属の寺があって、そこから出てこなければならない、というのだった。ちょうど、女主人の露店カフェーのテーブルに腰かけてコーヒーをいただいていたときのことで、文句をいっている僧の姿カタチも見えていた。

よくよく聞いてみれば、一足早く我が出てくると、布施のお金が取られてしまう、実入りが少なくなってしまうことから、そういう理屈をもって排除しようとしたのだと知れた。テーラワーダ僧は、全国どこにいようと、そこでの托鉢は自由であるし、寺にいようが、野宿していようが、友人の家に世話になっていようが（我の場合はこれに相当する）、関係がない。にもかかわらず、文句が出たということは、確かに老僧への布施はかつての顔見知りもいて多く集まってくるから、不愉快に思う者もいたのだろう。いわば縄張りのようなものだったか。いやはや、恐れ入ったというほかなく、こわもての（骨相もよくない）僧の苦情を無視して続けねばならない理由もないため、その通りでの托鉢は、それ以降、打ち切ることにしたのだった。

今回も、そのつもりはなく、ただ朝遅くに裏通りを歩いてみた。パトンコー屋さんはご主人が亡くなったそうだが、老齢の婆さんとその娘さんはまだ元気で店をやっていた。が、向かいの露店カフェーが閉まっていたので、どうしたのかと問えば、先日、店を閉めて娘さんの住むコーラート（ナコン・ラチャシマー）へ引っ越していったという。

思わず嘆息した。店がなくなったことに、寂しさが身内にきざした。そこが在ったおかげで我は出家することができ、その後も、他の僧から苦情が出るまではよい体験をさせてもらっていたからだ。これまた時の流れがもたらす、致しかたないことなのだろう。

女主人、ヌアンさんの電話番号を聞き出して、その場からかけてみると、コーラートでも同じような店をやっているから遊びにいらっしゃい、であった。連絡はとれることになったのだが、以前はよく（お嬢さんに会いに）バス乗りをしていたSに、一緒に行かないかと誘いかけると、案の定、コーラートへは行く理由がなくなった、と返した。我もまた、いまは出かけていくに十分な時間がない。

ただ、今回は一度、別のところでやってみようか、という気持ちになった。以前から、小ぶりの鉢がBマンションに預けてあったので、それを布袋に入れて携えた。裏通りへは行くつもりになれないけれど、以前に一度、スクムヴィット通りで托鉢僧をみかけたことがある（その折は椅子に腰かけた老僧で非常に多くの布施が来ていた）。そのことを思い出し、歩いてみることにしたのだった。

○縄張りのない首都《バンコク》の街にて

その日（二十九日）、朝の地下鉄に乗った。朝の早いタイ人の群れにまぎれてスクムヴィットまで、電車を降りて通りへ出たところで、一人の僧が長椅子で休んでいた。その隣に腰かけて、サンダルから薄型シューズに履き替えるあいだ、サイ・バート（鉢への布施入れ）はどんな具合かと尋ねると、

托鉢通りの布施人と著者〈バンコク〉

大丈夫、この先の大通りを歩けばいい、こっちの道でもいい、などと親切に教えてくれた。

本当に布施が来るのだろうか、とはじめは疑った。十分ほど歩いても鉢は空っぽで、すれ違うタイ人は一人としてその気配をみせてくれないからだった。が、隣の駅、プロンポーンに近くなると、やっと一人、路傍の売店の女性が、ニモン、と呼びとめた。これがいきなりの量で、持ち合わせの大袋の半分がそれで埋まった。水、線香、ろうそく、お菓子、惣菜、飯などに加えて百バーツ紙幣、であったから、それだけで終わりにしてもいいくらいだった。

だが、それを機に次々と、路傍の食べ物を売る店や通行人（ほとんどが女性）に呼び止められて、袋はたちまち満杯になった。あまりの重さに、これ以上は持てない、と決めて、向こう岸へ渡り、帰路を辿る。が、その途中でまた何件か、お金のときは助かるけれど、そうでない場合はやむなく頭陀袋（ヤーム）へ、それも満杯になってしまったので、あとは断わってしまうほかなかった。ソーリー、ソーリー、コートーッ、コートーッ、と英語とタイ語でくり返す。やはり、ここは敬虔な仏教徒のいる国（熱心な信者は五人に一人というのが住職の見方だが、それでもかなりの数）だった、誰か傍に助っ人がいなければ（本来は寺男〈デックワット〉が付き従うのだが近年は人手不足）、とても持ちきれない、Sさんを連れて来るのだった、などと思いながら、最後の踏ん張りを強いた。ヒモのない裸の鉢をどうにか右手に抱えもち、はち切れそうな大袋を左手に提げて、足指の痛む脚をやっとのことで運びながらアソーク（高架鉄道BTSの駅）まで、徒歩十五分余りの距離に倍の時間をかけて引き返し、その地下へ降りてスクムヴィット駅から最寄りのタイランド・カルチュラルセンター（スーン・ワタナタム）駅まで戻ってきたのだった。

地上へ出たところで、タクシーを拾った。ワン・メーターで35バーツ。はじめからタクシーを拾えば、おそらく一時間はかかり、料金はその三倍ほどであったろう。渋滞がひどい道路は、すっかり昔に戻ってしまったようだ。

托鉢で得た品々は、我がその朝、食べる分と、二百六十バーツの現金だけを残し、あとはすべてBマンションのフロントに置いた。出家からちょうど七年と八ヵ月になる日——、さすがに首都の人たちはチェンマイ人よりお金持ちであること、布施人は一期一会であっても非常に愛想と機嫌がよいこと、托鉢は全国一律、縄張りなどないこと、等を確認するにはよい体験であった。

○再び禁酒を誓う心をみる

チェンマイへの帰路は、翌三十日の早朝、モーチット・バスターミナルからの出発だった。予約していたVIPバスは満席、いくつか空いていた席も二時間余りのアユタヤからはすべて埋まった。このシーズン、予約していなければとても確保できないことがわかると、年末における乗車時の顛《てん》末《まつ》は、やはりすべて我の無知、怠慢、油断という不手際がもたらしたものというほかなく、そのことを改めて肝に銘じた。

それとは意味合いが違うけれど、Sさんと過ごした日々の飲食もまた、禁である午後の食とアルコール飲料という、俗ブツ的な二重の戒違反をおかすことになったことについて、その心をどう分析して納得すればよいのかを、さまざま考えていた。むろん、寺へ戻れば例によって告罪をして、許されることにはなるけれど、それですべて解決する話でもない。やっかいな老僧、かつ凡僧であることの意味するところを解明しておかねば、寺での生活を続けることもできなくなりそうだ。というに限界は感じているが、さんざんな言い訳をして凌《しの》いできたことを、今またくり返そうとしていることに苦笑する。本を読んでは眠り、日覚めてまた読んでウトウトしながら、本当の出家はこれからではないかと思ったりもする。これまでは予行演習、研修生、学びの時間であって、いつか、ある日を境に、テーラワーダ僧らしい姿になるような気がしないでもない。それがいつなのか、そうなれるのかどうかもわからない。あるいは逆に、いよいよ観念して、ふつうの老人、完全なる俗世の人に戻ることになるのかもしれない。それも今はわからないが、いずれは否応なしに時が告げることでもあるだろう。それまでは解決を先送りして、とりあえずは戒違反の罪を告げて反省することをくり返すほかはなさそうだ。

七年前を振り返れば――、出家の決心がつくまでは時間がかかったけれど、決めてしまえば、あとはすべてがその大前提の下に事が運ばれた。アンタに出家などできるはずがない、と笑った知友は、我がいかに俗世に染まり、煩悩にまみれて暮らしてきたかを知っていたからだ。まるで天と地の違いをどうやって克服していくのかね、というわけだったが、やってできないことはない、そうと決めればできる、という覚悟だけが頼りだった。

酒呑みであること一つとってみても、それを断つことなど、とてもできない相談ではないかと、我もまた確かに不安ではあった。が、大前提の下では、どうにかなるもので、いきなりはムリでも日々、少しずつ減らしていく方針でもって、最後は一週間ぶりだったか、ビールを一缶、出家式の前日に口にするまでの成長をみせたのだった。

そのような体験があることで、決めればよいだけのことだという、ある種の自信が我にはある。そのことが、一時的な飲酒をしてしまう因でもあって、本拠のチェンマイでは一滴も飲まないと決めてあることはいうまでもない。酒がなければないですませられる、別に命に差し障りがあるわけでなし、と何のためらいもなく禁酒へと向かえる。そのことが、柔な凡僧のせめてもの取り柄でもあるだろうか、告罪をしたあとは、次にまた日本へ帰るまで、きれいな身体のままでいられるというわけなのだ。

それにしても、酒なるもの、人間という存在とこれほど深く関わり、美醜こもごも、善悪さまざまにその姿をみせてくるものは少ない。

それを持たない国がこの地球上にあるのかどうか、我は知らない。イスラム教のように民衆には厳しく禁じている国はあるものの、外国人向けのホテルなどにそれがないわけではない。タイのように、日頃の教えとして、五戒の一項として（最後に）それを置くけれど、あるいは街のコンビニなどでは酒類の販売制限が時間でもって決められてはいるが、売買そのものを禁じているわけではない。煙草に関しても（これは戒にはないので稀に僧も吸っている）、目隠し棚で見えないようにしているが、それを売らないわけではなく、何もいわずにお金と引き換えに渡してくれる。そのことを知ったのは、以前に一時、薬酒なるものを口にしていたことがあるからだ。

スアダムと長春薬酒の二種があり、どちらも薬草が入った焼酎である。ちょうどふらつきが出始めた頃のことで、体調もおもわしくないため、在家の頃に愛飲していたそれを寝る前に生《き》でおチョコに一杯か二杯、飲んでみることにしたのだった。確かに、それでもってよく眠れるようにはなったけれど、とりわけ体調がよくなったとは思えなかった。度数が28°ときついため、眠れるかわりに内臓のどこかに障《さわ》りが出ないともかぎらない。身体によいのかわるいのか、よくわからないことから、飲み続けることには意味がない、としてやめてしまった。それがカラダに本当によいものならば戒違反にはならないだろう、と判断したのだったが、よいかわるいか、よくわからないものは、

コンビニの煙草売り場の目隠し棚＆解禁された大麻の店

アルコールである以上は飲むべきではない、お金もかかるし、とあっさりと禁にしたのだった。
それはスーパー・マーケットでの買い物だったが、女店員は何の疑いもなくレジを打ち、ありがとうございました、と御礼のコトバもしっかりと口にしたものだ。わが寺の前の住職らが酒浸りになったというのは、そのように買うことができたからにほかならず、寛容なタイ社会ならではのことだった。

そうした寛容さはしかし、かなり統一性のないものでもあって、酒類やタバコには販売面で気をつかいながら大麻を解禁するなど、すべてザル法にならざるを得ない側面がある。これまた、基本的に大らかで規制をいやがるタイの国性らしいといえばいえるのだが。

テーラワーダ僧に対する「戒」には、全戒と半戒がある、というのが我の大雑把な見方だ。全戒というのは、決してやってはいけないこと、半戒は、やってしまったら告罪できること、だ。人を殺すこと、盗むこと（額による）、非梵行（性交）をなすこと、嘘をつくこと（高度な知見〈悟り〉を得ている等）、の四項目（不可治罪＝許されない罪）が、サンガ追放となる全戒である。が、その他、所属の寺を出て一定の期間、別住しなければならない重罪はあるが、ほとんどは告罪によって許される。

つまり、きびしい戒律（二二七条）はあるけれど、非常に風通しがよい宗教でもある。それがために、一度決壊すれば歯止めがきかなくなってしまう恐れもあるわけだが、風通しはやはり必要なものだという気がする。飲酒などはとりわけ、それを全戒とするほどの理由には乏しい、などというと叱られそうだが、それを放逸の因となるものとして一切のアルコールをご法度としている戒には反対するつもりがない。よい戒である、とすら思う。放逸の因どころか怖い酒にもなるし〈酒乱やアル中がそう〉、命取りにもなる〈飲酒運転〉。酒など飲まなくても、いくらでも人生を楽しめるはずであるし、なければないでよい、とすべきものだろう。それは刹那の快楽と同じ次元のものと考えてさしつかえない、とも思う。Sさんは、日本に帰れば酒はほとんど飲まないそうだが、ないほうがむしろよい、とさえいえるものだろう。わが住職などは、女性を知らないのと同じく、酒の味も知らない。それで何の不都合もないどころか、十分すぎるほどの幸福感を得て過ごしていることは前にも述べた通り。

と、いいながら、我自身を振り返ってみれば、たまには美酒もいいだろう、と呟いている。日本の地酒を見渡せば、その旨さはまさに「美」としてよいものがほとんどだ。これを愛《め》でないで過ごす法はない。自他ともに及ぶ危険さえ避けることができれば、さほど重大な問題とはしたくない。なくてもいいが、あってもいい、と思う。すべては、その者の考え方、生き方次第の話だろう。と、先ほどとは違った理屈も成り立つ、奥の深いものでもある。

我は、お酒のメーカーの名を冠した文学賞までいただいているから、敵対するわけにもいかない。その正賞が極上のウィスキーで、円筒形のボトルに金の鍵《キー》が沈んでいた。それを父親に差し上げて、その受賞作—『漂流裁判』〈文藝春秋〉—を書くあいだの資金援助に対するお返しとしたのだった。これがダメならモノ書き稼業をやめると宣言し、一年間の生活費を父母から引き出して取り組んだものだったが、肺ガンの大手術から生還した父にはよいプレゼントであったろう。が、うまい酒だからと訪れる人に振る舞っているうち、そのボトルの行方がわからなくなった。中身は空になっても金の鍵があるから、いくらかの価値はあるはずだったが、惜しいことをしたものだ。父の死後、それが見えないことに気がついて、家探しを徹底的にやったけれど、ついに見つからなかった。そういうものを盗んでいく輩がいるのかというと、いる、というしかない。質屋に持っていけば、ある程度の金を貸してくれるからだ。直木賞の正賞である銀時計は、百万円を（流してしまうはずがないとして）渡してくれるそうだが、よほど困窮していたのか、流してしまった人もいると聞く。ドサクサにまぎれて、誰かが持ち出したにちがいないが、おチョコに一杯だけいただいた我の記憶では、なんとも極上の美酒だった。残念むねん。いまは、父があの世まで持っていったのだろうと考えて、諦めることにしているが。

などという我は、ハンセイジンである、とこの頃は思う。半聖人かつ反省人。半分は俗人であるために反省をする人。だが、決めたことは守る、チェンマイでは一切のアルコールを断つ心は揺るがない。ゆえに、半聖人でもある。風通しのよい戒のおかげで、妙なる言葉を思いついたものだ。聖と俗の間から抜け出られない、ハンセイジン、出来のわるい老仏弟子だ。

しかし、そのような気づかいと言い訳をしながら過ごして、いつまで持つのかね、という気持ちが昨今はとみに増している。この件について、次にもう少し詳しく述べておこう。

○聖と俗の間《はざま》で思うこと

もとより、テーラワーダ僧は還俗の自由が認められている。それは、出家時よりもたやすいといわれており、一定の還俗式でもって成される。一時出家の場合はもっと簡単で、住職との対面と承認でもってあっさりと袈裟を脱ぐことができる。これは、以前にわが寺で出家した二人の男性（社会人）がそうで、得度式には参列した我も、その場面を見ていない。予定通りの日程で、次の日からはもう姿がなかったので、どうしたのかと住職に聞くと、昨日、出ていった、と事もなげであった。

タイの社会通念として、男子たるもの生涯に一度は仏門をくぐるべし、というのがあることはよく知られているが、法的に認められた百二十日（約四か月）の範囲内で、会社から一時休暇を得て実行する者の一例が、わが寺での先の二人だった。法律で四か月間と定められた理由については、僧の修行期間、雨安居〈パンサー〉期〈約三か月間〉に出家するとして、その準備などに時間を要するため、余裕をもたせているからだと住職は説明する。が、実際はそんなに長く会社を休んでいられないので、せいぜい二週間から一か月、というのが相場だ。ただ、会社を定年になって自由の身になった人の場合は、きっちりと雨安居期に出家する例は多く、我の托鉢ルートでも、一時はニセ僧かナと疑った素人っぽいチーウォン姿がいて、しかし三か月ほどで姿が見えなくなったので、聞けばやはりそういうことだった。

先ほど、我が、ハンセイジンの身をどうするかについて記したのも、そうした事情があってのことだ。望むなら、明日にでも晩酌を欠かさない老作家に戻ることができるからだが、そのことと、その決心をどうつけるのかは、まるで別の問題である。

現地に長い知友の小川邦弘氏〈日本企業相手の経理会社を経営〈前出〉〉とは、今回は会わずにチェンマイへ戻ってきたが、年の暮れに会ったとき、いつもながら日本料理店で一年の無事終了〈忘年〉を祝しながら、こんなことを話したものだった。

このまま寺に居つづければ、経済的には死ぬまで安泰である。もっと老いて病気になれば、チェンマイ大学付属・スワンドーク病院で無料診療が受けられるし、入院もできる。いまの僧房は一人住まいで気楽なものだし、在家の人たちは何くれとなく面倒をみてくれる。そのステータスはなんとも捨てがたい、手放してしまえば後悔するかもしれないほどのものだが……、等々と話す我に対して、ならば、もう還俗する必要はないんじゃないですか、と小川氏はいう。

確かに、そうだ、ともいえる。が、そうではない、という反対の考えもハンセイジンにはあることをまた長々と話すことになった。

出家した当時は、むろん俗世を捨てたつもりだった。実際、それなりの修行をしているつもりで、それを本に書くこともできた。いまの寺へ移る前の五年間、ちょうど新米僧―ナワカと呼ばれる期間なのだが、それを一応卒業していまの寺へ、親しくしていた副住職の栄転につき合って移籍して以来、月日はまた違った展開をみせている。短くいえば、まさしく老僧となっていく過程で、ますます俗世に残してきた過去が色濃く浮き立ってきた、という予期しなかったことが起こっている。捨て去るどころか、逆に、あれこれの問題が、わが身に解決を迫るようになってきたのだ。いい夢はたまにしかなく、悪夢にうなされることが度々であるのは、それほどまで俗世の汚濁にまみれて生きてきたことの証しでもあるのだろう。その解決に向けて、やらねばならないことが山ほどある。一時帰国などでは、とても追いつかない。そのことも、近年になってわかってきた。

加えて、長いつき合いの友人たちも俗世にいる。出家したのが六十七歳という高齢であったから、それまでに出来た知友たちがいわば心の支え、拠り所でもある。ずいぶんと沢山の大事な人を亡くしてきたが、それでもまだ幾人かは、その後の消息をたずねたい人もふくめて存在する。そういう人たちと、同じ俗界の人間としてもう一度、つき合いを復活させたい。そのためには、ハンセイジンではなく、完全な自由を得る必要がある。

しかり、我という男は、本来の俗人に戻る必要があるのだ、と思うようになったのが寺を移って以来の心境の変化だった。もとよりの俗人は、とりわけ我のような「俗」から縁の切れない者は、最後は俗人で終わるのが、我らしい終わり方ではないかという考えはそういう事情からなのだ。むろん俗世間に戻れば、ほどなくして再びの生活苦が待ち受けているにちがいないけれど、どうせモノ書きを志した昔から、野垂れ死に、あるいは孤独死すら覚悟しているのだから、これまた元に戻るだけのことだろう、云々と、小川氏を前にして我は説いた。う〜ん、それはセンセイ（と彼は我を呼ぶ）の想いだから、ぼくにはわかりませんけど、と、これまた当然の言葉を口にしたものだった。

そして、最後は、自由な旅がしたい、と我はひそかに思う。若い頃に旅した国々へ、あるいはまだ行ったことのない国へと、手持ちの許す限りの旅をして、終わりにしたい。むろんモノを書きながら、だ。そのためにも、あまり遠くない将来、答えを出さねばなるまいと、一つの節目を感じる今日この頃に思うのである。ただ、本当の出家はこれからだという、思いもよらないドンデン返しがある可能性もなくはないけれど。

○還俗がむずかしくなる理由

先ほどは、還俗の自由について話したけれど、原則的にはそうであっても、心情的にはそう簡単に、今日でお別れ、というわけにはいかない。というのも、お世話になってきた在家との関係性が、人情としてからんでくるからだ。出家生活が長い僧の場合、俗世へ戻ることにした日には、そのことが一つのネックとしてあることは確かである。

それが一時出家ならば、はい今日で終わりました、ですむけれど、長い歳月に渡って布施を受けてきた者は、申し訳ないような、裏切るような気持ちになるのも自然なことだろう。その心苦しさ、寂しさというのがあることは、十分に想像できる、やっかいな差し障りに相当するといってよいものだ。

我の場合もまた、いよいよその日を迎えることになれば、どうやって挨拶すればよいのか、最後の経を唱えられるのかどうか、それすらもわからない。それほどに、とくに年中無休の布施人たちと、その他のお得意さまには世話になってきた。還俗に際してのネックはそれだけ、といって過言ではない。親しくしてきた住職は、今後も寺に在住であり、いつでも会いに行くことができるけれど、布施人たちとは、そういうわけにはいかない。おそらく永遠の別れ、となる。それが淋しい。

我が、住職の望む副住職就任を拒んでいる理由は、そんな分際ではないことに加えて、その点にもある。そうなれば、布施も増えて裕福にはなるだろうが、もはや先にも述べたようなふつうの老作家に戻ることは、不可能ではないが、さらにむずかしくなってくるにちがいない。これ以上、布施人との絆を太くすることにはためらいがあるのである。

ましてや、住職ともなると、そう簡単に在家が還俗を認めてくれない、というのも事実としてある。ある種のスキャンダルに発展したケースすらある。長年にわたって布施をし、尊敬をもって接してきた寺の責任者が、在家には不本意な理由でもって還俗する、といったことになれば、酒浸りの住職をリコールするのとは逆の意味で、そう簡単には認めてもらえない。我が出家した年に起こった出来事が、その一例を示していた。

○知られざる日本人住職の還俗

アーチャーン・チャオアワート（住職の正式名〈住職先生様、の意〉）と呼ばれて在家に尊敬されていた人だった。ずいぶんと若い頃にタイで出家して僧位の階段を上り、すでに還暦（60）も過ぎた頃、おそらく思いもかけず裕福な女性と出会ったのが運命の分かれ道であったろう。いわば布施攻め（僧房へ直接に持ち込まれる）に遭いながら、同時に言い寄られて籠絡《ろうらく》されていくケースは、タイ・サンガの悩みのタネだが、そのK師の場合もそうだった。女性を遠ざければ遠ざけるほど女性に持てるという皮肉は、ときに不祥事の背景にもなるわけだが、純情な若者の心を持ったまま聖域で育った者は、そういう女性（およそ美人である）の突撃には脆《もろ》いという宿命をあわせ持つのだろうか。

とうてい在家が（還俗を）認めてくれないと予《あらかじ》め判断したK師は、俗世さながらの駆け落ちをして他県へと向かった。同じカンチャナブリー県ではとてもそういう住職の還俗式を引き受けてくれるところがなかったからだが、他県の寺でやっと見つけて還俗させてもらった後、その女性と連れ立って母国（日本）へと帰っていったのだった。

だが、やがてそのことを知った信者たちは驚き、大騒ぎとなり、マスコミを巻き込んでその行動を咎めたてた。そこで、二人はやむなくタイへ舞い戻り、テレビにも出て釈明しなければならなくなったのだ。

そのときは、ほとんど女性が喋り、責任は自分のほうにあって、はじめは拒んでいた彼を強引に口説き落としたのだと（みずからを悪者にして）相手をかばった。そばで聞いていた元住職は、非常に言葉少なで、いささか気の毒な印象を受けたのだったが、噂はタイ全土を席巻し、知らない人はいないほどの騒ぎとなってしまったのである。

当時は、さしたる感想もなかったけれど、いまの我には少しある。つまり、確かにこの宗教はほぼ完璧な国際性を備え、国籍や人種による差別などもないといってよいものながら、心のどこかに異国人（日本人）であるための不完全性というか、ある種の壁、隔たりといったものがあったのではないか、ということだ。それは女人の存在とは別の次元で、長年の（数十年にも及ぶ）僧生活に区切りをつけるべきときを見極めさせるに足る理由ではなかったかと想像する。年齢的にも母国に帰って住みつくかどうかはともかく、潮どきを察知する時期に来ていたのではないかという気がするのだ。それが女性の存在によって、その口説きがきっかけとなって表出したのであれば、ある意味で弁護もしたくなる。が、ただ、還俗までの道筋、方法を間違えてしまったことは確かで、まずは言葉を尽くして在家を説得すべきであったと、大事な場面での引き際のむずかしさを感じたものだった。

ともあれ、権利としては認められた還俗であっても、在家との関係性によってはそう簡単にはいかないことを証《あか》してみせた出来事だった。個の権利と社会的責任の相克であり、それに男女の関係がからむとやっかいな問題に発展することもあるという典型例だったが、それはまたタイ社会で仏教がいかに大きな存在であるかを示してみせた、ある種の事件でもあったのである。

わが国のメディアでは、この出来事を報じたところはなく、現地の日本人僧以外は誰も知らないけれど、そのことの意味するところもまた、ふたつの国の隔たりというものだったか。まさに出家する直前になって得た情報であったが、ちょうど入れ替わりのように我が仏門をくぐったのだった。

いまの住職は、かつてしばしばその件に触れて、我が同じようになるのではないかとからかったものだ。還俗の代名詞のように、その元日本人住職の名を口にするのだったが、むろん在家もまた我を同国人視するでもなく、何の影響も感じずに過ごしてきた。この辺の個別主義ともいうべきところは、さすが個々が独立した多民族社会を思わせて、むしろ我という日本人僧を大事にしてくれる。それだけに、副住職になるわけにはいかない、という思いもつよくなってしまうのである。

第三章　水瓶座という月のゆうらん：2月〈2024〉

○対価の交換ではない托鉢

帰タイ以来の朝の気温は、乾季らしく10℃台の半ばを前後して、その日、二月に入って最初の托鉢日も15℃という外気温だった。日々の天気はほとんど快晴といってよく、雲って雨が降りそうな日はただの一日だけ（バンコクから戻ってきた三十日）で、日中は33℃と急上昇するのは温度差が大きい盆地気候のせいだ。

だが、まだ暑季には遠く、快適な気候であることに変わりはない。この季節には旬の果物が布施されるが、チャンモイ通りの老父（83）（お父さんと今後は呼ぶ）はフランス産のグリーン・アップルで、その他の布施人は、イチゴ、パパイヤ（マラコー）、ソムオー（極大のオレンジ）、タマリンド（マッカム）など。果物王国でもあるから、年中のものもあれば、その季節に安くなるものが鉢に入れられる。今日はドリアン（トゥーリアン）のドライフルーツ（チップス）を小ぶりのビニールの袋に入れたのを（ケーキとともに）布施してくれる人がいたが、これはこれから出回るもので美味に見合って値段も高い。

わが国でも和製英語というのがあって、英語の発音とは違うものが数ある。この国でも同じで、いわばタイ製英語というのが挙げればきりがないほどある。その一つに「サトローバーリー」というのがあって、これを発音記号通りに口にしてもまず通じない。

あるとき、ラジオを聴いていて、女性アナウンサーがその語を、ソトボリー、と発音していた。外堀り？　はて何だろう、と思いながらメモをとり、あとで人に聞いてみると、なんとイチゴのことだった。ストロベリーのタイ製英語はサトローバーリーだが、ソトボリー、と発音されるのかと妙に感心して、人に向かって試しにいってみると、しっかりと通じたのだ。恐ろしい早口というほかない。果物の名前からして、やはりタイ語はクセものだ。

二月のことをタイ語で〝クンパーパン〟という。一月は〝マカラーコム〟、三月は〝ミーナーコム〟で、末尾に「コム」がつくのは三十一日まである月、だが、四月になると〝メーサーヨン〟と末尾が「ヨン」となるが、これは三十日までしかない月だからだ。が、二月だけは特別で（今年は二十九日まであるが）独立した呼び名となる。

その意は、クンパが壺、瓶《かめ》といった容器の名で、アーパンは（星の）連なり、すなわち太陽が十一番目の星座、水瓶座へと入る月、ということになる。その他の月も、十二宮ある星座の名から付けられており、一月のマカラーは山羊座、三月のミーナーは魚座になる。コムとヨンは同じ意で、太陽がその星座に来る、到着する、といった意だが、三十日ある月（ヨン）と三十一日までの月（コム）を区分けするためにほかならない。語源はサンスクリット語だが、月と同様、天体の巡りを大事にする呼称である。

＊タイ語はほとんどの語がパーリ語（一部サンスクリット語）を語源とするが、もとよりインド語であるパーリとサンスクリットは似通った部分もあり、その影響は混交している。また、パーリ語のブッダはタイ語ではプッタと清音になるように、他の例もおよそ天の邪鬼（パーリ語の清音は濁音に変わる）であり、経についても両者が混在するが、耳への響きに大差はない。

従って、二月は起こる出来事もちょっと変わっているのかもしれない。新年が一段落する代わり、気をつけねばならない月なのか、と思ったのはいくつかの理由がある。

その一つ――、今日（二月三日／タイ暦二月・下弦九夜）は、出家して托鉢を始めて以来、遭遇したことのない意外な体験をした。折り返し点で、いつものお二人（LさんとC氏）に鉢入れされた荷を預けてから帰路を辿り始めて間もなく、停車した乗用車から降りてきた一人の男性が我の前に立ちはだかった。とうせんぼうをされた形で、しかたなく立ち止まると、相手は合掌したまま地にうずくまった。さては、布施は後からするつもりなのかナと思いながら、とりあえず経を唱えて差し上げて様子をうかがうと、そのまま頭を撫で上げて、知らぬふりをしている。すなわち、布施はナシ、僧からの経を願っただけ、ということのようで、そのまま立ち去るほかはなかった。

寺に帰って、出来事を住職に話した。そういうことがあるのかと問うと、ある、と即座に答えて、トゥルン（老僧）はよい体験をした、と笑いながら返した。どういうことかとさらに問う我に、きっと「テーラ」だと思われたのだろう、と笑いながら返した。テーラとは、パンサー期を十年以上過ごした老練の僧のことだが、偉い僧からはそうやって、布施との交換ではなく、経（教え）だけを乞うて終わりにする人がいるのだという。食を買うお金がなかったのか、あるいはその時間がなく急いでいたのか、人それぞれだが、そういう人にも経をあげて差し上げるのが僧の務めだというのだった。

テーラワーダ（仏教）とは上座部のパーリ語で、「原始仏教（釈尊の仏教）を守る長老たち（テーラ）の言葉（ワーダ）」の意である。我の見てくれが、その長老のようであったらしく、よいことだと住職がいったのはそのためだった。確かに歳だけはくっている、と我もまた笑い返したのだったが、以前、托鉢は「対価の交換ではない」と教えられたことを思い出した。

インドの昔には、托鉢に出た僧は、鉢に入れられるものを黙って恭《うやうや》しく受けるだけで、お返しにその場で経を唱えることはなかった、という。現に、タンマユット派〈ラーマ四世〈モンクット王〉が宗教改革で成した少数派〉では、そのようにして、黙って布施を受け、そのまま背中を向けるところがあるけれど、本来はそれでよい、とされる。チェンマイでも、かつては唱えない時期があったそうだが、布施をする民衆の側から、唱えてほしいという要望があったことで、そのような習慣ができたのだという。

多数派であるマハー・ニカイの寺は、およその地域で、布施を受けたあと、一定の経〈地域によって異なるが〉を唱えるのが通例である。が、チェンマイのタンマユット派の古刹、ワット・チェディルアンの僧は、托鉢ルートを同じくする僧がふたりばかりいて、彼らは布施を受けたあと、ほんの短く、最終フレーズだけを唱えておしまいにする。〝チャッタロー タンマー ワッタンティ アーユ ワンノー スッカン パラン〈長寿、美、幸福、力、四つの法の恩恵が増していく〉〟で、ハイ終わり。目上を尊敬する者には……云々という前半部も省略、布施人の無病息災を願って差し上げる冒頭の章句も省略する。ものすごい手抜きだな、とはじめは思ったものだが、やむなく多数派の仕来りにつき合っているだけなのだといわんばかり。いささか偉そうにみえるのだが、仏教大学もある大寺院だからしかたがないところか。

ともあれ、その日の我は、稀有な学びを実体験したのだといえる。托鉢は対価の交換ではないことを再認識させてもらった。布施は布施〈それ自体が善行〉、僧の経は経〈教えの伝達のため〉、それぞれに独立してあるものだ。実際、寺に持ち帰った托鉢食を食べるときは、食前に皆で〈たとえ一人で食べるにしても〉経を唱えるが、その声が布施人には届かない。仏日に寺を訪れるヒマがなければ、聴く機会もないことになる。それがための、托鉢時での面前の経にすぎない。その対価的習慣に、いつのまにか馴らされてしまっていたのだ。変な人だな、と思ったことを、またも反省したのだった。

○犬問題は人世《ひとのよ》の問題

実は、三日の托鉢帰りに、恐れていたことが起こった。やはり二月の異変か、ついに犬の糞を踏みつけてしまったのだ。

僧房まであと十メートル、四角い基底を持つ仏塔の一辺をゆくだけの距離。でこぼこの石畳で、たまに糞が落ちていることから（わが寺の老犬のものか外からの犬か、いずれかだが）、いつもは用心して歩くのだが、その日はそれを怠った。左足指の痛みを感じながらも無事に帰りついてホッとしたのと、何やら考えごとをしていたためでもあったろう、自宅まであとわずかで起こすことが多い交通事故のようなものだったか、あきらかに「油断」がもたらした出来事である。

渡タイ（二〇〇五年暮れ）以来、二度目のことだ。一度目は在家の頃、そして今回。めったにないことながら、いつも路傍の、たまに路の真ん中に落ちている糞をみるたび、これを踏んだら悲劇だと言い聞かせてきた。その臭さたるや、この世のものとも思えないほどであることがわかっているのと、靴裏のミゾにまで入り込む粘着性は、そのまま捨ててしまいたくなるほどであることも一度の経験からわかっていた。

わが国で、犬の糞はお持ち帰りください、と散歩道に立て札があるとか、犬・猫のフンの放置は××市条例で禁止されています、発見した場合は警察に通報します、といった驚きの札があるけれど、この国はそうではない。

すぐには清掃する気になれず、右足から抜いた薄型シューズを日干しにした。朝からよい天気なので、陽光がそれを乾かして汚れが落ちやすくしてくれるのを待つことにしたのだ。ちょうど水撒きをしている住職に、その件を告げると、ラッキーだった、と返してきた。気の毒そうでも何でもない。事もなげに笑って、トゥルンはラッキー、次はいいことがある、でお終いなのであった。

そんなことは、どうということもない、当たり前の出来事。確かに、タイ人にはそうなのだと、認識を新たにする。それを我のように大変なことに思うならば、犬を放《ほ》ったらかしにすることはない。それは放し飼いの気楽さと当然の引き換え、リスクのうちにも入らない、というわけだろう。確かに我にしても、老化にともなう一瞬の油断が穴に落ちるように生じてしまうのは困ったものだが、それがこの程度のものですんでよかった、ラッキー、といえなくもない。

その一件はそれで打ちやるとしても、異国人の我には、やはりタイ人の感性は持ち得ないことを、ふたつの国の隔たりの一つとして感じる。糞を踏んだからいうのではないが、犬の放し飼いについては、もう少し何とかならないものかと思ってしまうのだ。

むろんタイ人がその代償にある危険をまったく感じていないかというと、そうではない。いつぞやは、この犬に復讐をした、と大きな看板布を犬の写真付きで建物の壁に張り出してあるのを目にしたこともある。咬まれた人がその犬を抹殺してしまったそうで、それを公に告示したというわけだ。たまに猿ぐつわをされている犬をみかけるが、人を咬む危険があるためで、タイ社会における犬と人間の戦いがないわけではないことの証しでもある。
＊ちなみに、犬殺しは仏法の戒には触れるが、刑法における処罰規定はない。

いつだったか、バンコクのチャトゥチャック（ウィークエンド・マーケットが開かれる区域）の動物商が狂犬病を発症して死亡した出来事が報じられた。咬まれたのが売りに出す子犬だからと甘くみて放置したところ、そうではなかったわけだが、それを機に、その界隈の犬を対象に検疫が行われた。が、ただ周辺の犬にかぎってのことで、それも野良犬が多いため、とても徹底はできない相談だった。ほんの申し訳程度に検疫をやるだけの政府であるから、バンコク都だけで毎年、十指に余る人の死亡があるのも当然のことだ。麻薬撲滅に取り組んだタクシン元首相（二〇二二年八月、亡命先から十五年ぶりに帰国）も、狂犬病の撲滅には無関心だった。それに賛同が得られるとは思えなかったのか、いくら死人が出ようと、人々は犬を繋留してワクチンを義務づけるといったことに同意するはずがない。というのは、わがタイ人の友人C君の見解だ。それは、タイ人にゴミの分別が無理であるように、そんな面倒なことをわが国民がするわけがない、と。

　実にむずかしいニンゲンの問題がそこにはある。犬というものがこの地上に存在するかぎり、決して避けられない、真剣に取り組むべき問題であるにも関わらず、何ゆえにこのように放置されるのかという（むろんタイ国だけではない）、その理由を考えてみるのは決して無駄なことではないはずだ。

　タイ政府は、この度のコロナ禍に際して、なんと全国すべての学童にワクチン接種を義務づけるという決定をなして実行した。何とも解《げ》せない軍事政権のやり口だったが、そんなことができるなら、なぜすべての犬のワクチン接種が義務づけられないのかと問えば、そんなことをしても国の出費がかさむだけで何の見返りもない、膨大な数の放置された野良犬までどうやって捕まえて注射するのか、それは不可能である、というのが当然の結論であるだろう。

わが国は、その面倒くさいことを戦後にやってのけた。これはもう日本人の勤勉性、清潔好きの緻密な国民性によるところで、戦後復興と軸を同じくする政策であったのだろう。が、同時に、管理社会となっていく先駆けのような犬の繋留策であったともいえる。

何ゆえに、そういうことができたのかと問えば、その国民性のほかに、犬はペットである、という観念がつよいせいにちがいない。愛玩動物であっても、常に人間の僕《しもべ》であって、従わせるべきものとして存在する。ために、放し飼いに不都合が生じたとあれば（狂犬病の蔓延を防ぐのが最大の目的であったが）、すんなりと拘束することもできたのだろう。

ところが、タイ国は違っている。犬もまた人間と同じ地平で生きる、同じ生きものであり、同等に生きている。人間と同じ権利があるとまではいえないが、自由に生きさせてやるのが慈悲心というもの、という暗黙の了解があるようなのだ。犬にエサをやるのは（その他の生きものに対しても同じだが）、これもれっきとした布施であり、徳積《タンブン》みに相当する善行である。徳が積める対象であることは、人間と変わらない。人々のこころの根底には、「不殺」の戒（日常の教え）と並んで、そんな観念があることは確かだ。とすれば、狂犬病があるからといって、それを理由に、やっかいな法をつくる必要はない、自由《タイ》という名の国で、そんな不自由はごめんこうむる、というのは、これまたこなたの理屈であるだろう。

咬まれたらワクチンを打てばいいだけのことだ、というのも理由がある。いまは昔と違って、安全なワクチン（組織培養不活性ワクチン）もできているから、それを何度か（一定の時期を置いて四度ばかり）打てば、ほぼ完全に発症は食い止められる。それをやらないのは、その者の自己責任であり、死亡してもしかたがない。知識のない怠慢な愚か者であって、それを放し飼いのせいにするのはとんでもない見当違いである、といった理屈もつけられるだろうか。

だが、そういう見解が客観性を持つのかどうかは、また別問題である。そうはいっても、人間というのはもともとやっかいな生きもので、皆が皆、咬まれたら必ず打つ、という覚悟をしているわけではない。いつぞやは、フィリピンの田舎で咬まれたふたりの日本人が、ワクチンを打たずに帰国した後、次々と発症して死んでしまうという不幸があったけれど、その頃の我もちょうど咬まれたあと放置して、恐ろしい目に遭っていたから、大いに同情したものだった。

然り、人間というのは、物事に対して悲観的な考えに傾く人と、楽観的考えに傾く人がいる。犬に咬まれるという出来事に対しても、ワクチン接種の必要性がわかっていながら、まあ大丈夫だろう、まさか狂犬病ウィルスを持つ犬ではなかろう、と楽観してしまう人が少なくない。わが国ではほとんどそれがなくなっているだけに、その怖さについての見聞もない。ゆえに、どうしても考えが甘くなる。ましてや、咬まれたのが旅行中の異国であれば、帰国の予定も決まっているだろうし、お金もかかるし、そんな面倒なことはしたくない。それを否定して、何よりもワクチン接種を優先させることは、よほど用心深い良識人でなければ出来ないことだろう。我がふたりの邦人に同情するのは、実にそのような不運を持ってしまったことに対してだった。

タイ人には、楽観主義者が多い。物事を悲観的に考える人よりはるかに多いというのが我の感想だ。我が犬に咬まれたとき、病院へ行きなさい、といったのは、消毒液と抗生物質を求めた薬局の店員と、当時は同じBマンションに住んでいた、アメリカ人の友人（ハワイで外科医だった）S〈前記〉だけだった。その他は、アパートの従業員も含めて、誰もがその必要性を口にしなかった。かすりキズではなく、もう少し深傷《ふかで》を負っていたなら、怠慢な我も考えていたかもしれない。が、この程度の傷なら大丈夫だと考えたのは、先の動物商が子犬だから大丈夫だと考えたのと同じ次元の誤解だったか。実は、かすりキズこそ危ない、唾液の付着した肌からウィルスはいとも簡単に入り込む、と知ったのは狂犬病についての知識を集めている最中のことだ。

実は、何とも恐ろしい病である。ラブドウィルスは咬まれた部位から筋肉細胞内へ入り込み、そこで増殖し、中枢神経である脊髄交感神経を伝って脳幹に達し、嚥下の困難、知覚の異常、四肢の麻痺から意識の混濁を生じさせ、最後には呼吸困難となって窒息死する。発症すると、四、五日で死亡するのが通常である。光、音などの刺激を受けるだけで、喉頭《のどがしら》や胸の筋肉に激痛を起こし、また水を見るだけで嚥下筋のケイレン（延髄の嚥下中枢への異常反射亢進による）を生じさせるため、「恐水病」とも呼ばれている。

むろん、発症した犬はほどなく死んでいく。狂い死にであるから、その間際には誰彼となく（猫など他の動物にも）咬みつく性質をもつ。ために、咬んだ犬がその後生きているかどうか、ということが一応の目安になるが、それが野良犬ならば消息のつかみようがない。めったに人を咬まない猫が咬んだという事実を重くみて、ワクチンを打ったと話したのは、我を診たバンコク病院の医者だった。これも、猫の生死がつかめなかったからだという。ウィルスを持つ犬であっても発症していなければ（つまり唾液にウィルスが混入していない段階では）、人間への伝染性は低いそうで、まずは咬んだ犬の生死が参考になるというのだ。

○涎垂れ小僧の失態を省みる

そういえば、我が犬に咬まれたのも二月のことだった。その年の中国正月、初一（新月）の夕刻のことで、その年は十四日。生きものに何らかの影響を与える（人間にも及ぼして交通事故が多くなる）とされる暗黒の夜が始まろうとしていた。

その黄昏どき、Bマンションを訪れた日本人の男女をチャイナタウンへ案内するため、地下鉄駅への裏道を辿り始めた直後のこと。いつも通る道なので、何の警戒心もなく並んで歩いていたところ、停車中の車の陰から、いきなり飛び出してきた白い中型犬（地域に住みついている雑種で飼い主はいない半野良犬）が我の右モモへ咬みついて、ズボンの布を切り裂いた。傷は浅く、血が滲む程度であったから、そのままバイクで地下鉄駅（タイランド・カルチュラルセンター）へ向かい、駅の傍にあったスーパー・マーケット（ジャスコ〈当時〉）の薬局で、咬まれたことを訴えてクスリを求めたところ、それに効くものはない、病院でワクチンを打ちなさい、と有無をいわせなかった。

それを我が聞き流したのは、如上のような理由からだったが、とりあえず消毒液で傷口を洗い、抗生物質を飲んだだけで、そのまま地下鉄でチャイナタウンへと向かった。

例年、中国人の大移動がある中国正月（春節）の初日とあって、その賑わいぶりは半端ではなく、中国系タイ人はむろん中国大陸からの旅行者なども加わって、メイン・ストリートのヤワラート通りは立錐の余地もないほどであった。なるほど、これがこの国の経済を牛耳り、支配する民族の底力かと、その異様な人いきれと雑多なニオイには全くもって圧倒されたもので、咬まれた右脚の痛みはさほどではなかったが、ほんの二十分ばかりで音を上げて、ふたりの日本人とは別れて戻ってきた。そのとき、ちょうどS（前記）がフロントにいて、出来事を話すと、にわかに暗い顔をして、今からでも間に合う、病院へ行こう、ついて行ってやる、とまでいうのを、いや大丈夫、ちょっとした傷だから、と打ちやってしまう。Sはそのとき、呆れたように肩をすくめて、おれの命じゃないから勝手にしろ、というふうな捨て台詞《ぜりふ》を口にしたものだった。

その後の顚末については、ただ恥ずかしいかぎり。

要するに、その後に帰国して迎えた四月のある日、咬まれた部位に発症したかと思ったほどの激痛が走って恐怖のどん底に突き落とされた。スッタモンダの末、それが寒い日々と過労による擬似発症ともいうべき異変であったにすぎないことがわかる。死に場所を安楽死させてくれる（多数の症例から必ず死ぬため）バンコクと決めて、インドで犬に咬まれた経験を持つFに同行を求め、その奥方の承諾も得ていたが、たまたま彼には講演会の予定が入っていたことから、我が死んだ後の処理をしてもらうことにして、居候をしていた知人宅（空き家）から独りで成田空港へ辿り着き、スワンナプーム空港に向けて飛んだ。もしFが同行していたなら、とんだ騒ぎに巻き込んでしまったことになって、さらにお笑い種となっていただろう。

結果的には助かったものの、一件落着したあとにわが身を顧みて、そのときの狼狽《うろた》えようたるや、みずからの正体が暴きだされたような心地に陥ったものだ。まさに暗黒の夜にも似た無明、すなわち病に対する無知ゆえの怠り、口先だけだった偽りの覚悟、すべてにおいて情けない、ふがいない人格を感じた。人は、その場、その時になってみないと、本当の姿はわからない。長生きなどしたくない、といっている人が、イザとなると命に執着するのはごく当たり前に起こることだ。もし発症すれば、そのときはあきらめる、などと（ワクチンをつよく勧めたSにも）いっていた我が、まさに掌を返すようであったのだ。

つくづく愚か者だったと思う。三歳時のままの甘ったれ。五十、六十は洟垂《はなた》れ小僧、と古老はいうが、六十二歳のお坊ちゃま、さながらであり、その後の犬に対するトラウマ的症状もいわば臆病という名の後遺症であったのだ。

それが出家の動機の一つともなったのは、わが身には「修行」が必要であることを感じさせたからだ。在タイ五年目の出来事で、それから古都の仏門をくぐるまでさらに五年を要するのだが、その意味では因縁深い、路傍の露店カフェーの存在と並ぶ、貴重な体験であったといえる。

それと比べれば、犬の糞を踏んだことなど何ほどのこともないわけだけれど、如上のことを改めて思い出し、考えるきっかけにはなったのである。

管理を受け入れるか、自由をとるか、糞の持ち帰りをして清潔をめざすか、ほっ散らかして世話ナシの気楽さをとるか、相反する選択をしている日タイは、それでも友好条約を結んでいる。

○チェンマイの超有名人

二月は、恒例の「花祭り（テーサカン・ドークマイ）」が開催される月でもある。〝北方のバラ〟と呼ばれるチェンマイの真骨頂ともいえる行事で、会場であるスワン・ボークハート（チェンマイ空港に近い公苑）には三千種ともいわれる夥《おびただ》しい数の花々が敷地を埋める。山車やパレードほかコンテストなどが催され、大勢のバイヤーや観光客で賑わう。なかでも、蘭の多種多様な華やかさは出色で、しばしば托鉢でも布施されるが、その都度、こんな花をもらってもしかたがないなぁ、と思ってしまうのは荷物になるからにほかならない。

しかし、花は大事な仏前の供え物であることはこなたかなたに共通している。とりわけ、蓮の花（蕾）は仏教の象徴でもある。仏日にも必ずや花が持ち込まれるが、いわば清らかなもの、美しいものは、人の心があるべき姿を示しているのだろう。仏日の夕課の最後には、三宝（仏法僧）の徳を唱えながら仏塔の周りを三周するのだが、その際、両掌の間に〝スウェイ・ドークマイ〟という、バナナの葉で造った円錐形《スウェイ》の筒に、短い線香（三本）と蠟燭（一本）のほか、その都度異なる花（菊か蓮が多い）を挿したものを挟んで歩く。それがない日は、合掌だけですませることになるが、熱心な在家信者がそれを僧の数にプラスして何個か（参加する在家の分）を造って運んでくる。けっこう面倒な仕事（手作業）だが、そんな手間だけは信仰があれば惜しまないのだろう。

布施でいただく花は、往路であれば折り返し点にいるLさんに差し上げて、復路であれば持ち帰って父母の遺骨の前に置くことになる。僧が持ちきれない荷を引き受けて、それぞれの寺まで運んでくれる（有難いばかりの）Lさん&C氏のことはいくら感謝してもしきれないほどのものだが、この書きモノを記すに際してもずいぶんと助かる話を提供してくれる。

その日（四日／タイ暦二月・下弦十夜）は、前日につづいて托鉢に出た。日曜は交通量が少ないので空かずの横断歩道もないし、布施もしっかりとあるから我の好きな曜日だ。代わりに翌月曜日は休むと決めて、摂氏16℃の朝の町へ、暖かい靴下と下着をつけて出た。

折り返し点で、日曜日に出てくる僧は少ないため、Lさんたちは比較的ヒマである。ために、老僧は休憩がてら、思いついた話題で時を過ごせる。日曜日のたのしみの一つでもあるのだが、その日は、一昨年（二〇二二）の八月に亡命先のドバイから帰国したタクシン・チナワット元首相の話を切り出した。

周知の通り、チェンマイの出身である。いかにもタイらしい絹問屋の子息だった。その店舗は、確かこのターペー通りにあるという話を聞いたことがある。思い出して、それをLさんに尋ねると、チェンマイの生き字引のような彼女は、即座に、ほら、そこの角、ワット・センファーンの前にあったのよ、と答えた。いまは空き店舗になっているけれど、そこに昔は絹問屋（ラーン・カーイ・ソン・マイ）があって、その後はＡＩＳ（タクシン氏が興した通信衛星会社）のオフィスだった、云々と説明してくれる。近年までは珍しいものを売る土産物店だったが、コロナ禍でつぶれてからは、空き家（売り出し中）になっていることは我も知っていた。生まれ故郷は、この先のピン川にかかる橋（ナワラット橋）を渡っていった先、サンカンペーン地区にあって、バイクで二十分余りのところ、などとＣ氏が話した。

やはりチェンマイの名士、超有名人なのだと思ったものだが、政治の世界は俗世の最たるもので、僧が関わるものではない、とタイでは認識されているため、ほとんど話題にもならない。以前の寺の住職などは、軍事政権を嫌悪しているという話は聞いていたが、だからといって、反対運動を起こすわけでもない。タイ仏教は国王と政府の庇護下にあって、サンガ法自体が国の法律であるから、国家の政策に口出しすることもない。その点、怒れる僧の多い隣のミャンマーとは違って、我関せず、聖界と政界は異次元のものだと割り切っている。ただ、わが住職はたまに、例えば大麻《ガンチャ》の解禁に「ノー」の意志を告げるが、おおっぴらにはしないことに変わりはない。

ただ、在家の時代が長い我の場合、タイの政治にはずいぶんと翻弄されてきた。とりわけ、まるで徒花のようであったタクシン元首相の時代から始まる顚末は、我がタイへ落ち延びた（二〇〇五年）頃にはすでに始まっていて、以来延々と続く、戦国の大絵巻であった。ずいぶんと我を困惑させ、先頃のコロナ禍に劣らず被害も受けてきた一連の絵巻ものは、さながらタイの三国志であり、ある意味で我の学びにもなったのだった。

センファーン寺前の街角（元ＡＩＳ店舗）＆ピン川のナワラット橋

少し長くなるが、その辺の、俗世の極みにある話を順に辿ってみよう。まずは、タイの歴史に少しばかり触れておく。

○列強が迫ったタイの開国

いわゆる近代化というのは、経済発展と意味合いを同じくして、およその世界の現実としてある。その過程における青少年の犯罪の増加に対して、僧が古の復権を果たして公教育の現場に立つことになったのは、必然の成り行きだったといえる。人間の欲望をかきたてる発展は、若者ならばなおさら少なからずの影響を受け、およそ善からぬ変化を見せることになる、その結果としての国家政策だった。＊

わが寺の住職などは、副住職だった若い時代に「アビダンマ」（三蔵〈律・経・論〉のうちの「論」）のサンガ試験の最高位9段目に合格している俊英であるから、方々からひっぱりだこで、かつては幼児教育（幼稚園）から始まる仏教教育の現場に立っていた（いまは住職の身で忙しいので、FMラジオの仏教番組に駆り出されているだけだが）。

あるいは、現象面でいえば、昔日の首都バンコク（クルンテープ・マーハーナコーン＝天人の大都、の意。正式名はこれに続く非常に長いもの）は、東洋のベニスといわれたほどに、縦横に運河が張りめぐらされ、人家はそれに沿ってあり、舟が交通の主な手段だった。それを次々と埋め立て、クルマが行き交う道路に変えていったのが近代化というものの一側面だったのである。いまのバンコクの道路という道路は、その昔、運河であったことを思えば、近代化なるものをこれほど象徴するものはないといってよい。＊

唯一のセーンセープ運河と船着場〈バンコク〉

実のところ、わが国もそうであったように、タイもまた、その近代化の端緒は西欧列強のアジアへの侵攻であり、それに抗《あらが》い切れず、やむなく、という形で始まったものだった。その辺の歴史を通観すれば――、アユタヤ王朝時代（一三五〇～一七六七）には、勢力をもったオランダをはじめ、イギリス（東インド会社が進出）、フランス（宣教師が先導）、さらには中国、日本（一時千五百名ほどに達した日本人町の頭領で王朝にまで重用された山田長政は有名）という通商の相手国が共存して活況を呈し、まさに国際都市の名にふさわしい繁栄ぶりであった。が、国王（ナーライ王）の親西欧政策を覆すクーデター（排外党の乱・一六八八年）をきっかけに「鎖国」へと向かうことになる。この辺りは、わが国の徳川幕府を思わせるが。

以降、十八世紀までは、周辺国が次々と植民地化されていくのを尻目に、一切の通商交渉を拒否して独立を維持していた。ところが、ラーマ四世（モンクット王〈現在のチャクリー王朝・在位一八五一～一八六八〉の時代になると、ビルマとマラヤ（マレー半島・現マレーシア及びシンガポール）を我がモノとしていたイギリスの圧力に抗しきれず、また開国して西欧と接触することが国の繁栄をもたらすと判断した王様は、英国使節として渡来したジョン・ボーリングとの友好通商条約（一八五五年）を皮切りに、西欧諸国と次々に同種の条約を結んでいった。

これは、わが国が押し付けられた明治維新の不平等条約にも似て、治外法権や関税自主権の喪失を解消するのに長い苦労を強いられることになる。が、いずれにしても、タイの近代化というのは、十九世紀半ばの開国から本格的に始まっており、以降、西と南からはイギリスの、東からはフランスの侵犯を受けながらも、巧みな外交でどうにか食い止めながら富国をめざして邁進することになったのだった。その途上で、運河を埋め立ててクルマを走らせ、鉄道を敷設し、産業を興し、軍事力の強化に力を注ぐことになる。

そして、二十世紀に入ると、国内的には立憲革命*という転換期を経、産業の振興に力を注ぐ一方、大戦時には枢軸国側の日本と同盟（軍の通過、駐留等の戦争協力を約す「攻守同盟」）を結びながら、連合国側に通じた抗日（自由タイ）運動という二枚腰の巧みな外交術でもって戦争の時代を切り抜けていった。

そして戦後は、文治派のプレディ・パノムヨン（暗号名を〝ルース〟として自由タイ・抗日運動を指導）と、戦時中、日本と同盟を結んだ武断派のピブン・ソンクラーム（マレー半島に上陸した日本軍に降伏した際の将軍）、両陣営による権力争いの図を呈しながら、五〇年代の後半にはそれが終息する。以降、六〇年代にかけては、戦後のタイが近代化をもっとも着実に進めていく時期であり、その中核をなしたのが、華僑財閥と外国資本（両者は時に合弁で協力）であった。

なかでも、わが国は七〇年代の初めには外資としてトップの座を占めるに至り、そのことへの反発が一時期（一九七四年の田中角栄首相の訪タイ時がピーク）、学生の反日運動をもたらしたことは周知の通り。ベトナム戦争時には、米空軍の前線基地（ウタパオやウボン基地など）としての役割を果たしたことから、その特需景気に浴したことも経済発展の大きな背景であった。

それでも、いまからみれば、その近代化の度合いはまだまだといった様相であり、発展途上の国であったことに変わりはなかった。

*僧の復権：二十世紀に入って初等教育令が発布され（ラーマ五世のチャクリー改革の一つ）、各地に学校が建てられるまでは寺院が学校であった。戦後、タイが近代化を遂げていくなかで、とりわけ経済発展がめざましかった六〇年代に入って以降、青少年の犯罪が急増していた。そこで政府は、教育を俗人

の手に渡してしまったことがその原因であるとして、七〇年代に入ると教育現場（教壇）に僧を復権させ、ブッダの教え（瞑想の実践等）をカリキュラムに組み込んで人心の改善を期すことになる。以来、約半世紀を経たいま、ようやく青少年の犯罪が減少したといわれる。

＊バンコクの運河：現在も舟便があるのは街の中心部をほぼ東西に走るセーンセープ運河のみ（チャオプラヤー川の西岸、トンブリ地区にはまだ少しある）。

＊立憲革命：一九三二年、プレディ・パノムヨンらエリート官僚と軍人が中心となって、チャクリー王朝ラーマ七世（プラチャーティポック王・在位一九二五〜三五）の絶対王政を打破、立憲君主制（議会制民主主義）へと移行する。革命以降のピブン内閣は、対日関係重視の方針に転換し、翌三三年、ジュネーブでの国際連盟臨時総会では、四二対一で日本の満州撤退勧告案が可決されるなか、タイは唯一の棄権票を投じ、太平洋戦争時の同盟関係の助走となる。また、立憲革命から七年後の一九三九年、時のピブン内閣は、革命記念日（六月二十四日）にそれまでの国名「シャム」を「タイ」（自由、独立、の意）と改称する。

○自由タイ・抗日運動の成果

ここでいったん休題して、先に触れた戦時中の抗日運動について触れておこう。

戦争にもルールがある、などというと、もとより残酷で愚劣なものを正当化するような匂いを感じなくもないが、日本がそれを守らなかった（事前に宣戦布告をしなかった）のは真珠湾攻撃だけではなかった（もっとも、宣戦布告が米国における日本大使館筋の手違い等で間に合わなかったのだが）。そのことがタイでは容認された（日タイ史に禍根を残さなかった）という違いもまた、多様に屈折した戦争の現実だろう。

多くの日本人は、真珠湾攻撃でもって開戦の火ぶたが切られたと思っているようだ。が、実のところ、それと同時の作戦として南方への侵攻があった。

それは、イギリス領マレー方面への展開だった。フィリピン方面（ダバオ爆撃）もほぼ同時で、対米・英・蘭戦の端緒となる「マレー（馬来）作戦」（作戦名はE作戦）であり、太平洋戦争におけるすべての作戦に先行して行われた。つまり、山本五十六が指揮した海軍の真珠湾攻撃より（時差の関係もあって）一時間以上も早く上陸が開始されたことから、その作戦が事実上、太平洋戦争の幕開けだったといえる。その最終目標は、マレー半島の南端に位置する島、シンガポール（新嘉坡）の攻略であった。

上陸作戦は、英国へ宣戦布告せずに行うこと（奇襲）が取り決められていた。開戦日の暗号は、大本営陸軍部の手になる〝ヒノデハヤマガタ〟である。上陸はマレー半島東海岸からで、輸送船団の各部隊は予定上陸地点としてあった、コタバル、シンゴラ（日本軍の旧称・現ソンクラー）、パタニ（現パッターニー）、ナコン（現ナコーンシー・タンマラート）、バンドン（現スラータ―ニー）、チュンポーン、プラチャップ（＝プラチャップ・キーリーカン）の各方面に分かれて向かうことになっていた。このうち、コタバル以外はタイ領であり、海岸線自体が要塞であった半島の上陸可能な地点が選ばれた。が、不意に現れた日本軍に驚いたタイ軍は、独立の中立国として、はじめは各地で交戦を選んだ。

だが、タイ軍の抵抗は、一時的な戦闘だけで終わり、以降は降伏を宣し、日本軍の侵攻を許した。とても勝てない無益な戦い、と軍当局（ピブン・ソンクラーム将軍）がすみやかに判断した結果であったが、以来、日タイ（攻守）同盟が成立し、タイは日本軍の通過、駐留を認めることになる。が、もとより欧米列強の植民地にはならず（国境は脅かされて失地もあったが）、独立を維持してきた国にとって、日本軍の侵攻は意に反するものであることに変わりはなかった。

それゆえ、日タイ同盟が成立した直後から、いわゆる抗日（タイ側の呼称：自由タイ）運動が地下で始まった。それは欧米にいたタイ人留学生を含めて、知識人、有志市民が集結し、自国を支配下におさめたに等しい日本軍へ、破壊工作、行軍妨害などの活動を展開していったのだ。そうしたタイ政治の頭《トップ》としていた人たち（同盟を結んだピブン・ソンクラームや自由タイの領袖プレディ・パノムヨン〈前記〉）が、戦後のタイ政治を動かすことになるのだが、同時に政争もまた始まって、むずかしい展開になっていく。

また、一般のタイ民衆も同様に、抗日の心情を抱いていた。欧米列強の植民地にもならずに独立を維持してきた誇りが、日本軍によって傷つけられたことによる当然の感情であった。

そのことを描いた小説は『クーカム（運命のふたり）』と題されて、我がはじめて訪れた頃のタイを席巻していた。それは、原作（トムヤンティ作・一九六九年初版）の映画が大ヒットしたことによるもので、以降、TVドラマも含めてリメイクされる度にヒットし、タイ人ならば知らない人はいないといってよいくらい、主人公のアンスマリンと日本兵・コボリの物語は有名になったのだった。

わが国でも翻訳されているが（邦訳タイトルは『メナムの残照』〈カドカワ文庫〉）、パーリ語で「太陽の子」の意を持つアンスマリンが運命の出会いを持ったのはコボリなる日本兵で、抗日の社会背景のなかでは敵視すべき存在であることが、素直な恋愛感情を阻害する。相手のプロポーズをどうしても受け入れられないでいたアンスマリンは、その日本兵が戦死をとげたとき、やっと本当の心情を吐露して息絶えた相手を抱いて泣き崩れる、という筋だった。戦中のタイの社会状況と個人的な本音の間で揺れる女性の悲劇的な結末が受けたのだ。

あまりに有名なこの物語は、戦時中の日タイ関係を記憶にとどめると同時に、ある意味で日タイの親善交流に役立ったところがある。反日国にありがちな日本人に対する敵意がタイにおいてはほとんどなかったことの背景としてあるのは、他に、やはり公教育における「反日」がなかったことだろう。その歴史教科書の記述は、戦中のタイ人の感情について、必ずしも好感をもって日本軍を受け入れたわけではなかった、といった柔らかい表現でなされていた。加えて、戦後における皇室と王室の交流が密であったことも好い影響をもたらしたことは確かだ。

ひとりの作家がその作品で社会に大きな影響を与えた典型的な例といえた。その作者、チェンマイ在住だったトムヤンティ女史も、ついにその生涯を閉じた（二〇二二年・享年83）。僧房にてそのニュースを知ったとき（住職が伝えてくれたのだが）、かの戦争がまた遠のいた感を深くしたものだ。仏教についての著作をライフワークにしていることが話題になって数年後の、志なかばの死であった。

それは措くとして、そうやって抗日（自由タイ）運動を起こしたことが、戦後、タイが戦勝国の仲間入りを果たした理由の一つと見なされている。英国は戦後も日本と手を組んだタイを許さず、ビルマに舞い戻った後は国境から侵攻するなどの行動に出た。が、アメリカは逆に親タイ政策を採り、日タイ同盟は日本軍の強要によるものだったと無効を宣言したタイを戦勝国の仲間として認め、英国の譲歩もひきだして戦後処理を成すことになる。結果、日本が受けたような占領もなく、従って経済や文化面においても「断絶」を免れたのだったが、それが一つの恩恵であったといえるだろう。

国際社会におけるタイ政治のしたたかさは、竹腰外交（バンブー・ディプロマット）と呼ばれてつとに有名であるが、このようなこともその証しといえそうだ。多民族社会であり、かつ四方を異国に囲まれた国は、そうでなければ生き残れない、必要に迫られた知恵というべきだろう。

タイが列強の植民地にはならずにすんだ背景についても、さまざまいわれている。一説に、四方を異国に囲まれていることから来る地勢的な幸運があったというものだ。つまり、ミャンマー、マライ（半島・最南端がシンガポール）は英国の、カンボジア、ラオス（及びベトナム）はフランスの植民地であったため、その両国がぶつかり合わない、いわば緩衝地帯として必要であったというわけだ。が、タイがそのために常に安泰であったかというと、決してそうではなかった。ミャンマー国境からは英国の勢力がジワジワと侵入して民衆を苦しめていたし、カンボジアからはフランスの侵攻を受け、実際に領土の一部まで奪われている。

その証拠としてあるのが、バンコクを訪れた人なら一度は行くはずの中心街に聳え立つ、アヌサワリー・チャイ（戦勝記念塔）である。これを第二次世界大戦中のものと誤解する人がいるけれど、実はそうではなく、日本の仏印進駐で弱体化したフランスとの国境戦争で勝利したことを記念するものだ。いわば失地の回復戦争であり、十九世紀末以来、フランスに奪われていたラオス（仏領となる前はタイの属国）のうち、メコン西岸の二州（ルアンプラバーン、チャンパー）の返還要求をフランスが拒否したことから国境で武力衝突し、折から仏印進駐（北部から南部へ）をなそうとしていた日本──近衛（文麿）内閣の松岡外相──がタイに有利になる仲裁役を買って出たのだった（東京会議

〈一九四〇〉〉。その結果、一九〇七年以降やはり仏領となっていたプラタボーン（現バッタンバン州）とシソポン（現バンティアミアンチェイ州）、及びシャムラート（現シェムリアップ州）をも含めて返還されたのだった。* それらは、終戦後に一時フランスに復帰した後、前者はラオス領、後者はカンボジア領となったことで、結果的にはほとんど益のないタイ仏戦争であったが、侵略者・西欧人《ファラン》を打ち負かしたという誇りが戦勝記念塔に示されている。

＊プラタボーン、シャムラートは、それぞれ現州都でもあるバッタンバンとシェムリアップで、タイ領だった時代のタイ語名。

ラーマ四世と五世（ともに賢王の誉れが高い）の叡智と、西欧に学びながら成した「近代化」の努力がなければ、いくら強固な仏教国で地勢的に恵まれていても、貪欲な英仏に分割統治されていたかもしれない。その伝統的な外交手腕が戦中、戦後にも生かされて、戦勝国の仲間入りを果したのだった。

○発展と引き換えの悪化

閑話休題——。

ところで、我がはじめてタイ国を訪れたのは、まだ学生（休学中）の頃だった。欧州の旅を終えたあと、イスタンブール（トルコ）を起点に、中近東、インドを経て、つまり南回りのシルクロード・ルートで帰国する途上のこと（七〇年代の初頭）であった。

＊このことは、先に記したインド・パキスタン戦争に巻き込まれた話〈我にもあった行方不明の危機・第二章〉の延長であるが。

その頃の記憶を辿れば、運河はほとんど埋め立てられていたが、街路を走るクルマといえば、今もある三輪タクシー〈サムロー〉（トゥクトゥクとも呼ばれる）が主で、ふつうのタクシーも現れてはいたものの、メーター類がことごとく壊れているため、料金は行き先を告げて交渉する形であった。未だに憶えているのは、走行中にフワリと後部ドアが開いてしまったり、床をみるとコブシ大の穴があって地面がみえていたり、といった有様であり、要するに、わが国ではとっくに廃車になったもの（ほとんどが日本車だった）が持ち込まれていたのだ。それがいまでは、立派なメーター・タクシーになっていること一つをとっても、経済発展のめざましさがわかるわけだが、タクシー運転手の質、態度がどう変わったかといえば、はっきりいって、当時よりはるかに悪化している、というほかはない。

その悪さの具体例は挙げるとキリがないくらいで、我の体験からいえば、やっと一割が良、もしくはマシな運転手で、あとは無愛想で行き先を告げても返事をしない（ためにしばしば目的地を間違える、ワザと遠回りをする雲助）など、程度の差こそあれ乗ったことを後悔してしまうことがたびたびなのだ。あるときは、人を空港まで送っていく途上、口数の多い運転手が何と目的地を大きく逸れる高速へと乗り上げて、文句をいっても逆走できないのでそのまま走るほかなく、ずいぶんと遠回りをされたあげく、空港までの距離が四キロほども遠くなる別の駅へと連れていかれてしまった。こんな例はまだマシなほうで、すこぶるタチの悪いのに乗ってしまった日本女性は、深夜、やっと辿り着いたホテルで料金をめぐって揉めたらしく、カッときた運転手に（ダッシュボードに隠し持っていた拳銃で）撃たれて重傷を負わされる、という事件も起こっていた。

原因としては、多くが貧しい田舎の出身で実入りの点でも恵まれていないことに加えて、会社の教育というものが客商売に関しては非常におざなりであることが指摘される。都市との教育格差もあって、仏教の教えも届かない、常に不満を抱く粗暴な人間が、現代社会においてより多く産み出されていることの証左でもあるだろう。料金が値上げされた（初乗りの基本料金は同じだがその距離を短縮した）今日では、少しマシになっているようだが、今度はメーターを改造して不正を働く輩がいるなど、元の木阿弥の交通渋滞もそうだが、路上はやっかいな出来事が起きがちな最も要注意の場所になっている。

昨今のこの国をみていると、チェンマイにおける環境の悪化もそうだが、国を挙げての人心の改善の努力は当然のことだろう、と思えてくる。まるでシーソーゲームの如く、悪化との競争を強いられていて、七〇年代はじめの、柔和で心優しい人々の微笑がなつかしく思い出されるほどに、その表情を変えてしまっているのだ。はじめて訪れて以来、欧州とはまるで違うアジア世界に惹かれた我は、機会あるごとに訪れることをくり返してきたのだったが、その間、街が様相を変えていったのと歩調を合わせて、人々の表情が微笑の度を落とし、険しくさえなっていくのを、いまも進行中の有様として感じざるを得ないのである。

もっとも「微笑みの国」という呼称の、その微笑みとは利のため、商売のための愛想笑いであると断じる人がいるけれど、それだけではなく、やはり本来の民族性をうつすものだと我は思っている。それが失われていくのを感じるのは、わが国の後追い現象のようで、他国事《たこくごと》ではないからだ。

○民族エネルギーの衝突

ここで、華僑なる存在と戦後世代についての話に移ろうと思う。

いうまでもなく、問題の背景にあるのは、先にも述べたように物質的豊かさを追求してやまないタイ国そのものの変貌である。とりわけ、八〇年代の後半から顕著になる経済成長は、アセアン（ＡＳＥＡＮ）の優等生とまでいわれ、九〇年代に入ると、通貨危機を乗り越えたタイ経済はさらに成長を加速させていった。

そして、二十一世紀に入って間もなく、これも二月（二〇〇一）から、タクシン（元首相）の治世が始まる。と、その経済政策はさらなる発展をもくろんで、私的蓄財の術をも弄しながら行った改革や事業の数々は、国王（チャクリー王朝ラーマ九世・プーミポン王）まで口出しをする賛否両論を巻き起こしていった。

国際社会と対等に渡りあえる国づくりが大義名分であった。が、その政策の多くは既存の財閥と利害の対立を起こす我田引水的なものであった。ために、それら旧財閥系*の反感を招き、果てには、赤と黄色（シャツの色で赤が新興財閥のタクシン陣営、黄色が旧財閥陣営）に分かれて相当な規模の武力衝突（後述）まで引き起こすに至ったことは記憶に新しいところだ。

国王は、その急ぎすぎる経済政策を指して、本来のタイ人らしさを失わせるものだと苦言を呈し、足るを知る経済の大切さ（仏教の教えに基づいて）を説いたのだった。が、タクシン氏はそれに耳をかさず、スワンナプーム国際空港の大事業*をはじめ、海外からの投資と企業誘致を積極的に進めて、いわばバブル的様相を呈していった。

一方、歓迎された政策もさまざまあって、とくに出身地のチェンマイを中心とする北部やイサンと呼ばれる東北部（全人口の約三分の一を占める大票田）の歓心を買うことに成功したのだったが、そのことがクーデターでの失脚（二〇〇六年九月）以降も、タクシン陣営が選挙で勝利する地盤を築くことになった。ために、旧財閥側との対立はいっそう激化していくわけだが、拝金主義的な射幸心をあおり、金銭欲、物質欲を増長させたことを声高に批判する人も少なくなかった。貧民を救済するための三十バーツ医療や、麻薬撲滅のための大キャンペーンを張ったことも評価されたが、その一方で、後に有罪判決を受ける汚職や自軍に有利となる法改正など、権力の濫用もあからさまなものだった。

ここで、わが国でもずいぶんと報道された出来事の経緯と中身に触れておくのも無駄ではないだろう。というのも、その政争、政変の担い手こそは、まさしく戦後世代、わが国でいえば団塊の世代前後に当たる人たちであり、過激に走った学生（ほか）が起こした事件の数々は、未だ国際手配中の者も含めて解決していないことを彷彿《ほうふつ》させるものだ。

かつまた、「華僑」という国の歴史、社会に絶大な関わりをもつ存在がなければ起こり得なかったことでもあり、いわば一国の命運を左右する象徴的出来事でもあったからだ。

どうしてこれほどの政争が起こってしまうのかという疑問が、わが国のみならず多くの外国人の頭を悩ますことにもなったのだが、その答えを我なりに出すのは後回しにして、まずはタイ族及び華僑の歴史に触れておかねばならない。そのことに意味をみるのは、そうした民族のエネルギーこそが、膨張したり、移動したり、入り乱れたりすることで、時に衝突を起こし、争いごとの最たる因ともなるからである。先の反日運動（一九七四）の担い手だった学生たちも、ほとんどが華僑の師弟であったことは、有名国立大学の学生の大部分がそうであることと符合する。タイという（多民族）国家は、華僑対華僑、あるいは華僑対外国人の対立が歴史のなかで続いてきた、そのことをタクシン氏に関わる救いがたい政争の中にも典型的な図式として見てとることができる。

そもそもタイ国は、中国大陸の雲南省（一部四川省）から移動してきた人々、タイ族が祖といわれている。九世紀頃に栄えた南詔国の住人だったが、それが滅ぼされた後、つまり十世紀に入って間もなく、タイ族の南下（五～六世紀に始まったとされる）が本格化し、その後に建国された大理国もまたフビライ（モンゴル）の襲撃によって滅ぼされると、さらにタイ族の移動が急となって、いまの地に定着するに至った、というのが教科書的な歴史である。

定着後のタイ族は、強大な勢力を誇っていたクメール王朝の影響（その遺跡がタイ国内にも多くあるのはこのため）を受けながらも、独自の世界を築いていった。そして、十三世紀に至って、それまで各地に割拠していた小国をまとめ上げ、はじめて国家の体裁をとったのがスコータイ王朝、いまのピッサヌローク（中部タイ）を首都とする王国であり、またそれと国境を接するチェンマイ（北部タイ）を中心に興ったラーンナー王国であった。

その後、アユタヤ王朝、トンブリ王朝、そして現チャクリー王朝へと時代は下っていくのだが、中国人がいつ頃から渡来するようになったかといえば、スコータイ王朝時代にスワンカローク焼の陶工などが来訪した記録があるほか、十四世紀半ばに始まるアユタヤ王朝の時代（一三五一～一七六七）には、日本人も含めた多国籍人の一員としてその流入が本格化していった。

最初の転機は、現チャクリー王朝・ラーマ一世（プラ・プッタヨートファーチュラーローク王・在位一七八二～一八〇九）の時代だった。絶対王政の時代ゆえ、国家が意のままになる王様は、それまで各地に分散していた中国人を一つの区域にまとめて移住させることになる。むろん、その統率、統制をもくろんだことが理由として挙げられる。これが現在のチャイナタウンの始まりであり、王宮や由緒ある寺院が集中するラッタナコーシン島の一角（ヤワラートと呼称）で、水運のよいチャオプラヤー川《メナム》沿いにある。

いくつもの転機のうち、近代のそれは、現チャクリー王朝、ラーマ四世（親王時代は長く僧籍〈二十七年間〉にあって宗教改革をなした）の時代、すなわち十九世紀半ばに訪れる。これは前述したが、開国して西欧列強と渡りあえた啓蒙君主として知られるラーマ四世（モンクット王・在位一八五一～一八六八）は、それまでの中国（清朝）への朝貢貿易を廃止して無条約関係にした（一八五四）のを手始めに、対華僑対策に乗り出した。このままでは国自体が中国人に乗っ取られてしまうと危惧した王様は、厳しく渡航制限を設けるなどして弾圧、警戒するが、その一方で、すでに渡来している中国人に対しては、タイの国籍を与えるという方針、いわゆる「同化政策」を打ち出すのである。次代のラーマ五世（チュラロンコーン王・在位一八六八～一九一〇）は、西欧列強の圧力がきびしさを増していくなか、独立を維持するに苦慮しながらも守り抜いた賢王として知られるが、その治世における十九世紀末から二十世紀初頭、つまり清朝が滅びゆく過程（辛亥革命は一九一一年）で生じた再びの中国人の流入には比較的寛大であった。が、しかし、次のラーマ六世（ワチラウット王・在位一九一〇～一九二五）の時代になると、王様は一転、中国人を「東洋のユダヤ人」と題する書きモノまで著して再びの弾圧に乗り出すことになる。まさに二転三転、歴代の王様が苦慮した歴史は、そのまま現代にまで尾をひいて、華僑問題のむずかしさ、複雑さが、未曾有の「政争」の背景としてあることを念頭に置く必要がある。それは追いおいに述べるとして——

＊旧財閥系：主なファミリー（企業グループ）は二十余り。タイの金融、流通、製造業等、ほとんどの分野に及ぶ。

メナム・チャオプラヤー＆中国人街・ヤワラート通り〈バンコク〉

＊スワンナプーム国際空港：首都バンコクの中心部から東へ三十キロ余りの新空港。敷地は三千二百ヘクタール、滑走路は四千メートルと三千七百メートル、ターミナル・ビルは五十六万平方メートル。成田空港の約三倍の広さがある。百三十二メートルの管制塔の高さもターミナル・ビルも（単体としては）世界一である。スワンナプームとは「黄金の地」の意で、国王が名付けたといわれるが、もとはコブラも棲む広大な沼地だった。

◇旧財閥系の誕生とその背景

近代における中国人の流入は、その背景として、清朝が衰退する十九世紀末期から二十世紀にかけての混乱の時代、当時の主幹産業（製材、精米、ゴム加工等）や道路、鉄道建設のための労働力を確保する必要性もあったことが挙げられる。そして、特筆すべき点は、この近代に入ってからやって来た中国人の中から、さまざまな分野で大成功をとげ、現在の旧財閥系（反タクシン陣営の支持グループ）として、一国の経済を牛耳るまでのファミリーが生まれていったことだ。

その間、国家としての大きな転機は、先にも述べた立憲革命による立憲君主制への移行だった。その革命を成功へと導いた若手官僚の首脳部が華僑系エリートだったという事実（ピブン内閣のピブン・ソンクラーム〈日本軍上陸当時の将軍〉自身も華僑系）からして、すでに何事かを如実に物語るものだ。つまり、絶対王政時代の王族はむろん、アユタヤ王朝を滅ぼしたビルマ（現ミャンマー）に逆襲をかけ、撃退してトンブリ王朝（一七六七〜一七八二）を築いたタクシン王自身が華僑系（母親はタイ人）であったように、政治の世界にも華僑が浸透し、経済界のそれと結託して勢力を築いていく構図が出来上がっていく。

そして戦後、日本が降伏して引き揚げた後は、戦勝国（連合国側）の仲間入りを果たし（前述）、立憲君主国として発展を目指すことになるのだが、ただ中国本土とだけは正式な国交を持たなかった。というのも、国民党を台湾へ追いやって成立した中華人民共和国（一九四九年成立）は、タイ国の最も嫌う体制であり、当時、タイにも生まれていた共産主義者の集団（CPT）を援助していたこともあって、その影響を警戒したからであった。

時は、それからさらに二十六年が経過、一九七五年になってやっと、米中、日中の国交回復に歩調を合わせる形で長年の断交をやめることになる。いまでは重要な貿易相手国だが、長きにわたる断交と同化政策がもたらしたものは、幾世代かにわたるタイ人と中国人の混血（同化）であり、それが結果的に、民族的な対立、抗争の因を緩和する役割を果たした。

ところが一方で、近代になって渡来し成功したファミリーが、前述の如く（旧）財閥として君臨する時世がいっそう強固に出来上がっていた。この大成功組だけは、タイ人との混血を拒み、純然たる華僑系を成していたこともよく知られた事実である。他民族への富の分配、拡散を嫌ったためであることが第一の理由として挙げられるが、そのような存在を罵るタイ人が少なくないことも確かだ。我の友人C君の兄（旅先のロンドンで知り合ったもともとの親友＝交通事故で没す）などは、アイ・ヘイト・チャイニーズ（中国人を憎む）、というのが口ぐせだった。が、嫌われることを気にするような民族ではないことが、その強さの根源にあるのだから、いくら口ぐせをいってもどうにもならない。後に記す、三国志的戦いは、起こるべくして起こったというべきか。

◇新興財閥の登場と敵対勢力

しかし同時に、そうした（旧）財閥のみならず、その他大勢の華僑系が経済的に上・中・下のクラスをなして存在していたことも忘れるわけにはいかない。大成功組よりこちらのほうがはるかに多数派であり、タイへの同化（混血）も多く、積極的だった（先のC君の兄にしても、先祖には華僑系がいて、タイ人との混血であることに変わりはなかった）。そして、彼らが二世、三世と代を重ねるにつれ、新しい世代の、新参の実力者が台頭してくるのはまさに時流というものだったろう。そうした流れのなか、華僑系同士の盛衰、権勢をめぐって、旧来の構図に大きな変化が生じてくるのも自然の成り行きだったといえる。

その核となったのが、突出した成功を手にしたタクシン・チナワット元首相（中国名・丘達新）であった。生年は、一九四九年。わが国でいえば団塊世代（昭和二十四年生まれ）に相当する。出自は幾多の政財界人を生み出したことで知られる客家（ハッカ）*だが、父親の代はさほど裕福な華僑だったわけではない。つまり、前述の（旧）財閥系ではなく、古都チェンマイの一介の商人（絹問屋）の子息だった。警察仕官学校を卒業した後、警察に勤務して確固たる地位を築き、その後、先見の明ともいうべきコンピューター（PC）ビジネスに着手した。それを軍や警察に売り込むことから始めて、最先端の通信事業（携帯電話や衛星通信など）で大成功を収め、業界最大手のシン・グループを形成するまでになっていく。

そして、こういう場合、お決まりのコースといってよいのが、政界への進出である。財を築いたうえ、特有のカリスマ性と民衆の操縦術を備えたタクシン氏は、とくにイサン（タイ東北部）や地元のチェンマイを中心とする北部タイなど、地方の票田を我がモノとし、さらには同朋の華僑系政治家（一部は後に袂を分かつことになる）を囲い込み、二〇〇一年の総選挙で「タイ愛国党」の党首として大勝した。ついに首相（第三十一代）の座まで獲得してしまったのだった。

以降、まさに新興といえる財閥、シン・グループの実質的なトップとして君臨する一方、その在職期間中、おだやかな経済発展を提唱した国王（ラーマ九世）にも従わず、徹底した経済成長最優先の施策を次々と実行に移していく。その政策とさまざまな制度改革は、旧来の体制側にとってはおもしろくないものであり、反発もまた大きなものだった。しかも、その政権はファミリーによる国家の私物化、とりわけ法律を変えてまで通信分野の既得権を無効にし、結果、みずからのグループに莫大な利益をもたらしたのをはじめ、リベートを認める日本企業（ゼネコン）と組んで成した巨大なスワンナプーム国際空港の建設事業（当時はタクシン空港と揶揄された）と、それに伴う周辺地域の地上げを画策するなど、蓄財のための数々の利益誘導策は、後に有罪判決を受ける汚職、脱税疑惑へと発展していった。

その手段は、露骨かつやり過ぎの誹《そし》りを免れず、糾弾されてみずからのシン・グループが危機に直面すると、通信株をシンガポールへと売却して巨万の富（七百三十三億バーツ＝当時の相場で約二千二百億円相当）を得、すると今度は「売国奴」と罵られることになる。むろん資産はそれだけではなく、首相時代に築いた財を合わせると、誰にもつかみ切れない大きな数字になるといわれたものだった。

莫大な利益は国内外の銀行へ、貧しい庶民へはポケット・マネーから、というのが国家を私物化する政治家のやり口だが、それが皮肉にも庶民にはありがたいことであったらしく、二〇〇五年の総選挙ではまたも「タイ愛国党」が圧勝し、政権を持続させるつもりだった。

そこへ、そのやり方に我慢がならなくなった、これも華僑系富裕層（出自は旧財閥系ではない）の御曹司が切りつけていく。名は、ソンティ・リムトーンクン（中国名・林明達）。これまた一九四七年（昭和二十二年）生まれの戦後世代である。潮州出身の父親は、毛沢東の共産中国に追いやられた元国民党員であり、タイへ移住後は台湾との関係を築き（これはタイ政府が台湾とは国交を持ったため）*、ソンティ氏自身も大卒後は台湾へ留学し、その後、アメリカ、オーストラリアでも学び、帰国後は、父親の印刷業を引きついで新聞、出版事業を展開し、八三年に創刊したタイ字経済紙、プーチャッカーン（「経営者」の意）を業界のトップ紙に育て上げた。

そして、そのグループ（ＭＲＧ）もまたタクシン氏と同様、携帯電話や通信衛星へと事業を拡大し、上場するまでの勢いをみせていた。が、やがて九七年にタイを見舞った経済の大激震（通貨危機）を契機に経営不振に陥り、破産の憂き目に遭ってしまう。その頃から、タクシン氏との奇妙な関係、よじれ現象がスタートしたのだった。

はじめは同じ華僑系、同世代の同胞として、手を握りあっていた。二〇〇一年の総選挙では、タクシン氏の政界進出を支援して大演説を買って出、勝利させた。その後、当然の分け前を求めて要所にみずからに都合のよい人材を配させ、仲よくやっているかに見えた。これは（ＰＡＤ〈後述〉のもう一人の首領）元バンコク都知事のチャムロン・シームアン氏（一九三五年生まれ〈この方だけが戦前生まれ〉。中国名 盧金河）もそうで、当初はタクシン氏を支援していた。が、やがてタクシン氏は、権力をカサに利を独り占めしようとしたのか、あるいは他に理由があったのかはともかく、ソンティ氏の息のかかった人材を次々と粛清するがごとくに首を切っていく。タイ国際航空社長や国営クルンタイ銀行（ＫＴＢ）社長など、大事なポストにある人材を失ったあげく、二〇〇五年の総選挙でタクシン氏の「タイ愛国党」がまたも勝利したことから、ついに堪忍袋の緒を切らすことになったのだった。

この辺りから、今度はまさに三国志〈三国時代〉なみのチャンバラごっこが始まる。最初はみずからも参画して内実がわかっていた、タクシン政権の汚職と権力の濫用をテレビのトークショーほかあらゆる手を使って喧伝しながら、やはり重用されずに不満いっぱいであったチャムロン氏とともに、「ＰＡＤ（民主主義のための市民連合）」を立ち上げる（二〇〇六年二月）。と、その攻撃の度はますますエスカレートして、テレビや集会では反タクシン派の拍手喝采を呼んだのだった。まさに、昨日の友は今日の敵——。

そうした経緯から、タクシン政権二期目は、二〇〇六年九月の軍事クーデターにより、たったの一年余りで瓦解してしまう。このとき動いた軍が後の国際空港占拠（後述）の際は動かなかったこと自体、旧財閥系の意向（ソンティ氏率いるＰＡＤが代弁）を反映するクーデターであったことを裏付けるものといえた。が、同時に、クーデターが国王によって承認されたことで、王室が反タクシン派の側に立っていることが明らかにされた政変でもあった。

国王は、それまでにもタクシン氏に対して再三の注文をつけていた。前述の通り、その過激なやり方を批判してきたのだったが、そうした経緯からしても、王室がどちらに与《くみ》するかの姿勢はすでに判然としていたといえる。反タクシン派が以降、切り札のように口にする、国王に対する「不敬罪」（これは重い刑事犯罪）の根拠とも関係しており、王室に見放されたタクシン派の不利は免れなくなっていくのだった。

ところが、そうまでして反タクシンのノロシをあげてもなお、その息の根を絶えさせることはできなかった、そのことが問題解決をむずかしくする、いっそうのよじれ現象をもたらした。絶命させられないどころか、数々の画期的な施策の恩恵を受けた地方（タイ東北部・北部タイ）や、地方出身の都市部の勤労者層のなかには、依然としてタクシン絶対支持派が少なからずいた。事実、タクシン氏自身は失脚して国外へ逃亡した後もその息のかかった者は健在であり、またしても選挙（二〇〇七年十二月）でＰＰＰ（国民の力党＝解党されたタイ愛国党を継承）が勝利して、タクシン氏も一時帰国したことから、ソンティ氏率いるＰＡＤはおさまらない。二〇〇八年五月から再開した街頭活動はいささか狂的な様相を帯び、首相府まで乗り込んで、そこを占拠してしまう。そして、つづく同年十一月（二十五日）、ついにスワンナプーム国際空港の占拠、封鎖（翌日には主に国内線用となったドンムアン空港も占拠）という、とんでもない事態へと発展していったのだ。

＊客家：広東、江西、福建などに住む、漢民族（華北から移住）の一派。独自の習俗、言語（客家語）を有し、その勢力はひろく中国の政財界に及ぶ。

＊台湾との関係：共産主義を嫌ったタイ国は、国民党（蔣介石の台湾政府）とは逆に密な交流があった。これは戦後日本が中華民国（台湾）政府とは交流をもった事情と同じである。また、毛沢東の共産軍に追われた残党がラオスやビルマ（現ミャンマー）との国境付近でも生き延びていたことはよく知られている。

◇前代未聞の事態の構図

その日、一体何が起こったのかと、噂を聞いてテレビに見入った我は、目を疑ったものだった。翌日には一時帰国する予定でいたところ、飛行機が飛ばないとなれば当然それもかなわない。画面には、特設ステージでアジりまくる男の血走った形相と、それとは似ても似つかない群集の、踊り出す者までいるお祭騒ぎが映し出されていた。反政府、反タクシンを唱える団体（PAD）の黄色いシャツの群れは、以降、国家の表玄関を九日間にわたって覆いつくし、莫大な国家的損失（タイ中央銀行がはじき出したタイ経済全体の損害額は二千九百億バーツ〈約八千七百億円〉）をもたらしたのだった。

前代未聞の事態は、そこまでやるかという驚きを人々（とりわけ影響を被った異国人）に与えたのだったが、対立抗争の図式と、両陣営の中心人物の出自と本性を鑑みなければ解くことはできない。これが国家と国家なら、確実に戦争に発展していたに違いなく、実際、後には市民戦争の様相すら呈していくのである。

図式とは、新興の華僑財閥（タクシン一族のシン・グループ）と数ある（旧）華僑財閥系の抗争、つまり新旧の華僑同士の争いであり、そこに問題の根深さを見ないわけにはいかない。それぞれの陣営が国民を二分するがごとくに取り込んでいく分裂的構図は、悪くすればタイ国のアキレス腱になる要素をはらんでいるとさえ思えた。実際、どちらにも莫大な資金がある（従って空港占拠の座り込み要員に毎度の食事はむろん毛布や衣類〈下着まで〉を支給したところでポケット・マネーにすぎないのだったが）、民主主義とは名ばかりの、利権の奪い合い、権力の甘い汁の吸い合いと罵り合い、私恨ゆえの罵り合戦であり、高尚な話でも何でもないところに、やっかいなニンゲンの問題が潜んでいるという気がしてならないのだった。

タイ国の戦前（一九四五年以前）は、華僑が政治家となっても、その立場、身分をわきまえていた。

立憲革命（前記）を成しとげた華僑系エリートにしても、絶対王政を排した後は本家のタイ人エリートとも手を結び、それへの気遣いをむしろ厳しい華僑対策をもってなし、巧みな外交でもって独立を維持しながら発展をもくろんだ。この国の歴史からして、華僑はそもそも異国からの客人であり、歴代の王様はその跳梁《ちょうりょう》を警戒し、幾多の弾圧を加えながら同化政策でもってやっと家主ともいえるタイ人との対立、抗争をなだめてきたのだった。

そのようなことを先代の華僑たちは自覚していた。つまり、タイ国籍となって政治家や経済人になったとはいえ、民族籍は中国人であることに変わりはないこと（国籍とは別に身分証に「チン」と明記される）がわかっていたのだ。それゆえ、節度をわきまえ、国を思うナショナリストとしての貌《かお》を見せることが政治家の条件であり、実際そのようにしてきたのだった。が、戦後（日本が出ていった後の世）はそういうことを自覚しない政治家・経済人が多くなったことが、やっかいな問題の背景としてあることは疑いのないところだろう。

あからさまな私的蓄財をもくろむ政策や、世話になった同胞への裏切りなど、まさに我欲の権化というほかないタクシン元首相には、先代からタイの地に居させてもらっているという基本的な姿勢に欠けていた。政治家以前にあるべき人間としての理性、守るべき道理をわきまえず、国籍がタイにあるとはいえ愛国心も持てないまま、金を拝み恃《たの》むことでしかみずからの存在理由も価値も見出せなかったことに、いわば宿命的な哀れさを見ないわけにはいかない。その出自が主に華南からの出稼ぎ者である華僑は、そもそも拝金主義を第一とするしかない存在であることを考慮してもなお、節操がなさすぎたのである。

そして、それこそが反対派の政財界及び国民の腹に据えかねることだった。仏僧たちが国と民を思う行動とは似ても似つかない、強欲なだけの華僑系為政者に対する憤り、すなわち、それを許し放置すれば、タイ国の理念、姿かたちが崩れてしまう、という恐れからの追放劇（クーデター）であったというのは、国王の苦言（前述）からして確かであった。

　ではなぜ、その後もタクシン氏の妹、インラック女史が首相になるなどしたのかと我の周りのタイ人（反タクシン派が多い）に問えば、例えば大票田であるイサン（タイ東北部）の人たちの、功利で動くだけの意識の低さを指摘する。自軍へ票を集めるための策略、民衆の操り術が巧みであったにすぎず、真に人民のためを思ってやった施策ではない、それもこれもみんなそうだといって譲らないのだ。が、その一方的な見方にも問題がないわけではない。確かに教育のレベルも都会に比べれば低いことは否めないにしても、一体これまでの政権が自分たちのために何をやってくれたのか、というイサンの人々の言葉も無視できないのである。実際、いかにそれまでの為政者が貧しい地方をないがしろにしてきたかを、タクシン氏の施策が皮肉にも証明して見せたことは客観的な良識人に指摘されるところだ。一回の診療につき三十バーツという医療福祉政策、徹底した麻薬撲滅作戦、一村一品運動という村おこし策も成功の類だった。従って、反タクシン派の全否定の主張は、明らかに言い過ぎであるだろう。

　というのも、ここで前述の空港占拠、封鎖をやらかした反タクシン派の、やはり戦後世代の人たちにも目を向けねばならないと思うからだ。その度外れた所業もまた、どのような理由をもってしても容易に許されるものではないはずである。タクシン氏の追放劇までは、タイ国を思うナショナリストの言い分を聞けば納得のいく範囲であるにしても、その後、むろん法に基づく選挙で勝利したソムチャイ政権に対し、こんどは国家の表玄関への突撃をもって闘いの手段とするに至っては、あまりに過激な行動だった。それが一時は業界トップの座にあった経済新聞の元社主であり、バンコクの元都知事（軍人でもあったこの老政治家は清貧を旨とする仏教団体、サンティアソークの熱心な信者としても知られた）の先導であったわけだから、一体どうなっているのかと頭を抱えたのは、大迷惑を被った異国人のみならず、タイ人の過半にいえることだった。

ともあれ、空港占拠の騒ぎも、十二月五日の国王誕生日の前、三日午前十時（日本時間十二時）をもって終息する。もとよりソムチャイ首相（タクシン派）の外遊の機に乗じ、この時とばかりに空港を襲ったのだったが、選挙違反の罪状で憲法裁判所が政権の解党命令判決を出したことや、国王誕生日の前という名誉の撤退理由をもって、ゆうゆうと（このときも黄シャツは歌い踊りながら）引き揚げて一件落着となったのだった。

◇仁義なき世代の貌《かお》

政争はしかし、これで収まるはずもなかった。政権を失ったタクシン派は、今度はアピシット・ウェーチャチーワ新政権（二〇〇八年十二月発足）をやっつけるべく、反独裁民主同盟（UDD＝発足はタクシン氏を失脚させた二〇〇六年のクーデター直後）は、人を駆り集めて赤いシャツを着せ、座り込みと集会をくり返すことになる。その集会には、タクシン氏みずから海外の亡命先（二〇〇八年十月、汚職防止法違反の罪状で裁判所が禁固二年の有罪判決を下したことから、帰国すれば逮捕が待っているため）からビデオリンクを通して参加、指示を出すことになる。

二〇〇九年三月から本格化する、そのUDDの反政府活動は、四月にはASEAN（アセアン）首脳会議のパタヤ会場に乗り込んで会議をぶっつぶすなど、政府側の対応の生ぬるさに乗じて次第にエスカレートしていった。首相府周辺や都心部における座り込み及び集会の参加人数は日ごとに膨れ上がり、一時は十万人にまで達する勢いとなっていく。

これに危機感を抱いた政府側は、ついに強制排除に取りかかる。このときの衝突はそれまでの軽い流血ではすまず、四月（二〇一〇年）には「非常事態宣言」が発令され、PADによる空港占拠のときには動かなかった軍が今度は動いて、赤シャツ隊（UDD）の強制排除、鎮圧に乗り出した〈暗黒の土曜日〈四月十日〉事件〉。さらに同年五月の衝突では、赤シャツ隊も武器を手にしていたことから、実弾が飛び交う銃撃戦となり、セントラル・ワールド・プラザなど都心部のビル街が燃え落ちて、莫大な被害をもたらしたうえ、日本人カメラマン一名を含む多数の死者と負傷者（三月から五月までの騒乱で死者九十余名、負傷者千五百名以上）を出してしまうのである。

その後の情勢については、まさに一寸先は闇というほかなく、やはり選挙で勝利したタクシン氏の妹（インラック・シナワトラ女史）が首相の座につくと、これまたおもしろくない反タクシン勢力は虎視眈々と反撃の機をうかがっていた。そして案の定、インラック政権がタクシン氏の恩赦法案を国会に提議したのをきっかけに、かつてアピシット政権下で陰の存在だった（治安担当の副首相で前述の「暗黒の土曜日」に軍の発砲を許可した）ステープ・トゥアクスパン氏（やはり戦後世代でタクシン元首相と同じ一九四九年生まれ）が反政府の狼煙《のろし》をぶち上げ、何と都内七ヶ所にも及ぶ主要道路の封鎖という、かつての空港封鎖にまさるとも劣らないやり口でもって、インラック政権の退場を要求した。

二〇一三年から一四年にかけての出来事だった。首都の大動脈を断ち切って何をしたかといえば、交差点に大舞台を築き、周辺にいくつものテント（動員された人たちの寝泊り用）を張りめぐらし、ありとあらゆる露天商に出店料ナシのスペースを提供し、連日、まるで縁日、お祭り気分の日々を演出する。男たちが舞台でアジりまくった後は、歌え踊れの大饗宴がくり広げられ、それが午前一時、二時までも続けられたのだ。

その一つ、シーロム地区へ我が用事で出かけたときは（道路が使えないので地下鉄に乗って）、乾季の穏やかな日差しのなか、まるで歩行者天国と化した路上を屋台で買ったモノを食べながらそぞろ歩きする人々の表情は悠々としたもので、愉快げでさえあった。折から交差点中央の舞台では、かり出された三流の女性歌手が、何と「夢追い酒」（一時ヒットした日本の流行歌）のタイ語バージョンをがなり立てている、といった有様だったのだ。アナタなぜなぜワタシを捨てた〜……と、時に日本語混じり。タイ人の享楽主義は国民性の一つとして指摘されるところで（先の空港占拠時のお祭騒ぎもそうだったが）、我が方としては、とかく深刻になりがちな性分を省みて、ナンセンス芝居を観るがごとくに笑い飛ばしてしまうしかないのではないか、という気持ちにもさせられたのだったが。

すでに触れたように、事態を複雑にしている最大の因は、旧財閥系（王室及び軍を掌握している側でもある）の後押しを受けた側が新興財閥であるタクシン派勢力を力でねじ伏せようとして、それが果たせないでいたことにある。そして、これまた軍とは別の意味で政治を支配する力のある司法（憲法裁判所）が明らかに政権側（かつてのアピシット政権）に与《くみ》する判決を出していったことから、つまり正当性、公平性が失われてしまったことで、ねじ伏せるどころか、ますますよじれてしまったのだ。タクシン氏が暴君であったと非難する側のなすことは、これまた筋の通らない暴挙の類であり、どっちもどっちという冷めた見方しかできない、というのが過半を超える国民の心情としてあったのは当然のことだろう。どちらがより正当性を持つのか、より民主的であるのか、といった問いすらも無意味な、つまり主観や立場の違いによって、どうにでも理屈がいえるドロ試合であり、しかも、勝ったと思うとすぐにひっくり返り、返されるとまた逆襲する、といったことがくり返されてきた。国際世論を含めて、どちらかに軍配をあげることができる性質のものでもない、つまり、正義も理念もない権力闘争でしかなかったのである。

総じていえば――、両陣営の中心にいる人たち、つまり戦後生まれの華僑系政財界人の人格そのものに、最も大きな原因がある、というのが我の考えだ。そもそも彼らは六〇年代に入って青少年の犯罪が急増し、社会問題化した世代に属しており、僧団（サンガ）が教育現場に復権を果たしたときには（既述）、すでに成年期を迎えていた。教育を俗人の手に渡しきりにしたことを反省した政策の下、子供たちの心を正そうとした僧たちの声をほとんど聞くことなく成人した世代である。むろん、それだけが因ではなく、近代化と経済発展の途上で、巷にモノがあふれ、カネさえあれば何でも手に入る、我欲ばかりが膨張していく時代に育ったことが、何かと過激化していく行動の背景にはあるはずだった。別の言い方をすれば、一国の政治・経済を牛耳った金力者たちの歪んだ人格は、まさしく戦後世代の、恥も外聞もない「堕落」というものだったろう。次元的には先に述べたタクシー運転手の質と同じで、目的のためには手段を選ばない、人にどんな迷惑をかけようと、国の経済がどうなろうと、知ったことではない。我欲のため、敵を蹴落とすためには何だってやる、といった度外れた利己的行動は、そんなふうに説明するほかはない、というのが以前に後回しとしておいた我の答えである。

◇漁夫の利を得た軍事政権

もう少し話題を続けよう。

こんなことをしていては、タイ国自体が沈没してしまう（経済的打撃は以前と同様に甚大なもの）、いいかげんにしてくれという各界からの非難を浴びると、あっさりと折れて主な道路から封鎖を解いてゆき、また元通り何事もなかったかのようにクルマが行き来する、といった成り行きを見ていると、あのハタ迷惑なお祭騒ぎはいったい何のためだったのかと問いたくもなったものだ。それほどまでに筋も骨もない、お粗末な精神でもって事を起こし、遂行していたのだということが露呈されて、いっそう空しい気分にもさせられたのである。

ラチのあかない両陣営の抗争は、これもクーデター（二〇一四年五月〈二十日〉の戒厳令）でもって一応の決着がつけられた。問題のある政権を退場させて軍部が国家を運営していくという図式はこれまで幾度もあったこと（その折が十九回目）で、驚くに足りない。寝耳に水の庶民も落ち着いたもので、夜間の外出が禁止されたこと以外は（これもほどなく緩和されるのだが）日常生活にさほどの変わりもなく、アンケート調査では、クーデターを歓迎する人が約七割に達したという。これは予想された通りの数字で、国民の過半がすでに両陣営の飽くなき闘いに呆れ果て、うんざりしていたことの表れであったろう。

だが、冷静な目でみれば、これは反タクシン勢力である旧財閥側が望んだ筋書き通りの展開であったはずだ。その証拠に、新しく発足したプラユット政権は、タクシン元首相の警察中佐の階級をはく奪するなど、あからさまな反タクシン策を講じていくことになるからである。むろん、それまでの過ぎたる抗争がもたらした社会状況を立て直そうとする努力がなされていくわけだが、今度は厳しすぎると苦情が出るほどの反動的な改変、改正そのものが権力者の自我の現れにすぎない様相も呈していった。まさに漁夫の利を得て長々と続いた軍事政権の後（民政へと移行した後）は、またぞろ政争がぶり返さないことを保証するものは何もない。そのことが、先にも触れた、タクシン元首相の十五年ぶりの帰国の背景（またもタクシン派が選挙で勝利した結果）を思うにつけ、現実になるような不安を感じてならないのだが、果たして悲劇を教訓として生かせるのかどうか。とくに悲劇とも思っていない人が多数派を占めるなら、またも歌え踊れがくり返されるだろう。

それにしても、当時の我がその騒動のおかげでどれほどの被害を被ったかを顧みれば、ずいぶんとある。せっかくの仕事が帰国できないことでキャンセルになったり、来訪予定であった人たちがひどい政争を理由にそれを見合わせたり、その損害は額でもって示せないけれど、当時はタイの俗世に居た落人（先に記した安アパートメントの住人）の身をさらに痛めつけたのだった。異国で生きることの大変さ、リスクの大きさをトクと自覚させたのだったが、茶番劇につき合わされたことのせめてもの見返りは、それを追いかけた結果のこの書きモノ（記録）である。

◇わが方の戦後世代の禍

話は前後するが、先の知友Sさん（膀胱ガンの主）がもたらした日本からの情報のなかに、大いに我の関心を引くものがあった。前述したように、タイの戦後世代がその精神性において深刻な問題を宿しているというのは間違っていないはずだ。その理由として、前述の仁義なき政争の無様《ぶざま》さに加えて、我自身の世代が戦後の日本社会において、やはり同じような心の危機を抱えて生きてきたことが一つある。そのことをSさんの情報が思い出させてくれたのだ。

その日のことは、未だに鮮明に脳裏に焼きついている。一九七四年八月のことであるから、我はまだ二十六歳の若造だった。大学を卒業してもぐりこんだ最初の広告代理店から、その年、新しい広告プロダクションへ移って間もない頃だった。仕事仲間と有楽町のガード下（いつもの露店酒場）で飲んだ深酒がたたり、二日酔いがひどくて身動きがとれず、電話にとりついて、今日は休ませてもらいたい、と部署の者に告げた。

それから数時間後だったたか、やっと起き出した身に、TVニュースが直撃した。なんと我の勤め先の真向かいにある、丸の内（東京駅から徒歩ですぐ）の三菱重工ビルが玄関に仕掛けられた爆弾によって爆破されたというのだ。まだ記憶に新しい人も少なくないはずだが、死者八名、重軽傷者三百八十名を出した大惨事である。

もし、我がその日、二日酔いの体調不良もなく出社していたなら、そのような死者及び重軽傷者の一人となっていた可能性は非常に高かった。というのも、コピーライター（電機製品の広告文屋）としての我のデスクは、真向かいに爆破されたビルがみえる四階の窓辺にあったからだ。翌日、出社してみると、案の定、吹き飛ばされた窓ガラスの破片がデスクを囲う衝立の方々に突き刺さっていた。それが仕事中のことであったなら、ちょうど顔面を直撃する位置であったから、死亡もあり得ただろう。ちょうど窓に背中を向ける形でいた部長らは、日除けのシャッターを下ろしていたことから助かったのだったが、我もまた何という幸運だったたか、間一髪の命拾いにも相当する出来事であった。

爆破犯人は、東アジア反日武装戦線という、日本国を敵にまわして武力闘争を行う過激派で、七四年から七五年にかけて三十七件余りの爆弾事件を起こして世間を恐怖に陥れていた。武装グループは、狼、大地の牙、さそり、などと名乗っていたが、そのうちのさそり班にいた一人の男性が、末期ガンで死亡する前に本名を明かし、当時の爆破犯人グループの一人であることを告げた。というのが、Sさんのもたらした情報だった。

桐島何某という。事件から半世紀にもなるが、その間、偽名を名乗り、工事現場などを転々しながら逃げ延びて、年齢もすでに七十歳となってようやく、死の間際に事実を告白したという話だ。それがどんな心境ゆえだったのかは、我にはよくわからない。が、想像するに、あまりに無残な犠牲者を出してしまった事件に、若気の至りゆえに安直に関わってしまったことの後悔が、長い逃亡生活のなかでも消え失せることなく、老いてなお尾を引いていた、というより、いっそうの心残りとなって眠れない夜が続いていたのではないか、ということだ。それゆえに、死を迎えるに際して、せめて事実を告白して命を終えたいという、いわば懺悔《ざんげ》の思いがあったのではないかという気がする。

ついに逮捕にこぎつけられなかった警察は、無念の書類送検（容疑者死亡のまま）をして終るほかないわけだが、未だ逃亡中の者もいるため、国際指名手配は続けることになる。いつぞやは、泉水何某がフィリピンの首都マニラで、マカティの病院を整形手術で逃亡を完全なものにするために訪れたところ、皮肉にも正体が暴かれて逮捕されるという事件が、比国滞在中の我の間近で起こったことを思い出す。逮捕され、死刑囚として刑務所で長い時間を過ごした後に死亡した者（大道寺何某）もいたが、ムショを拒んだ逃亡者もまたその後の人生において、いずれ劣らぬ日陰の日々を過ごしていたにちがいない。

彼らとほぼ同世代の我が、何事かをいうと誤解を受ける恐れも多分にあるわけだが、それを恐れずに率直にいうならば、戦後日本社会の空虚な、ぽっかりと空いた真空の、無酸素状態の穴に、ストンと落ちていったのが彼ら、過激派ではなかったか、という気がしてならない。先の桐島何某は、同級生の情報によれば、これといった特徴もない、ごくふつうの学生であり、ただ他人の影響を受けやすいところがあったというが、何らかの思想に染まり、感化されて起こした行動ではなく、ただ周りの闘争する姿にカッコよさをみて同行した、というのは十分に考えられることだろう。先ほどは、タイにおける力ずくの闘争について、それほどまでに筋も骨もない、お粗末な精神でもって事を起こし、遂行していたのだということが露呈されて、何とも空しい気分にもさせられた、云々と書いた。さらに、正義も理念もない権力闘争でしかなかった、と結論づけているが、こなたかなたに共通するものをわが国の過激派にも見てとらざるを得ない。むろん、何らかの理論的、思想的なものに染まり、感化されて行動に及んだ者もいるわけだが、その闘争手段についてはとても正当性を持つものではなかった。やはり、タイの戦後世代と同様、目的のためには手段を選ばない、人にどんな迷惑をかけようと、我欲のため、敵を蹴落とすためには何だってやる、といった度外れた利己的行動であったというほかはない。

だが、どうしてそういう人間の集団が生まれてしまったのかという、その辺のことを解明していかなければ、膨大な犠牲を払った事件は何の意味もなさない、教訓にもなり得ない、ということになるだろう。

実は、そのことをさんざん書きつけたのが、拙作『ブッダのお弟子さん～〈前記〉』だった。わが寺の住職（当時は副住職）と奈良、京都、そして二度目は、東京から名古屋、富士、湘南と旅するなかで、我が考え学んだことは、うんと短く要約していえば――、人の幸福とは何か、ということだった。ブッダのお弟子さんは我ではなく住職のことであり、我自身はハンセイジンならぬ半仏弟子であり、本物のお弟子さんに学ぶばかりの旅だった。が、最終的に得たものは、真の幸福とは自他とものものでなければならない、という絶対的な条件に辿り着いたことだ。

先に、托鉢は対価の交換ではないことを記したが、僧と在家の双方がそれぞれに恵みを得ているという図式は変わらない。その方程式があってはじめて、人は真の幸福感を得ることができるという、いわばブッタが説いた法の真理を住職の姿からみてとったのである。

そこには、過激に走って他者を傷つけたり、偏った考えでもって事を起こしたり、平静な心を失わせる我欲と他者への慈悲心をもてない傲慢性を「非」とする精神が、同じく幸福の条件として付加する。そのことをこちらの仏教では日常的に、飽くことなく、くり返し説く。

しかし、そのような真理の教えを我らが戦後世代は受けて育っただろうか、と問うてみれば、否というほかはないことに、出家前から感づいていた。あえていうならば、調教の足りない生きものが、眼前の巷の、気にくわない有様に激怒して、大暴れして、人命にすら体当たりしてしまう、といったことが戦後社会に起こっていた。調教とはひどいことをいう、といわれそうだが、ブッダを称える言葉（「九徳」のなか）に、無上の調御《ちょうぎょ》丈夫《じょうぶ》、天人師（人間や天人をよく教え導いた師）といったものがあるためだが、その意は要するに、よく真理の教えを受けてきたかどうか、という教育の問題に行き着く。日本の大敗戦（無条件降伏）によって米国に押し付けられた法や制度は、戦前まではあった精神教育（官製道徳としてあった教育勅語や修身の教科）をすべて排されて、その代替となるものも与えられず（戦前のものが絶対善ではないにしても）、無味乾燥のカリキュラム教育に終始した。そして、多数の勉強ぎらいを生みだした。

そのことは、我が高校時代を過ごしたミッション・スクールですら、聖書の片鱗すら教えることなく、大学進学のための授業があるばかりであったことが物語る。*そこでは、教師の個人的な努力によるほかは、何ら公的な試みとしての「人間教育」なるものは行われなかった。わが母は、女子高等師範学校（奈良女子大の前身）の学生の頃、徹底して人間教育の大事を叩きこまれたというが、戦後の日本が失ってしまったものの最たるものがそれであったという我の考えは、タイにおける仏教教育の現場を目のあたりにしたことでいっそう強固なものになっていった。両親が教師であり、とりわけ母親の公教育に刃向かう姿をみて育った我は、早くから戦後教育のあり方に疑問を抱いていた。が、異国へと落ち延び、さらに出家という選択をしてからは、戦後世代が陥ってきた不幸な状況にはその問題が根底にあることを感じてきた。先に、真空状態（大切なものが失われた）の穴にストンと落ちたようなもの、といったのはそういう意味なのだ。

人はいかに生きるべきか、（自他ともの）幸福なるものを得る法は何なのか、といったことを日々、教育の現場で説いてきた住職は、齢七十を迎えてなお無明の我に、旅をしながらそんなことを学ばせてくれたのだった。

世代禍、とあえていう。あるいは、戦後苦《せんごく》世代と名付けたい。それは時代的、宿命的な哀れとしてあるものだった。むろん戦後社会の有様に流されたにしても、そこには自己責任というものが少なからずあることも確かだ。その責任意識をどの程度、どのように持ち得たのかが、その者の命運を決める大事な要素であったが、我の場合は、それが足りなかった。まるで大河の濁流に流され、呑まれていったようなところがある。先の桐島何某の話は、まったく他人事ではない、我自身を反射して過去の無様さを映すものでもあったのだ。

それにしても、よくぞ……、とまたも思う。いったい何度、死んでいてもおかしくない出来事を経たのだったか。数知れない不運にも遭《あ》ってきたが、命に関してだけは不思議な運に恵まれて、何ものかに生かされてきたとしか思えない。九死に一生を得た話は以前にも記したけれど、もう十分すぎるほど生きてきたような気もして、この先は、もはや怖いものもない、そのうち運が尽きるときがくるだろう、と老僧は覚悟しているのだが。

＊ＧＨＱ〈連合国軍総司令部総司令官・マッカーサー〉は、国家神道が戦争を支えたとしてすべての宗教を十把《じっぱ》ひとからげにし、あらゆる公共の場での特定の宗教教育を禁じた。

○暗黒の日の幸せな出来事

何となく気分がすぐれない。ふさぎこむというほどではないが、朝から身体も重く、歩き出すといつもよりふらつく。しかも、ふと気がつくと、仕入れの日なのにサイフも、メモ帳もペンもアンサ（肌着）の胸ポケットにない。腰巻きに付けるはずのミニ・タオルもない。持って出たのは、これは欠かせない薄型シューズの入った頭陀袋と、布施を受ける鉢だけだ。途中、休憩時にとる、エネルギー補給用のバナナは前日に用意していたので、これは頭陀袋に入っていたが。

こんな日がたまにある。ひと月に一度か二度、いつもの行動に狂いが出る。何かが抜け落ちてしまう。無意識のうちの不注意で、こんな日は危険である。何も起こらなければいいが、と思いながら、足元厳重注意で歩いた。

そういえば、明日はワンプラ（仏日）である。それも大仏日（ワンプラ・ヤーイ）で、下弦十五夜の新月。ほぼ暗黒の夜が今日（二月八日）、下弦十四夜（タイ暦二月）だ。道理で……、とわが身の不調と重ねた。あくまでも何となくだが、現に忘れものをしている。足元も不安定だ。いわゆるバイオリズムが生物にはあるといわれるが、人間のそれは月齢が与える影響ではないか、という気がする。暗黒の二月九日（仏日）が何ごともないように、との願いが大事なお寺参りの日に込められているわけだが、その前日であるから、何となく気分がふさぐのかもしれない。

托鉢の帰路に、いつも休憩所として世話になる「薬水店」（ナムヤー・タート・サラモーンという薬草飲料を売る店）の小母さんが、隣の商家の入口を指して、入るように、という。入口から中をのぞいたが、以前はリビングの奥に居るはずの老女の姿がない。すでに九十四歳になっているが、我が四年前に尋ねたときの齢90から年をとらず、尋ねる度に九十歳だと答える人である。

最近は姿がみえず、入口のドアも閉まったままの日が多いのだが、その日は、薬水店の小母さんの手招きからすると、どうも布施があるようだ。姿がないのに、どうぞ入って、と重ねていうので、いぶかりながらも奥へ入っていく。と、ちょうど娘さん（すでに七十歳ほどになる老女）が奥から現れて、こちらへどうぞ、という。いつものリビングを越えていくと、台所に隣接している一室があった。どうぞ、どうぞ、と手招きされるままに、その部屋をのぞくと、そこに老女の姿があった。我の顔をみると、すぐに記憶が戻ったらしく、うれしげな笑いを浮かべた。ベッドのそばの長椅子に腰かけていて、娘さんが支え持った盆の上の品を、枯れ木のような手で鉢に移していく。

おばあちゃん、元気だね、と声をかけると、それを娘さんが耳元へ大声で発する。と、ワタシは九十歳と、またも（手指で自分の鼻先を指して）同じ返事だ。が、以前より声に張りがなく、その面も血色に乏しい。もはやリビングまで出てくる力もなくなっているのか、それでもなお僧に布施をすることは欠かさない。我の母親が没したのがちょうどその齢であったが、最後は眠るように息をひきとった。タイ人としてはたいへんな長生きである老女もまた、いままさに枯れ落ちようとしているかにみえた。経をあげる声に力が入る。その声もほとんど聞こえない。が、最後は合わせた両の掌が上下して、感謝の気持ちを伝える。玄関先まで我を見送った娘さんもまた、お礼の言葉を口にして、すこぶる上機嫌であった。

寝室まで招かれる僧は限られていて、薬水店の小母さんの選択に任されている。若い未成年僧（サーマネーン）らは、素通りしていく。時におばあちゃんの安否を尋ねる老僧は、小母さんに選ばれたようだ。

何となくふさいでいた気分が、それで持ち直した。齢75で萎《しお》れてなどいられない。頑張らない、ムリしない、の標語はやめて、ムリしないで頑張ることに方針転換。まだ半人前のハンセイジンはこれからだ。ガンバレ老僧、と叱咤しながら帰路を辿る。布施されたのは野菜の惣菜とお菓子、それに十種類のベリーをエキスにした小瓶の健康ドリンクで、さっそくいただいた。ささやかな幸福感を老女からもらった日——。

○大仏日にみる末世的光景

二月九日（下弦十五夜）、朝から快晴。摂氏18℃と寒さが和らぐ。最高気温は33℃と出ていた通り、昼過ぎには相当な暑さとなった。最低気温が底上げされて、これから徐々に暑季に向かう。東京の朝は3℃で、北部ではここ数日、雪が降り続いたというから、日タイの気候は真反対。だが、日本が三寒四温的に春に向かう頃、こちらは猛暑の日々となるのだから、どちらがいいともいえない。

托鉢休日。午前七時半から大仏日《ワンプラ》が始まった。が、在家の参加は、たったの六名。いつもの顔が三名ほど欠ける、最少人数である。それもほとんどが六十歳以上のお年寄り。電動車椅子でやってくる老女は八十代の後半で、男性ふたりも七十代。あとはリーダー格の女性が六十五歳、やっと若い女性が四十代と五十代の半ば、といったところだ。

以前の寺でもこの倍ほどの数であったが、こちらは滅びかけた寺であるから仕方がない。酒浸りだった前の住職から離れて他寺へ行ってしまった在家が何人もいるそうだ。が、いずれにしても少僧化と歩調を合わせて少信者化であることは確かで、これを末法の世というべきか、本当の仏教徒は95パーセントではなく20パーセントだという住職の言葉はその通りに思える。五人に一人は多すぎる、十人に一人だという人もいるけれど。

前に、タイ国は、社会の悪化に改善の努力が追いつけるのかどうか、シーソーゲームのようである、と書いた。若者の仏教離れがいわれて久しいが、ワンプラの光景がそのことを物語っているようだ。わが寺の前にある、かつては名刹だったワット・ウモンなどは、老僧がやっと三名（住職を含め）いるだけで在家も来ないため、そのワンプラすらも開けない（この手の寺が多くなっている）。その点、まだマシといえるが、大仏日は住職の役目である「五戒」の唱えにもどこか意気に欠けている。マイクの調子がわるいのではなく、やはり寂しい暗黒日であるためか？

これで学校教育に仏僧が復権していなければ、せめてもの支えもなくなってしまいそうだ。それがあるために、かろうじて若者は仏教に接することができる。何人かに一人というパーセンテージ（率）はともかく、将来はどうか。このままだと、やはり自分しかみえない（他人のことを顧みない）〈ヘン・ケー・トゥア〉を非とするタイの常識もわきまえない若者が増えていきそうな気がする。わが住職は、昔の人たちは仏法を尊敬したものだが、いまはお金を尊敬している、と皮肉る。いつ

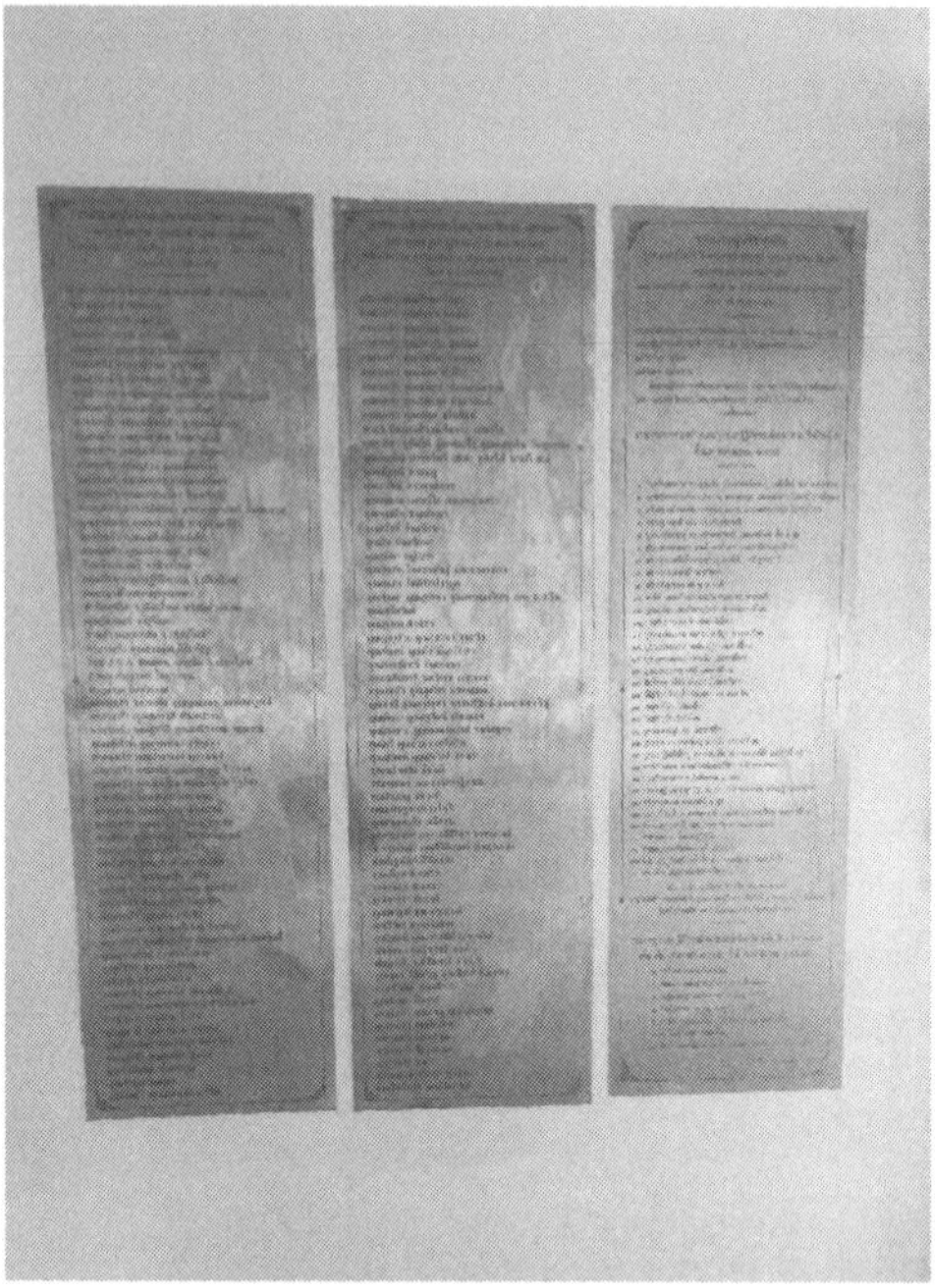

献上された布施食＆本堂を建立した資金提供者のプレート〈パーンピン寺本堂〉

だったか、同じ日本人僧としてチェンマイの他寺にいるA師は、僧からしてもう自分のことしか考えていない、と手厳しい批判をしたものだが、危機は足元にあり、ともいえるだろうか。

○不殺の戒が意味するもの

ところで、先の「五戒」だが、冒頭には、不殺の戒が置かれている。〝パーナーティパーターウェーラマニー（殺しから離れます）……〟の章句でもって、生きものの命を奪うことの禁を説いている。これは、ごく小さな生きものにも適用されるもので、出家式においては、蟻子の一匹もその命を奪ってはならない、と戒和尚は告げる。

この戒があるため、出家して間もない頃の我は房にいる蚊や蟻に大いに悩まされたものだ。その折は、蚊帳を買い入れ、蟻除けの白墨（薬用）で寝床の周りを囲うなどして最小限の違反で切り抜けたのだったが、今度の房は事情がまるで違っている。

築年数が三十年ほどにもなる建物であるため、ありとあらゆる所に蟻が棲みついていて、スキあらば大群をなして攻めてくる。その数たるや膨大なもので、我の目につかない場所をしっかりと見極めて陣地をつくり、この前は冷蔵庫のなかの甘いものに群れているのを見たときはさすがに仰天したものだ。タイ人に、冷蔵庫は何のためにあるのかと聞けば、蟻除けのため、と答える人がいたけれど、まさかの事態にアタマを抱えた。まだ買い入れて五年にもならない日本製なのに（ブランドだけで製造は中国か？）、新品なのに扉の不具合があって修理をしたことがある。どこから入り込んだのか、それがわかれば苦労はしないのだが、一事が万事で、アリさまにはどうにもこうにも勝てない、アリ天国、いやアリ地獄に悩まされてきた。

このような状況下で不殺の戒を守ろうとすれば、こちらの命を削る必要が出てくるだろう。その都度、大群を除去するためにクスリを撒いたり、雑巾で拭き取ったり、ガムテープで通り道をふさいだり、ありとあらゆる手をつかって対処してきたが、それでもしばしば寝床に入り込んで就寝中に咬みついてくるのがいる。その大群を絶滅させるには、建物を建て替える必要があるわけだが、新築にしたところで数か月もすれば蟻が入り込むことは、かつてアメリカ人の友人Sが新築のコンドミニアムに移って間もない頃に、やはり蟻の大群に（六階なのに）見舞われていたことからもいえることだ。

糖分をもつ物なら、その度合に関わらず、すべてのものが危ない。それが0《ゼロ》のものは、ごく限られており、およそのモノは幾分かの甘味をもつ。でないと、モノが旨くないからだ。甘いは旨いで、それが過ぎると人は健康を害するわけだが、アリ地獄における神経戦も軽視できない。ゴキブリは図体が大きくて、さすがにつぶす気にはならない（タイ人にも叩いている人を見たことがない）が、放っておくとどこかへ行ってしまうから、この感性はタイ人なみになっている。安眠妨害は従って、外からの騒音とアリの咬みつきと、心に生じる過去の記憶と俗世に残してきた事々、これくらいのものだが、慢性的な寝不足の一因でもあるようだ。

アリの一匹でも殺《あや》めれば「告罪」の対象になるくらいだから、テーラワーダ僧が年中、それをやっているのは納得がいく。盗みはやらないが、嘘くらいはつくことがあるだろう。方便としての嘘であっても、嘘は嘘だ。友好のための酒であっても、酒は酒だ。が、言い訳をかろうじて許そうという戒の風通しについては、すでに触れた。

だが、アリの殺しくらいはまだどうにか告罪ですんでも、殺人となると話はまったく違ってくる。

それをやると、僧の場合は不可治罪として僧籍はく奪となって、強制還俗させられた後に刑務所行きとなる。が、その例は未だかつて見聞したことはないから、僧殺しともどもめったにないことなのだろう。ただ、殺人が許されざる戒違反であるのは、僧籍にある者の場合であって、在家の場合は、法律（刑法）違反として裁判を受け、服役するだけである。そして、その罪の償いがすんで更生した日には、得度することができる（但し、式を引き受ける戒和尚がいるかぎり）。刑務所から出所したところで何処へも行く当てがなく、得度して僧になる人もいるというから、僧世界も十人十色、いや百人百様といったところだ。

つまり、この仏教は、在家の時代にさんざん人殺しをした人間であっても、悔い改めて帰依するならば受け入れるという、寛大な慈悲心を旨としている、ということだろう。その恩恵に浴したのが、インドの昔では、アングリマーラという千人もの人（その数はともかく）を殺して世に恐れられていた者が釈尊の前で悔悟して、後には悟りをひらくまでになったとか、ほぼインド全土を手中におさめたマウリア王朝三代目のアショーカ王（阿育王）がその征服の過程でなした膨大な殺害を省みて仏教に帰依し、多数の仏塔を建てたという例などがある。

ただ、だからといって、在家の者に、人殺しを許しているわけではない。それはやはり僧の重罪と同様、パーナーティパーター（生きものを殺すこと）の内の最悪のケースである。そのことが、世界三大宗教としての仏教が最下位にあることの大きな理由の一つであるとは、我の勝手な考えに過ぎないのかどうか。むろん、理由はほかにも考えられるが、そのような原理原則を理念として持つのは、とりわけ米国やロシアや中国といった大国にとっては、非常に都合が悪い、アショーカ王の例などは見たくもない、ということがあるはずである。

といいながら、わが国を振り返ってみれば、明治の開国から始まる文化の断絶が戦争の時代へと向かわせ、戦後はまた二度目の決定的な断絶をもたらして、いまに続いている。最初の断絶の最たるものは、かつてわが恩師が、日本の文化は江戸時代に大方出来上がっていた、と仰っていた、その文化が危機にさらされたことだ。開国まもない明治五年に太陰太陽暦（中国の農暦をベースにした優秀な天保暦）をゴミにしてしまったことに象徴されるように、西欧に媚びながら仏教を排斥して（廃仏毀釈の暴挙など）、結果的には戦争の準備ともなった神国日本へのベースを築いていった。それは、タイ国が自国の伝統としての仏教を守ることを大前提にして、賢く西欧に学びながら近代化を図ったのとはまったく正反対の、我にいわせれば、間違いだらけの開国政治であったというほかはない。うがった見方をすれば、明治の元勲たちからして、いまの大国なみの意識、すなわち仏教が都合のわるい理念をもつ宗教であることがわかっていたからこその政策であったとも考えられる。後には、強欲な西欧列強の真似をして、植民地争奪戦争へと突入していったのは、けだし必然であったというべきか。その戦争を起こした人たちのなかに、例えば満州事変を画策した石原莞爾や太平洋戦争突入時の首相・東條英機らが、仏教に傾倒していったというのは、先のアショーカ王を彷彿させる皮肉な話であった。

ともあれ、大国の為政者にとってはむろん、一般民衆にとっても、仏教が、守るにむずかしい戒を持っていることは確かだ。そして、それをどの程度守れるのかは、たとえ同じ教えを受けた者であっても、皆ちがっている。が、そういう教えを受けるのと受けないのとでは、これまた大いに違ってくるだろう。教えを受ければ、違反していることを自覚するが、そうでなければ、それもない。野放しにされた生きものが、みずからは気づかないまま穴に落ちていくようなことが起こる。

その意味では、先に述べた僧の教育現場への参画がせめてもの役割を果たしているわけだが、問題はやはり、お金のほうを尊敬する風潮が仏法へのそれよりもますます大波となっていくことは確かなような気がしてならない。つまりは、仏教を都合のわるい宗教として排斥する大国と同じレベルに近づいているような気がして（あまりに少ない仏日への参加者や廃寺の危機にある寺の多さをみるにつけ）、致命的な世の悪化を招いていく恐れを感じるのである。

先に、タイの政争について記した際、多数の死傷者まで出す不幸な事態に至ったのは、いわば（わが国と相似形の）世代禍ゆえであったと答えたけれど、それは一つの時代にかぎってのことではない。わが国の過激派たちがそうであったように、およそ誰も彼もが戦後世代の、調教の足りない者同士のドロ試合であったという時代性を持ち出して終りにするわけにはいかないだろう。その後の時代、いまの時世にもそれ相応の時代禍が末世（末法の世）という現象に現れつつあることに目を向ければ、その先駆けであったともいえるからだ。いまは、政治の劣悪さに声を上げる者が少なくなってきたという、こなたかなたに共通する問題があるようで、これまた一種の時代性といえるだろうか。

けだし、アリの一匹も殺さないことが守れるかどうかはともかく、不殺の精神を皆が皆、大国なみに無にしてしまったとき、人類は（それぞれの個々といってもいいが）どうやって生き永らえるのかと問えば、非常に危ういことになっていく、という気がしてならない。如上の御託を並べたのも、そうしたことが老僧の杞憂《きゆう》であってほしいからである。

仏塔だけが残った廃寺（ワット・セーンスック）〈左〉＆住職が一人きりの寺
（ワット・チョンプー）〈チェンマイ〉

○暗黒の夜の疲れと眠り

先に、わが国が失ってしまったものについて記したが、それがタイでは中国正月《トゥルット・チン》としてある。タイ暦、二月下弦十五夜の前夜（晦日《みそか》）から三月上弦一夜と二夜にかけて、太陽暦では二月九日から十日と十一日に当たる。

わが国でも、旧暦時代（明治五年以前）にはそれがあったが、いまは沖縄の一部と横浜などの中華街に名残をとどめているにすぎない。それを廃した主な理由は、太陽暦（グレゴリオ暦）のみにすれば、一か月分の給料を払わなくてすむという事情があったという（明治六年は旧暦では閏月《うるう》が入るため一年が十三か月になる年であったことから、十二か月とする新暦への転換を急いだといわれる）。そうだとすれば、これまた何という浅はかな理由であったことだろう。西欧に媚び且《か》つ大切な文化をカネの犠牲にしてしまったわけで、そんな国家がその後、幸福な時代を経るわけがなかった、といっても言い過ぎではあるまい。その後の日本社会は〝月の砂漠〟になったと皮肉ってきたが、人のこころが月を失って荒涼としていった結果が他国への侵略と十五年戦争であり、さらには焼け野原から始まる戦後社会であったというのが我の見方だ。

まさに暗黒の夜――、下弦十五夜のワンプラ（仏日）の夕課が仏塔の三周（前述）でもって終わったとき、異様な疲れをおぼえた。ふらつきながら歩いている間に、今日は早仕舞いだな、と決めた。前の日から何となく気分が落ちこんで、どうにか持ち直してはいたが、身体のほうが相当に不調であることに気づいたからだった。

午後七時、ゴミを出しに裏門へ歩いていくと、住職の房の灯も消えている。そういえば、朝から何となく元気がなかったのは、同じような下降のバイオリズムか。境内はひっそりとして、猫と老

住職を先頭に仏塔を三周する〈パーンピン寺〉

犬が寝そべっているだけで、上空には月に代わって星がいくつか煌めいているにすぎない。房に戻って寝支度をし、身体を横たえると、案の定、そのまま寝入り、目が覚めたのは深夜、遠くで爆竹が鳴り響くなか、十二時過ぎのことだ。（中国正月の）年が明けたのだと、ぼんやりと思いながら、また眠りに入り、次に目がさめたのは午前三時、ゴミ収集車の立てる爆音であった。ふつうならそれを機に起きだすのだが、身体が重くて動かず、それが過ぎ去ると、また眠りに落ちて、次に目が覚めたのは、目覚ましが鳴った五時半で、托鉢に出るつもりでかけておいたことを思い出した。

なんと十一時間余りの眠りは、これまでにないことだった。目覚ましが鳴らなければ、もっと時を過ごしていたにちがいない。まだ寝足りない身体をコーヒーで醒まして出かける準備にとりかかった。

それにしても、意外な疲れようだった。自分では、どの程度疲れているのか、よくわからなかった。頑張ろうとする意志と、肉体の疲れを察知する脳の部位は違っているため、意志が肉体の謀反に遭ってしまう。つまり、肉体が意志を裏切って、突然崩れ落ちるのが過労死というものだろう。

かつて、阪神淡路大震災の折り、その復旧作業中に過労死した人の数、九十九名、とある新聞記事を見て驚いたものだが、当時は、日本人は勤勉すぎる、との感想しか持たなかった。いまは、少しちがう。それとは別に、しかるべき脳の部位は、肉体の疲れ具合を正しく察知できない、ために、一日も早い復旧を望む意志がつよすぎて、長く休みをとらずに作業を続ける結果、肉体の突然の暴発を招いてしまう。すべての病が最終的には心不全であるようだが、思わず知らず頑張り過ぎた結果が肉体の裏切りを招くのだ。

その夜の我も、思いのほか疲れていたということは、その種の危険水域にあったということだろう。もう少し頑張る意志がつよくあれば、突然死はしないまでも、よろけて頭を壁にぶつけるとか、あるいは転んでしまっていたにちがいない。ムリしないで頑張る、と標語を変えたのだったが、あやうく限界を超えるところだった。が、その限界を察知するのは意外とむずかしい、というのが正しければ、現代人はおよそ思いのほか疲れている、というのが実際のところではないかという気がする。この先の老身は、いよいよ注意が必要であることを肝に銘じねばならないだろう。やはり元通り、頑張らない、ムリしない、が正しいのかもしれない。

○ある漢方治療の恩恵

思い返せば、身体に不具合をおぼえ始めたのは、五十代に入ってからだった。四十代の初めに一日ドックに入って、悪いところがほとんどないことを医者から褒められて以来、一度も検査なるものをしないで突っ走っていたのだったが、やはり限界が来たのか、目にみえて疲れやすく、腰痛や肩懲りのひどさにも悩まされた。

あるとき、人から紹介されたのは、漢方の名医といわれる（勲章も受けている）人で、確か荏原（東京都）にあった一軒家（医院）を訪ねて行ったことがある。そこで何をしたかというと、手指の親指と人差し指で輪をつくらせ、それを先生が両側から引き開いて、その抵抗具合を調べて記録するのと（これは何のためだったか未だにわからないのだが）、胸の中央、みぞおちのやや上方に、メスで十文字に傷を入れ、中を真空にした小さなビンをパッと被せる、と、胸の筋肉が引っ張られてキュッと盛り上がるのだが（これは背中にビンを当てる瘀血《おけつ》療法に似ている）、そうして五分ほど置くと、メスを入れておいた部分から悪血（おけつ）が滲み出てくる。それを先生はチリ紙でさっとふき取って、またパッとビンを被せる。その作業をくり返すこと五度ばかりだったか、その度に、ドロっとして流れない血の固まりが滲み出てくるのだった。

我は驚いて、これは何ですか、と尋ねると、この胸のところが頭へ上る血の通り道であり、そこに悪い血が滞っているため、それを取り除いているのだという。すると、血流がよくなって、疲労感もとれてくるし、わるいところが改善される、というのだった。いやはや、これまた意外というべきか、こんな骨ばった胸板の奥にそれだけのおけつが溜まっているのかと、人体の不思議さを思ったものだった。

先生はまた、これでもって、人間の静脈と動脈はつながっていないことがわかるのだと説明する。西洋医学はつながっているとするが、我々はそうではない、とする。そこが根本的に違っているところで、動脈の先から出た血液は、細胞に栄養を与えて回り、汚れモノを集めたあと、自然に静脈の先端へと向かい、吸収されていく。その過程で、細胞内をさまよったまま、静脈へ戻れないでいる血の群れが、こうして悪血となって滞っているのである、と。

この話が我にはおもしろくて、以来、西洋医学の医者に会うたびに、動脈と静脈はつながっているのか否かの質問を向けてきた。すると、ほとんどの人が、つながっているんじゃないかなぁ、と曖昧《あいまい》である。よくわからない、と答える人や、メッシュみたいになってつながっているんじゃないかなぁ、と答える人もいた。が、どちらかというと、やはり先生が仰《おっしゃ》るように、つながっている、という考えに傾いている人が多かった。

だが、その漢方医のおかげで、我は活力を取り戻し、感謝感激したのだった。もう老齢であられたために、何年か後に亡くなられてしまったのはまことに残念というほかなく、この度の重度の疲労感のなかで、そんな先生のことを思い出したのである。

○家伝という名の秘伝治療

漢方には、いわゆる秘伝というのがあって、これにも我は助けられている。まだ大学生の頃だったが、我にはいわゆる痔疾というのが持病（生まれつき?）としてあって、これに悩まされているのを知った母親は、どこからか聞きつけてきた情報を実行に移させた。出かけた先は、鳥取県のある町で、やはりふつうの民家にすぎない一軒であった。

そこで行われたのは、患部に何やら白い粉をまぶしておくだけで、あとは何もせずに寝ているだけだった。立って歩くのも大変であったのは、その粉を塗り付けた患部（イボ）から、時とともにジワジワと、汚れた体液が滲み出るのだが、その痛みたるや耐えがたいほどのものだったからだ。五日間ほどの滞在だったと思うが、そうして白い粉を塗ることをくり返すうち、不思議なことに、患部の悪い部分だけが真っ黒に固形化してカチカチになってしまう、その頃合いに退院となったのだった。そして、帰ってきた自宅では、毎日、二度三度と風呂に入ることをくり返すのだが、そのうち、真っ黒になったイボが徐々に剝がれてゆき、最後はポロッと落ちてしまう。あとは、その傷口へ軟膏を塗るだけで、日ごとに癒えてゆき、すっきりと全快してしまった。まるで手品のようなプロセスだが、白い粉が何なのかは、決して人には教えない。まさに秘薬であり、その法はいわゆる秘伝、家伝といったものにちがいなかった。

そのご婦人（ふつうの主婦のような先生）もとっくに亡くなられているだろうが、わが国にはそういうおもしろい秘法が方々にあるようだと、その頃に知った。母はそういう所をみつける名人であったが、その後、数年後に再発したときは、同じ療法を患部への注射一本（一発きりで日々の塗り薬はナシ）でやってのける医院をみつけてきたものだった。それ以来、もう再発はしないで今に至っているが、これまた民間療法に助けられた一例といえるだろうか。

五十代にして訪れた体調不良に際して、もう一つ、我が試みたのは、御多分にもれず鍼《ハリ》治療であった。これはかなり高額であったから続かなかったが、そのときの先生いわく――、人間は一か月に一度は完全に疲れをとる日を持たなければ、早晩おもい病気に陥っていく。つまり、病から逃れるには、月一の完全休養が必要である、と。

だが、我は未だに、完全に疲れをとる、というのがどういうことなのか、わからないでいる。先ほどは、十一時間余りも眠ったことを述べたけれど、その途上、目が覚めたときに考えたのはそのことで、今日はカンゼンに疲れをとる日にしよう、と思いながらまた眠りについたのだった。が、その朝、托鉢に出るとき、すっかり疲れがとれていたかというと、そうとはいえない、まだ疲労が残っていることを感じていた。むろん前ほど身体が重いわけではなく、ずいぶんと改善されたことは確かだったが、それが万全の回復とは思えない。かといって、あとどの程度休めば、完全に疲労がとれたといえるのか、それがわからないから困るのだ。そう寝てばかりもいられないし、日々仕事もあることから、ある程度のところで起き出すほかないわけで、すると、先生がおっしゃった言葉の実践にはならない。どれほどの睡眠をとろうと、多少なりと疲れを残してしまう、というのがふつうではないかと思うのだが、そうすると、終には重い病に陥っていくことになるのかどうか。

まだ五十代で体力が衰えた我を救ったのが、先の悪血《おけつ》を取り除く療法であったことは記したが、その後、出逢ったのがサプリメントなるもので、実に出色のものだった。が、これとも残念なお別れをしなければならない事情があったことは後述する。

前作で、タイ（古式）マッサージというのは、五時間くらいやってはじめて、本当に身体がほぐれたといえる状態になるのであって、その辺の街でやっている一時間や二時間のそれはお遊びにすぎないという、馬渕直城（バンコクが拠点だった戦場カメラマン）氏がもたらした話をしたけれど、完全に疲れをトルには何かと足りないのだという気がする。睡眠不足、運動不足、栄養不足、知識不足、経験不足……、その足りなさの程度を知って、しかもそれをどう補っていくのかが問題であって、実にむずかしい話なのだと思う。過多も困るが、不足もまた重大さにおいて同じレベルにある*。

我はとりあえず、二日続けて托鉢に出たので、次の二日間をお休みとする。一日置き、と一応は決めたけれど、それにこだわる必要はない。沖縄在住の長生きのおばあちゃんは、四十八時間眠って四十八時間起きているという話が報じられたことがあったけれど、バイオリズムにも個人差があってしかるべきだろう。よく規則正しい生活をせよといわれるが、一般的なものではなく自分の規則をみつけていかなければならない、とも思う。

そういえば、食事のリズムが自分流になっている。食は午前中のみ、というのが戒なのだが、十二時を過ぎてしまうことがしばしばだ。住職が知れば目くじらを立てるかもしれないが、老僧の健康のためなら仕方がない。日々告罪をして許してもらうことにしているが、やはり我という半仏弟子はハンセイジンというしかなさそうだ。老体を全身仏弟子、カンセイジンにするにはもはやカラダが（従ってココロも）いうことを聞かないことがしばしば。とりあえず、今日は早や仕舞い、と決めた。

＊この話題は、後に再び考える。

○中国正月が寂しい理由

チェンマイへ来て出家して以来、中国正月に街へ出かけたことは一度もなかった。以前に記したように、バンコクでは一度、犬に咬まれた夕方からチャイナタウンへ出かけたが、それ以来、機会もなく過ごしてきた。チェンマイのそれはどんなものか、一度見てやろう、と思い、初日の十日、午後から出かけていった。

その朝に托鉢で歩いた道である。早朝であるから、まだ閉まっているチャンモイ通りの店舗が、午後のその時間になるとおよそ開いているため、同じ道とは思えない。相当な人出だが、歩くに支障が出るほどではなく、チャイナタウンの入口にある大門（清邁老市場區）を入ると、にわかに人が多くなって歩行に困るほどになった。飾り付けられた大舞台で出しものが行われていたり、物売りの屋台の列が連なっていたりするが、僧の姿などは一つもない。こんな場所へ出かけてくるのは、ご法度とまではいえないが、僧の行動としてはよろしくない。住職にいえば、渋い顔をされるはずなので、黙って出てきたが、早々に引き揚げるつもりになった。

というのも、やはり何の興趣も湧いてこないためで、むしろ侘《わび》しい気持ちに見舞われたからだ。わが国からすっかり失われてしまったものが、ここでは艶《あで》やかさと愉しさでもって大賑わいをしている、その姿がわが身にピンと来ないのだ。少しも共感が持てない、というのは、そのような習慣を持ったことのない身であるためだろう、此方彼方を比べてみようにもそれができない、何とも空しい、沈んだ気分にもさせられて、立ち止まって観《み》ようという気にもならない。昔の日本にはあった貴重なものが失われてしまったことも知らずに育った世代が、どのような育ち方をしたのかを問われて答えに窮し、笑われているような気分、とでもいおうか、月の砂漠で育った者には、あまりに遠い、見知らぬ世界の光景にすぎないのだった。

いや、戦後世代よりもずっと以前、明治以降に生をうけた者もまた、日本人らしい伝統文化の喪失を知らずに育ち、荒涼たる世界に生きて哀れな戦争に巻き込まれていったのだという思いにもさせられた。わが祖母（明治生）や父母（大正元年と二年生）にしても、強欲な欧米の真似をした結果としての植民地戦争に十五年間もつき合わされて、戦後もまた苦にまみれた人生を生きねばならなかったのだ。気の毒な、可哀想なことであったと、まだしも戦後苦だけですんだ老僧は改めて思うのである。

帰路、いつも托鉢で通る路、ターペー通りの時計店に立ち寄った。これも外出の目的だった、父親の形見である腕時計を診てもらうためだった。長く仕舞ってあったのを使おうとすると、機械がすっかり錆びついていて、一度は掃除をしてもらい、動くようになったものの、やがてまた止まってしまった。エアポート・プラザの時計屋で診てもらうと、すべて入れ替える必要があり、二千五百バート、という高値を告げられたので、またも長く放置していた。が、そろそろ動かしてみようと考えて、たまに店先で布施もしてくれる（なかなかよいものを鉢に入れてくれる）時計屋を訪ねたのだった。

修理もしている大きな店で、ウラ蓋を開けてチェックしてもらうと、やはり大手術の必要があるそうで、しかし値段を聞くと、九百バート、以前の店の半額以下だ。オーケーを出すと、三日後の完治が約束されたのだったが、セカンド・オピニオンが大事であることを改めて思ったものだ。機

中国正月パレード前〈ターペー広場〉

を逸するのも困るが、早まって損をすることも多い。時間が許すかぎり、落ち着いて他を当たってみることとは、重篤な病ともなると、さらに必要なことだろう。二千五百バートと告げた店の店員は、我が時計をしまったとたん、そっぽを向いてしまったけれど、老いてくると、足元に劣らずゲンキンには厳重注意だ。

なんの変哲もない、セイコーの安物だが、父親が最後まで腕につけていたものだ。時はカネなり、それを今後は大事に、踏ん張って生きていこうと決めた。中国正月に出てきた甲斐があったのは、その時計の復活だけ。オトシダマは、それだけだった。

○幸運を呼ぶための経

ところで、話は前後するが、先にワンプラ（大仏日）の寂しさについて述べた。が、それは参加人数についてのことで、僧の唱える経の中味はまた別ものである。テーラワーダ仏教のそれは、およそ絢爛豪華なものが多く、三宝（仏法僧）の徳をはじめ、その教説もまた、徹底的にソツなく謳い上げる。

経には物語形式になっているものが多く、いつどのような状況の下で宣せられたのか、という前置きから始まる。説教のあった場所についても触れられる。例えば先の（大）仏日に、ブッダへの礼拝と三宝への帰依の唱え（これは定番）のあとで住職が選んだのは、〝マンガラスッタ（幸運の経）〟なるもの。人はいかに生きれば幸運を得ることができるのか、という条件を並べたものだ。

〝エーワンメー　スタン　エーカン　サマヤン　パカワー　サーワッティヤン　ウィハラティ

チェータワネー　アナータピンディカッサ　アーラーメ　アッタコー　アンナッタラー　テーワ

ダー……〟

その説教が行われたのは、ナコン・サーワッティ（サンスクリット語ではシュラーバスティ）という〈コーサラ国（舎衛城）の〉都であった。アナータピンディカ長者がジェータ王子の園林を買い取って寄進をしたその地の〈祇園精舎〉に釈尊が滞在しておられたときの話である。と、前置きされる。

あるひとりの天人（テーワダー）が深い夜の静寂《しじま》から、その園林へ煌々と照らす光に包まれて現れた。天人は釈尊に近づくと、敬礼をしてから言葉を発した。たくさんの天人たち（及び大多数の人間）が、最高の幸運を得る法は何かを説いてほしいと願っている、と。すると、釈尊は次のような答えを伝えられた。

〝アセーワナー　チャ　パーラーナン　パンティターナンチャ　セーワナー　プーチャー　チャプーチャーニーヤーナン　エータム　マンカラ　ムッタンマン……〟

愚かな者と付き合わず賢人と交わること、尊敬に値する人たちに敬意を払うこと、これが最高の幸運を呼ぶ条件である。また――

〝パティルーパーテーサーワーソ　チャ　プッペー　チャ　カーターブンヤーター　アッターサンマーパーニーティ　チャ　エータム　マンカラ　ムッタンマン……

文化的であり、過去に徳があって個々を正しく導いてくれる国に住むこと、これが最高の幸運をもたらす条件である。また――

〝パーフ　サッチャンチャ　スィッパンチャ　ウィナーヨー　チャ　スースィーキートー　スパースィーター　ヤーワーチャー　エータム　マンカラ　ムッタンマン……〟

知識と技能を持ち、よく修練《しゅうれん》されて心身を整えており、正しい言葉で話すこと、これが最高の幸運を得る条件である。また――

〝マタ－ピートゥ　ウパーターナン　プッタ－タ－ラッサ　サンカホー　アナークーラー　チャカンマンター　エータム　マンカラ　ムッタンマン……〟

両親を支え、妻子を助け、仕事を十分にやり遂げること、これが最高の幸運を手にする条件である。また――

〝ダーナンチャ　タンマチャリヤー　チャ　ヤータカーナンチャ　サンカホー　アナワッチャーニカンマーニ　エータム　マンカラ　ムッタンマン……〟

仏法とともに生き、寛容であること、親戚縁者の援けとなり、咎めを受けない行いをすること、これが最高の幸運への道である。また――

〝アーラティー　ウィラティー　パーパー　マッチャパーナー　チャ　サンヤーモー　アッパマートー　タンメース　エータム　マンカラ　ムッタンマン……〟

穢《けが》れたもの、邪悪なものから逃れていること、ものごとへの陶酔、耽溺を控え、心の質に注意深くあること、これが最高の幸運を得る法である。また――

〝カーラーウォー　チャ　ニワートー　チャ　サントゥッティー　チャ　カタンユッター　カーレーナ　タンマッサワナン　エータム　マンカラ　ムッタンマン……〟

敬いの心と謙虚さ、足るを知ることの安らぎ、感謝と報恩の念を忘れず、機を得て仏法に耳を傾けること、これが最高の幸運を得る術である。また――

〝カンティー　チャ　ソーワチャッサター　サマナーナンチャ　タッサナン　カーレーナ　タンマ

サーカッチャー　エータム　マンカラ　ムッタンマン……〟

忍耐づよくあり、質素で飾らず、煩悩を抑制して静かな人になること、適時に仏法を議論すること、これが最高の幸運を得る手段である。また――

〝タポー　チャ　パンマチャーリーヤンチャ　アリヤーサッチャーナ　タッサナン　ニッパーナーサッチーキリーヤー　チャ　エータム　マンカラ　ムッタンマン……〟

耐乏と禁欲に努め、真理の法を理解して苦から解放されること、これが最高の幸運を得るための策である。また――

〝プッタッサ　ローカタムメーヒ　チッタン　ヤッサナ　カムパティ　アソーカン　ウィラチャンケーマン　エータム　マンカラ　ムッタンマン……〟

悲しまず、動揺せず、穢れず、心が安定して不安がないこと、これが最高の幸運を得るための条件である。すなわち――

〝エーターティサーニ　カットゥワーナ　サッパッタマパラーチタ　サッパッタ　ソーティンカッチャンティ　タンテーサン　マンカラムッタマンティ　タンマンカラー　スッタン〟

いつ何処においても、常にこれらを心に留め、怠らずに実践することが、最高の幸運を得る法である。

ずいぶん沢山な条件を並べ立てたものだという感想を抱かせるけれども、これだけ徹底して説き伏せなければ人間を調教することはできない、ということだろう。生半可な教えでは、とても御しきれないのがニンゲンというものだと、釈尊にはわかっていたにちがいない。

と、考えてわが身を振り返ってみれば、何と多くの戒違反ならぬ教え違反を起こしてきたことかと、思わず考え込んでしまう。命の運以外は数知れないウンに見放されてきたと書いたけれど、こうして見てみると、それは当然の因果であったという気もしてくる。愚か者と付き合わないこと、という冒頭の一句からして、なんと自分自身が愚か者であったのだから、どうにもならなかったという皮肉も感じてしまう。が、ともかく、こういうブッダの教えに接することができただけでも、出家した甲斐があったというものか。テーラワーダ僧は、年がら年中、告罪をしていると書いたけれど、こういう経もまた、年がら年中、自他ともに向けて、飽きもせずくり返していることも確かなのだ。

たった六人の参集であったけれども、住職を含めて七名（二年前は五名）の僧のために用意された布施食は十分なもので、托鉢が休みである我もまた、その中から少しいただいて房に持ち帰るのがいつものパターンだ。若い僧らは、我がモチ米（カオニャオ）を好むことがわかっていて、布施食からそれを見つけて差し出してくれる。その日は、惣菜を一つ、空心菜の炒め物（パッ・ブン）を手にし、房で湯通しをして油と辛さを弱め、電気コンロで他の野菜と混ぜて煮込み、朝のパン食の副菜としたのだった。

少僧化にふさわしい少信者化は、皮肉なバランスともいえるだろうか。前にも触れた「末世的光景」が、先々どうなっていくのか、両者ともに痩せ細り、共倒れになる日がくるのかどうか、予断を許さない。が、いまのところは細々と、蠟燭の火のようにありつづけていることも確かで、そこに意外な「底力」もあることについては後述したい。

○あるデックワットの出家と還俗

二月十三日（火）は、タイ暦三月上弦四夜で、暗黒の夜が明るさを得ていく好日である。だんだん暗くなっていくより、このほうが何ごとを催すにもよい、ということで、一人の僧の誕生もこの日が選ばれた。その話を少ししておこう。

わが寺でデックワット（寺男）として五年ほど在籍した彼は、二十五歳という齢を迎えたのを機に、出家することにした。デックワットとは、文字通り寺の子供（デック）で、部屋と食事を提供される代わり、寺の雑用を引き受ける、いわば小間使いである。ある程度は外へ出て仕事もできるが、会社の正式社員のようなわけにはいかない。彼の場合、Crab（クラブ）という飲食物の配達会社に所属して、ネットで受けた注文をバイクで届ける役をやっていた。それを夜中にやって小遣い稼ぎをするだけで、たいした収入はないが、寺にいれば生活費がかからないという利点があったのである。

むろん、寺男でいたほうが気楽で、多くの戒律も守らなくてすむわけだが、そこはやはりタイ社会が一人前の男子の条件とする僧経験がこの先、何かと生かされるという思いが優先したのだろう。もう一人いたデックワットが先頃、故郷のチェンライへ帰ってしまったので、彼ひとりとなっていたのだが、出家することによって、寺男不在の寺になってしまう。これは、寺にとって大変不便なことでもある。僧がひとり増えるのはよろこばしいことだが、代わりに小間使いがいなくなるからだ。

昔は、このデックワットがたくさんいたという。まだ貧しい時代においては、一家の食い扶持を減らすことができるので、次男、三男坊が寺に住み込んで、そこから学校へも通っていた。寺院が学校であった時代（二十世紀初頭まで）は、それこそマンツーマンであり、僧がどこへ出かけるにも傍らにくっついて歩いていた。朝の托鉢時は荷物持ちとして付き従っていたし、それに僧は金銭の授受ができなかった（サイフも持っていなかった）ので、その扱いをやってくれていたのだ。

だが、国の経済が発展するにつれ、一家の食い扶持を減らす必要もなくなり、仕事もほかにいくらでも見つかる時代になると、少僧化と同じような現象が起こってきた。そして、いまやデックワットがいる寺はごくわずかとなり、向かいの寺（ワット・ウモン）などは、たまに托鉢に出る住職のそばに、七十代の老僧がよたよたと付き従い、あるいは住職がひとり杖にすがって歩いている、といった状態である。

ともあれ、この度の出家者は、愛称をキーちゃんといい、その意は太った男であるというが、その通りのおデブちゃんで、非常に気のいい男だ。まん丸い顔がまだデック（子供）のようにかわいらしく、まるまると太った身体は、歩くより転がったほうが早いくらいのものだが、我には何かとよくしてくれていた。僧の肥満が社会問題となって久しいことは再三述べてきたが、実は、もともと太っているのが僧になるのであって、僧になってから太ったのではないケースが多いようだ。その意味では、僧社会の問題というより、ひろくタイ社会のそれであるといったほうがよいにちがいない。以前も一度、すでに社会人のふたりが雨安居《パンサー》期に一か月ほどの短期出家をしたのだったが、この方々も非常に太っていて、修行月間で少しは痩せるかと思っていると、なんと逆に太って出ていったようだった。在家の頃にすでに食べすぎるなどして太ってしまい、僧になってからもなかなか痩せられない、というのが実際のようで、やはりカラダの問題はむずかしいことを思わせる。

はじめは白衣姿で、戒和尚に出家を願い出る場面から始まる。そのための一連の唱えがすんだあと、今度は黄衣に着替え（これは先輩僧が手伝う）、式は佳境へと向かう。

そこで戒和尚から教えられるのは、戒の順守のみならず僧生活全般にわたる心得、つまり必要最小限の質素倹約、食をはじめとする禁欲と節制が説かれるためで、それを守っていけば、遠からず体重が減っていくはずだ。我の場合は、出家前の四年ほどの間に暴飲暴食をしていた頃から十五キロばかり減らしていたが、出家してから半年ほどの間にさらに五キロほど減り、二十代の頃の体重になっていた。いまはまた少し下腹に肉が付いているけれど、これは前にも述べたように時にハンセイジン化するためで、大いに注意しなければなるまい。

基本となる戒は「十戒」で、冒頭の五項目は在家の五戒とほぼ同じだが、第三項目の〝カーメースーミーチャーチャラー　ウェラマニー（性的不義〈浮気等〉から離れます）〟が格段にきびしくなって、〝アパンマーチャリエー　ウェラマニー〟と非梵行（性交の禁）が命じられる。あとの五項目は、非時（昼の十二時以降翌朝まで）の食事の禁、（楽器の）演奏、舞踊など享楽的なものの禁〈但し芸術的・文化的なものの鑑賞は別〉、香水、装飾品（ペンダント、ブレスレットなど）で身を飾ることとの禁、大きな高いベッドに寝ることとの禁（僧房に狭いベッドが据え付けてある寺もあるが床に寝る僧も多い）、金銭の授受の禁。最後の金銭については、いまは厳しいタンマユット派でも僧がサイフを持つことを許す寺が出てきているが、儀式のなかでは変更なしで宣せられる。

正式には「二二七戒律」だが、それを最少といえる十項目に要約したものといえる。この他にも、とりわけ女性を警戒する戒が目白押しにあって、その肌はむろん衣にも触れてはいけないし、並んで道を歩くこともできない。要するに、あらゆる面で、在家の頃の生活からは遠く離れることになるため、僧によってはとても続かない、三日坊主で終わってしまうような人もいる。

我のように、高齢の出家者で、しかも俗世を捨ててもいいくらいの覚悟でいた者は、さほどの苦もなく出家生活を始められたのだが、まだ二十代やそこらで、もう一旗も二旗も上げてやろうと思っている若者にとっては、身心、環境ともによほどの条件が整わないかぎり、ごく少数の者しか続かない、というのは納得がいく。タイで一時出家という制度が根付いたのは、そこにタイ人の性格的なものが適格に反映されているからだろう。が、一時ではなく長く僧籍にある者に対しては、格別な尊敬の目を向けるというのも、(続かずに還俗していく人が多いだけに)わかる気がする。自分にはできないことをよくやっているという敬意が、とくに出家経験のある在家の男性にはあって、丁寧な扱いをしてくれるのがふつうである。なかには、非常に冷淡で敵意を持っているような男性もいるが、これは例外としてよさそうだ。

確かに、俗界に劣らず聖界にも問題は多々あって、むしろ同時並行的であるけれども、そのような俗界との関係性があるかぎり、まだ大丈夫、決して終わっていない、という気がする。危ない橋が修復されるかどうかは、まだこれからの問題である、と絶望はしないでおく。ただ一人の出家者ではあったが、そんなことを思わせる儀式であった。

ところが、この話には意外なオチがつく。三月に入ってはじめての仏日——、気がつけば、先月に出家したばかりのキー君の姿がない。ために、僧姿も未成年僧の三姿を含めて七姿に戻っていた。キー君はどうしたの、と住職に聞くと、スック(還俗)したという。えッ、と我は驚いてその理由を問うと、十五日出家、と返して笑っている。勤行のあと、平服でいるキーの姿がみえたので、もう還俗しちゃったの、と問うと、やっぱり笑いながら、そう、二週間だけ、と指を二本立てて平然と返した。

なんと、はじめからその予定だったという。では、あの大袈裟な出家式は何だったのかというのは異国人僧の（騙されたような）感想であって、たとえ十五日間であろうと出家は出家、きちんと丁寧にやるのが仕来りだ。十五日坊主だったか、と我もまた笑ってすませたのだったが、その目的を聞いて納得した。

つまり、父母のため、というキー君の言葉がすべてで、両親への「徳」贈り、なのであった。男子たるもの、生涯に一度は得度すべし、というタイの社会通念は、その仏道修行もさることながら、それ以上に、息子を僧にした母親は寺院を建てるに次ぐほどの徳を得る、という伝統に依拠している。キーの両親はまだランパーン県で健在であるけれども、本人は二十五歳になったことだし、この辺で親をよろこばせてやろう、と親孝行な息子を演じてみせた、という次第なのだった。

いやはや、改めてタイ社会、タイ仏教の特色を見たようで、すなわち寛大、寛容を絵に描いたような世界がそこにはある。いったん家を出たら戻れない、というのが原則のスリランカや日本のような国ではない、まるで真反対の仕来りは、それでよいとすべきではないか、と我も考えを変えたい。これまた、反省人、半聖人の想いだろうか。いや、半仏弟子か。

そういうわけで、また寺にデックワット（寺の子供）が帰ってきた。住職もこれで居なくなった寺男が十五日ぶりに戻ってくれたわけで、まずはよし、とする。もう何年も放置している池の汚れた水を取り除く作業も、キー君が率先してやってくれていた。たったの十五日でも、托鉢に歩き、二度の仏日や本堂での経を体験するなど、それなりに得るところはあったはずである。
＊この話にはさらに後日談があり、戻ってきてひと月後には、再びその姿を結婚という形に変えて寺を出

ていく。すべて予定通りの行動であったようで、いちいちあっけにとられたものだった。

○水ぬるむ二月半ば

その年によって違うが、チェンマイの寒い季節も二月の半ばともなると、さらに気温が底上げされて、朝方はまだ少し肌寒い（18℃程度）が、日中は35℃まで上がるほどになった。蒸し暑さは感じないが、屋根が熱せられる部屋にいると、冷房は必要である。住職にムリをいってそれを入れることを許してもらったのは、実に正解であったと思う。が、うまく使わなければ、逆に体内の体温調節が狂ってしまう、とは、ものの本からの知識だ。つまり、基礎代謝というのが人の活動エネルギーの大きな部分としてあり、それもその多くは体内温度のコントロールに使われるそうだ。が、冷暖房が発達したおかげで、それが十分に使われなくなっている。ために、運動不足に加えて、摂取した食べものからのカロリー（エネルギー）が余ってしまい、太る一因ともなっているというのだ。

ともあれ、この季節になると老僧が助かるのは、何といっても水浴がラクになること。日中でなければとても浴びられなかった井戸水が、深夜になってもほっこりしていて、震え上がることはなくなる。房のそばの大きなタンクが陽光に熱せられて、その余熱が続いているためだ。これを、水ぬるむ候、というのだろう。温水シャワーをつけることを考えたが、やはり無用のものとしておきたい。これも冷房で十分とするこころ、必要最小限の心得として。

二日続きで托鉢《バート》に出た。ただ、今日（十五日）は往路だけにして、折り返し点で、Lさんたちに荷（布施品）と鉢を寺へ運んでくれるよう依頼した。バイクのC氏がそれをいつもながら快く引き受けて、荷台に積んで走り去るのを見送ってから、我はさらに太陽が昇りはじめている東への道をとった。

　そこから二百メートルほどのところ、ピン川に架かるナワラット橋を渡ってすぐに右折し、川沿いに歩いていく。かつて、まだ六十代の頃は、その橋の辺りまで托鉢に歩いたものだが、いまはとてもその力はない。齢七十の声を聞いた頃から、老いを感じ始めていたことが、その記憶のなかにある。以来、その橋を越えていくのは、C氏に荷を預けたあと、リンピン・マーケットという高級スーパーへと頭陀袋《ヤーム》だけを肩に出かけるときにかぎられた。実に久しぶりにそこへ出かけるつもりになったのは、日本の味噌が欲しくなったのと、八時にならなければ開かない時計屋で修理に出してある父親の（形見の）腕時計を受けとるためだった。

　マーケットも八時のオープンであったから（タイの朝は早い）、途中、時間をつぶすため、川沿いのレストランの玄関先にあるテーブルに腰かけて、そのつもりで用意した軽食（バナナ一本＋リンゴの切り身＋ごまパン一個＋ソイミルク）を摂った。いつもは房で惣菜などを加えて朝食とするのだが、とりあえずそれを始めていると、ちょうど隣の店を開けにきた妙齢の女性が現れて、ペットボトルの水を合掌《ワイ》して差し出した。

　そこでは以前も、勝手なテーブルの使用を咎めることなく同じようにされたもので、その場合、必ずや「水」なのだ。僧に水を献上するとよいことがあるという、これも伝統の習慣である。托鉢の荷が重くなるのはそのためでもあるが、そのときもありがたく重荷を受けたのだった。やはり、水はタイ文化のキーワード、これから行くところもピン川沿い（リム・ピン）という名のスーパー・マーケット、水もしたたるよいものを売っているが、我は味噌を買うだけ、と、よけいな出費を戒めたおかげで、かつてはよく口にして健康に寄与していたはずのドイツパン（ライ麦入りの黒パン）を買うのを忘れた。そのくせ、美味しそうなガーリック・パンを目にとめて、戒めを破って買い入れているのだから、長くご無沙汰をしていると昔のよい習慣も失われてしまうようだ。それでなくても、もの忘れは老いに付きもの、要注意である。

時計も無事に受けとって、まずは好日。バッテリーは、サービスしてくれたらしい。腕時計だが腕につけることはできない。それも身を飾ることになるからだ。

十戒の一項――〝マーラーカンタ　ウィレーパナ　ターラナ　マンダナ　ウィプーサ　ナッタナー　ウェラマニー（香水、花輪、塗油、等によって身を飾ることから離れます）〟

こういったパーリ語ひとつ、空で憶えるのに苦労したもので、しかし、今ならもうダメかもしれない。老いすぎると出家できない、というのは、体力的なものもさることながら、アタマのほうがあやしくなってくるからではないかという気がする。

腕時計は花輪、ブレスレットの類に相当する。ただ、時間を知るための所持はオーケーであり、我はそれをヒモにつないで腰につけるか、バッグなどに入れておく。ただ、失くさないようにしなければならない。それを恐れて長く仕舞い込んでいたのだが、時計も使ってやらなければ錆びついてしまうことがわかった。バッテリーの交換くらい、これからは面倒臭がらずにやろう。

○老化の速さは食質の問題か

我がふらつきの持病をもっていることは、これまでも述べてきた。前作では、それをバンコクのチャイナタウンで手に入れた漢方に頼ろうとしたことや、この稿では、化学薬品を試して酷い目

（最悪の便秘）に陥ったことなど、試行錯誤をくり返してきたのだった。

その結果、とりあえずの結論として、老化によるトータルな衰えが主な因である、と自分の感覚でもって決めている。その衰えのために、先に述べた「不足」が表面化してくる。あらゆる面での不足、足りなさゆえにふらつくのだ、と。あくまで推論、経験則からのものである。

かつて住職といっしょに生涯で二度目の検査をやった際、ガンなどの影はなかったものの、内臓（肝臓や腎臓等）の機能が全体的に低下していることやカルシウム不足等が指摘されたものだが、バランス感覚をつかさどる三半規管にしても、致命的な故障はなくても機能が衰えてくるのはやむを得ないことだろう。耳が遠くなってくるのと同じ現象が始まっているのだと、一応は考えることにしたのだった。

そしてもう一点、これは在家の頃からできるだけ実践していたことだが、日常生活における動作、所作のなかで、バランスを欠くのを避けることを昨今は怠りがちであった。例えば、脚の組み方にしても、左脚を右脚に乗せるばかりであったり、モノを嚙むときは左側の歯がほとんどであったり、左利きの我は何かと片寄るクセがつきがちだ。今さら右手に包丁を持つわけにはいかないが（これは非常に危ないため）、かつて左打ちのゴルフを右打ちに変えて腰痛を克服したように、細部までの左右均衡に気を配ることを改めて肝に銘じる必要もあるにちがいない。

そして、最後は、食質と血の問題に行きつく。食の内容、つまり栄養価とか安全性といったものをどうするか。また、老いてくると、カラダが硬くなってくるように、血が汚れ且《か》つ滞りがちになる。とくに手足の末端にまで行き届かなくなってくるので、常に手首や足首をブラブラさせるとか、先端部までの巡りを工夫する必要がある。糖尿病などはてきめんに手足の末端部から傷んでくるそうだが、もとより糖体質である（と漢方医に宣告されている）我の場合、大いに注意を向けていかねばならない。

先に、特異な漢方的民間療法の思い出を記したけれど、身体の活性化はその辺りにもカギがありそうだ。タイ古式マッサージが関節技《わざ》を主とするように、ふだんからストレッチを心がけ（とくに寝る前）、托鉢歩きだけでは足りない上半身の鍛えなどを試みているが、そうしたことだけでは追いつかなくなってきている。その不足をいかにして埋めていくかが、健全な老化（ふらつかずに老いていくこと）と健康寿命の伸長にはどうしても欠かせない条件であるだろう。

わが父母は、ともに八十代の半ばを過ぎたころから老化が本格化した。母は認知が進行し、父は肺ガンの大手術痕の痛みが増していった。そして、身体がフワフワする、という今の我と同じ症状を訴え始めたのだが、それと比べると、早すぎる老化現象のような気がする。十年ほど早い老化である。それはなぜなのかと問うてみれば、むろん的確な理由は不明ながら、これもトータルな意味での「食」にまつわる問題が第一にあるのではないか、と考える。生命を維持するために身体に入れるものが父母の世代とは大いに異なっていて、端的にいえば、何かと本来の細胞（ＤＮＡ）が求める（適応する）ものとは異なるものを食べ続けてきたことが主因ではないか。つまり、長い間に体内に知らずと蓄積されていった良からぬものが、老化に関する世代間の違いとなって現れているのではないか、ということだ。

以前にも触れたが、日本人の食生活が大きく変わっていったのは、（敗）戦後のことだった。ＧＨＱ（実質は米国）の占領政策によって、明治の開国以来、二度目の伝統文化の断絶と変質を余儀なくされたのだったが、むろん食に関しても同じことがいえた。

わが故郷の町に出現した牛肉屋で、父親が肉を買い始めたのは戦後（昭和三十年代）のことで（酒類についてもそうだが）、そろそろ四十代に入る頃であったから、それからの歳月ではさほど大きな影響は受けなかったと考えられる。が、子供時代からそれまでの食生活が変節した日本で育った我の世代は、アメリカナイズを始めた「食」をあてがわれ、小学三年の頃に始まった給食では、はじめて口にするコッペパンがすこぶる美味しかった記憶がある。以来、酒といえば日本酒、主食は常に米であったのが、小麦製品が取ってかわる勢いで押し寄せた。小麦に含まれるグルテンなるもの―タンパク質の一種―がそれを消化する能力が十分ではない（ゆえに腸壁を荒らすと漢方医はいうが、むろん個人差もある）日本人の胃袋や腸に送り込まれ、ファーストフードという中には正体不明の材でもって造られたものが子供たちを取り込んでいった。

それによって、いわば内臓全般の疲労が、父母の時代よりもおのずと増していったことが考えられる。我がタイで長く暮らすうちに、本来の日本食に馴染んできた身体が変質し、それが発疹の原因ではないかという漢方医がいたけれど（そして日々の食を改善することで発疹を克服したのは蓄積がまだしも軽度であったからだと思うが）、それと同じで、本来は米の飯と味噌汁と海のもの（魚や海苔類）が基本の日本人の食生活が大きく変わっていったこと自体に、まずは一つ、父母より十年、老化を早めた原因をみていいのではないかと思うのだ。

むろん、それを証明する化学式はない。その日ごとの良否の体感もない。まるで効いているのかどうかわらない（我が試した）漢方薬のように、何かしら微かながらも細胞に働きかけて、続けていれば全体に変化をもたらしていく、といったことがあるはずだ。同様に、それが悪いものであるとは目に見えず、その感覚も日々にはないけれど、長い時間をかけて少しずつ、微々たる作用の蓄積でもってカラダ全体に悪影響をもたらしていく、といったこともあるにちがいない。たとえ微量であってもミネラルが必須であるように、よいものは欠かすことなく、わるいものは摂ることをやめていかなければ、疲労が蓄積して病を招くように、いつかどこかに不調をきたす、そのいつかが早く来てしまっている、という気がしてならないのだ。

我よりずっと早くに逝ってしまった知人、知友たちを見渡せば、その「老化」なるものが早々と訪れて、寿命を縮めてしまったようなところがあるように思える。美食家で大酒呑みであった人たちが短命であったのはその因がみえるけれど、それほどの暴飲食をしたわけではない人でも、酒ばかり飲んでほとんど食べなかったとか、食が細くていつも残してしまっていたとか、偏食があって好みのものしか食べなかったとか、野菜がきらいだったとか、果物をほとんど食べなかったとか、要するに食に手抜き、不足がある人たちであったことを思い起こすのである。むろん、その逆の場合もあって、いわゆる過食する人が陥っていく病もさまざまあるけれど、いずれにしても「食」なるものの「質」によって、人の身体はどうにでもなっていく、老化（すなわち衰え）の速さに関わっていることは間違いない、という確信が我にはある。

○他人事でない知友の糖尿体験

旧い知友の作家、校條《めんじょう》剛（元新潮社の小説誌編集長）は、齢六十にして世にあまたある「糖尿病」を患った人だ。会うたびにその話になるのは、御多分にもれず健康法が老人の最大の話題であるからだが、それを宣告されたときは非常なショックであったという。それまではこれといった自覚症状もなく、まさに晴天のヘキレキであり、ただ、あとで思い返せば、異常な喉の渇きがあり、ペットボトルの水を空っぽにするほどであったり、ビールがまったく旨くなくなったりしたことがその兆候といえたが、どこかが痛いとか、我のようなふらつき現象があるといったこともなかった。検査でもって突然、そう告げられたというのだから衝撃を受けるのは無理もない。

その上、担当医は、最初に氏を診るなり、糖尿病は治りません、と宣告したという。これまた驚きのセリフで、そういうことを自信たっぷりに断言する医者の品格はいかがなものかと思うけれど、まだ若い医師であったそうだから、これが西洋医学者の傲りというものか。治るか治らないかの二元論で病をみる、つまり人間の身体をわかるもの（あるいはわかるべきだ）と前提して出発した医学と、治らないまでも改善していく、灰色解決を加えてみる、つまり人間の身体は神秘的なものでわからない部分が多々あるという思考を前提にして、自然治癒力を重視する漢方やアーユルヴェーダ（インド伝承医学）とは、やはり異質の療法となるのは当然のことだと、そういう医者の一言からもわかるのである。

それからの校條氏は、何クソとばかりに一念発起し、病と闘い始める。

その際、やはり最大の焦点は、食のあり方を見直すことと運動の必要性であった。ものの本によれば、ひとえに炭水化物を断つ（ノー・カーボン食にする）ことをすすめているけれど、さほどの重症ではない氏の場合、三大栄養素たるそれを無にしてしまう必要はなく、あくまで抑制するという法でもって対処していく。日々、常に血糖値なるものに注意を払い、それがどういう上下をなしているかをチェックしながら、食の工夫に加えて一日五キロほどの歩きをこなすうち、おのずと体重も減ってゆき、いまではほとんど沈静化して、治りません、といった医者の言葉を裏切るほどになっている。

もっとも、インスリンは打つようになったそうだから、先々はどうなることやら、油断がならないことに変わりはなく、今後も闘いは続いていくだろう。膵臓からはインスリンが出ているけれども、それが十分に働いてくれない（インスリン抵抗性）、というので、外から注入することになったというが、自分のインスリンが出ているのに（そしてその働きが鈍いのに）、そういう化学薬品を入れて（追加して）正しく機能してくれるのかどうか、我自身は大いに疑問とするところで、この先が心配である。糖尿病という「病」は本来、（生まれつきとかウィルス感染等によって）膵臓のランゲルハンス島が破壊されてインスリンが出ない状態にある病のこと（Ⅰ型とされるもののみ）であり、それ以外はすべて「高血糖症」と名付けるべきであって（一般的にはⅡ型とされるが）、その原因（炭水化物の多量摂取等）を断つことなく、膵臓にさらなる分泌をうながす（強要する）ためのクスリにしろ、インスリン注射にしろ、投与することは理解できないとする医者も稀にいるわけで、我の心配もあながち杞憂ではないように思える。まるで儀式のように食事前にそれを打っていた戦場カメラマンの馬渕直城氏（故）は、ほどなく腎臓病を併発し、透析をしなければならなくなったことを思うにつけ、そういう化学薬品に頼ることはしないほうがいいのではないかというのが我の見解であるが、むろん強請《きょうせい》する資格はない。ただ、仏法にいう因果関係のゼッタイ性に意を払い、原因を断つための努力をしながら、対症療法に終始する西洋医学の陥穽《かんせい》もあることを認識してやっていかねばならない、と進言したいところだ。意外なところに、つまり非西洋医学の分野に、特効薬にも相当する起死回生の手段がある、という気がしてならない。西洋医学の医者ならば、一般法ではなく独自の主義、手法をもつ人でなければならない、という気がする。ただ、単に炭水化物や果物を徹底して断つといった極端な手法というのは、せっかくの栄養素も断ってしまうわけで（療養中の荒療治ならともかく）、これも要はバランスの問題だろうか。*「食」というのはすべからく、善と悪の双方を包含する（但し偏りもある）もので、未知の部分が多い人体の不思議とどう付き合っていくか、実に奥が深い、終生の課題とするに足る話であるにちがいない。果たして校條氏に、一発の注射で我の痔疾を治した法のような、奇抜な療法、奇跡的な手段を見つけられるかどうか、出あえるかどうか。という点に、運命の分かれ目があるような気がしないでもない。それまでは、苦労ではあるが日々の食と血糖値に常に注意を払いながら、命をつないでいくしかないのではないか。というのは、そうやって生きついできた我自身のこれまでの経験からもいえることだ。

氏の病は、他人事ではない。というのも、タイはやはり米の王国であり、砂糖キビの一大産地であるから、米と砂糖が非常に安い。ために、それを人間さまは大量に摂り込む。日本に来るタイ米はふつうのレベルだが、ジャスミン・ライスの名をもつ高級米ともなると、本当においしく、在家から供されるものが寺の食堂でも山をなしている。そして、砂糖や唐辛子もまた、いくら使っても減らないほどの大袋が安いものだから、料理にたくさん入れる。砂糖と唐辛子を混ぜると妙なる味がして、青マンゴーなどはそれにつけて、あるいはまぶして食べたりもする。マナオという名の柑橘類やパクチー（コリアンダー）などの香野菜もふんだんにあるから、これらをうまく摂り込んでいる人だけが健康体であるように思える。が、刺激のつよい、甘辛の過ぎるものにカラダがマヒし、慣らされたタイ人のほうがはるかに多いことは確かだ。身体によいものも多いせっかくの植生の恩恵が、そうした美味を追求するばかりの調理法（化学調味料もふんだんに使う）によって減じられてしまっているのは、まことに残念というほかはない。

あるときは、コーヒーに小さじ十杯ほどの白砂糖（ナムターン・サイ〈砂の砂糖〉という）を入れて飲む僧をみて仰天したことがある。いつになったら壺にスプーンを置くのだろうと、思わず数えてしまったものだが、経済発展して豊かになったタイ人が肥満体に変貌していくのは当然の成り行きといえる。その事実は、日々托鉢でいただくものにも反映されており、甘辛の過ぎる（唐辛子なども驚きの安さゆえ）料理が我のカラダにどのように作用していたかというと、いつのまにか尿に糖が混じっていた。市販の試験紙によるもので、黄色い先端部が青黒く染まったときは、心臓にわるい絶望感におそわれたものだ。

我の場合、それが発疹の一因であったと思うが、それからは食の大改造を計り、徹底して「自分食」にしていくこと二年余り、試験紙の色も変化ナシ、というレベルにまでに改善したのだった。その過程では、ライスやパンの量を半分に減らし、大好物であった激甘のカオニャオ・ピン（バナナの葉にくるんだもち米を焼いたもの）なども断腸の思いで切り捨て、ものの本からの情報を採り入れながら、だらしない我にしてはよくやったと思う。が、あまり自分を褒めるつもりはない。いつまた再び、油断、気のゆるみから、甘い美味しいものへの誘惑に勝てなくなる日が来ないともかぎらないからだ。

本拠では酒の文字を消している代わりに、かつては見向きもしなかった甘いものへと身体がシフトしたのだったが、タイという国には、とてつもなく甘いゆえに超美味ともいうべき食べ物がふんだんにある。わが国では、そこまで甘くて美味しいものは見当たらない、と断言したいものに、例えばカオニャオ・マムアンという料理がある。次に休題として記してみよう。

生鮮市場の唐辛子とマナオ売り場〈バンコク〉＆ワローロット市場の
野菜売り場〈チェンマイ〉

＊『糖質革命』（長山淳哉著　論創社刊）によれば、糖質制限が最も大事な食事療法であり、糖質エネルギー比率を50～60％（タンパク質20％以下、残りを脂質）とする日本糖尿病学会の基準はむしろ病を悪化させる間違いであるとし、ヘモグロビンA1cの値を正常にして病を改善するには32～33％（毎食・ごはん半膳もしくは食パン一枚）に抑えるべきである、すなわち糖質・タンパク質・脂質〈三大栄養素〉の比率を1：1：1と均等にするのが諸々の調査研究の結果からも正しい、とする。真に国民の健康を願う予防医学の専門家の言は、権威筋のものとは違っていることの意味を考えるべきだろう。

◇無知の怖さを教えた料理

人が物事を知らないということは、ときに滑稽な、ときに悲劇をもたらすものだ。無知、というのは三大煩悩のうちの「痴」、パーリ語では「モーハ」（「無明」と訳される）という。このボンノウを消すことができればすべてオーケー、あらゆる問題が解決するといわれるくらい、克服するのは大変にむずかしいこと、とされている。仏法でいえば、ブッダの説いた真理を知らないこと、教えを解さないことをいう。

しかし、そういう仏教の話は措くとして、我らが日常においても、モノを知らない、ということほど、哀れでみっともないことはない、という話は大方の同意を得られそうだ。むろん、この世には知らないことが多々あって、ひとりの人間がすべてを知りつくすことなどとうてい不可能であることは重々にわかっておく必要もある。こんなことも知らないの、などと偉そうにいう人がいるけれど、アンタだって知らないことはたくさんあるでしょう、と返しておくといいだろうか。

タイへ移住してまだ日が浅い頃、カオニャオ・マムアンというものが何なのか、知らない時期があった。名前だけは聞いたことがあるけれど、まだ見たことも食べたこともない、いや、見たことはあるはずだけれど、それがそういう名前のものだとは知らなかったのだ。

そこで、一度それを食べてみたいものだと思い、市場でカオニャオ（蒸したもち米）を売る店に立ち寄り、カオニャオ・マムアンは置いていないか、と尋ねた。すると、その路傍の店の人（高齢の女性）は、カオニャオはあるけれど、マムアンはない、それは向うのお店（と指さして）にあるから買いなさい、と答える。その意味が我にはわからない。カオニャオ・マムアンは置いてないのね、と未練がましく返すと、店の人はまた、だから！それは向うの店に行って買えばいいといっているのですよ、と笑った。この外国人は、いったい何を考えているのか、さっぱりわからない、といいたげなのだ。

どうも話がよく通じないようだと、その日はあきらめて、後日、知り合いのタイ人に、市場での出来事の顚末《てんまつ》を話すことになる。すると、やはり高笑いして、アパートメント（我の住まい）に近い、それを売る店を紹介してくれた。さっそく出向いてゆき、カオ……をください、と勢いよく注文した。すると、店の女店員は、桶《おけ》から、うんと甘く蒸しあげたカオニャオ（もち米）をすくって発泡スチロールの容器に入れ、しかる後、別に置いてあるマムアン（よく熟れたマンゴー）の皮を刀で手際よく剥（む）いて切り身をつくると、それをカオニャオの上に乗せ、ココナツ・ミルクのタレを別につけて、ハイ、どうぞ、と差し出したのである。

これまたショックだった。マムアンはあっちの店にあるから買いなさいといわれた、その意味がやっとわかって、いま思い返しても苦笑がこぼれる。たかが料理の話だが、知らないということは、闇夜のごとく暗い、怖いことだ。そして、はじめて食べたそれは、う〜、うまい、の一言あるのみ。

甘いもち米に、これまた糖質にかけてはピカ一のマンゴーを乗せ、さらにはこれも甘いココナッツ・ミルクを掛けて食べるなど、いったい誰が考えだしたのか、あまりに恐ろしい甘さなのだ。こんなものを日々摂《と》り込んだ日には、たちまち肥満病（タイ語で「ローク・ウワン〈ロークは病、ウワンはデブ〉」という）、いや、ほどなくして糖尿病（これは「ローク・バオ・ワーン」〈甘く弛《たる》んだ病〉という）に陥ってしまうに違いない、と思えるほどだった。しかも、タイ人はそれを食後のデザートとして食べることが多いというから呆れた話だ。いくら別腹とはいえ、救いがたい習慣というほかないが、救われなくてけっこう、甘く弛んだ病になって本望だと開き直りたくなるほどの旨さなのである。

こんなものを件《くだん》の校條氏に与えたならば、たちまち病がぶりかえしてしまうだろう。大きなケーキをペロッと平らげてしまうほどの人であったから、その旨さには抗いきれず、非常に危険なことになるだろうから、タイへは来ないほうがいいかもしれない。それよりも、我が帰国の際に運んでくるセイロン（現スリランカ）産のシナモンを少しずつコーヒーに入れて飲んでいるほうが身のためだろうか。

そういえば、二月も半ばを過ぎて、マンゴーが出回り始めた。暑季の前触れとして、托鉢でもしばしばいただくことになる。糖質も多いが栄養価も高い、そこをどう上手く調整していくか、マムアンにはずいぶんと頭を悩まされる。

◇身体の改善は細胞レベルから

閑話休題——、先ほどのシナモンだが、タイ語で、オプチューイ、という。この発音が非常にむずかしく、チューイなのかチョーイなのか、その中間のような、なんとも不思議な発音であり、我の舌には負えない。ゼッタイに通じないのである。ために、これを買うときは、店員がシナモンなる語を解する店か、店頭にそれが見えている市場で、これをください、と手にするほかはないのだが、それが糖尿病によい、という話はものの本にも書いてある。ネットで調べると、細胞のレベルから改善する、と出ている。

しかし、それがどのようにカラダに作用して、つまり細胞にどのように働きかけて、やっかいな病を改善していくのか、という話になると、わからない。糖尿病に効くという証拠はどこにあるのか、それを証明できるものはあるのか、と問うと、納得できる化学式があるわけでもない。にもかかわらず、それがよい、とされるのはなぜなのか。あいまい至極な話であるけれども、シナモンが糖尿病によい、というのは、少なくとも間違いではない、といってよいはずだ。インドやスリランカ（旧セイロン）における伝承医学、アーユルヴェーダには長い歴史があるはずで、毒キノコとそうでないのを見分けるまでに要した時間のように、人体を使って細かく観察した経緯があるにちがいない。セイロン製のシナモンがベストだといわれるのも、その観察の歴史を根拠としているのだろう。そして、細胞レベルからの改善、というのも的を射た表現であるように思う。つまり、それはインシュリン注射のような即効性のあるものではなく、まさに人体の細かな胞に、わずかながらも働きかけて、しかもそれを長く続けていれば、トータルな人体の性質が少しずつ変わってゆきますよ、という意味であるだろうからだ。それはたぶん、数か月やそこらの話ではなく、数年か、あるいはもっとかかるか、という気の長い話であるだろう。

しかしまた、だからといって、摂ってもしかたがないものかというと、そうでもないはずだ。効き目のほどはわからないけれど、少なくとも悪いものではないならば、試してみる、という考え方もあってよいだろうか。よくわからない、あいまいなものだけれど、コーヒーに少し入れて飲めば、変わった味がして一興であるし、パンに塗りつければシナモン・パンになっておいしいし、その粉さえあれば（料理用の棒状のものもある）苦もなく習慣化できる。そして、もとより人体が不思議なものであるならば、ひょっとすると思いがけない効用を発揮して、細胞レベルの改善が比較的早くになされる可能性もなきにしもあらず。あるいは、我のような病の予備軍といえる者には、発症を抑える、もしくは遅らせための一助となる可能性もあるだろう。

いずれにしても、我が気に入ったのは、細胞レベルから改善する、というコトバだ。あらゆる病の治癒、もしくは改善はそうでなければならない、という考えが我にはある。人体には60兆個ほどの細胞があって、一定の周期で入れ代わり立ち代わりしているそうだが、病はその細胞に問題が出てきた結果であるのだろうから、それに働きかけて活性化させるものを多く摂ればとるほど病は癒えていく、あるいは逃れていられる（日々生まれているガン細胞も消していける）、ということだ。

しかり、多く摂ればとるほど、なのだ。人体に必要な栄養素というのは、およそ40種類くらいあるそうだが、すべてを満たすのは非常にむずかしい話で、どうしても不足してしまうのがふつうだろう。そのぶん、不完全なカラダができてしまう可能性もあるはずで、病もまたその程度に応じて発症していくにちがいない。一日に20種類くらいの野菜を摂るという知友のギタ一リストなどは、我と同じ老齢を迎えてもすこぶる元気で、未だに弦のミスタッチなどは一切ない。片や、貧相な食しか摂らない人たちが早々と逝ってしまったことは先にも述べた通りで、口から入れるものほど正直にカラダの具合に出るものはない。

そのような認識からすると、サプリメント的なものもまた、よいといわれるものはできるだけ摂っていく、という姿勢でいるのが好ましい、と我は考える。とりわけ、すでに持病としてあるもの（件の糖尿病など）へは、それに良いといわれることはすべてやる、ということでよいと思うのだ。むろん、悪いといわれるものはできるだけ排した上でのことだが、その際、やはり細胞レベルの話であるから、日々の効果など自覚できるはずもない、効いているのかいないのかわからない、といったことでよいし、またそれが漢方などと同様、サプリのよさでもある、と心得るべきだろう。我がかつて発疹を克服するのに数年を要したことは述べた通りだが、その間、食の改善、自分食が日々、どれほどの効き目を発揮しているのかを体感することは一切なかった。いつの間にか、ここ何日かは発疹がないことに気づく、といった風《ふう》であったのだ。

ということで、我もまたシナモンなるものを、とくに何の期待もせず、日々、コーヒーにごく少量入れて摂り込んでいる。いまのところ、試験紙が真っ青になることはない、が、それがシナモン効果なのかどうかはわからない。ただ、ひょっとすると、細胞のレベルで、少しはあるのかナ、という気はしないでもない。

◇人体は「不思議」なものという認識

実例を挙げて、話題を続けよう。

我が以前に所属していた寺の住職は、六十代の半ばを過ぎているが、まだクスリの段階ながら糖尿病を患っており、加えて五年ほど前からは、夜になるとカラ咳が出て、相当に苦しいことになっている。症状の原因を求めて何軒かの病院を当たってはみたが、いずこの医者も、わからない、と首を傾げるばかり。とくにガン細胞によるものとか、甲状腺の異常であるとか、そういうことが特定できない、というのだ。にもかかわらず、毎夜、寝る時間になると止まらなくなるほどで、その都度、どうにか咳止め薬で抑えている。が、それでもって改善できるわけでもなく、相変わらずの夜が続いている。

その住職が当時の副住職（現わが寺の住職）に語ったところによると、子供の頃、母親がヘビー・スモーカーであったことから、かなりの煙害を受けたらしく、その後遺症が五十年ほども経ったいま頃になって出てきたのではないか、というものだった。それほどに人間の身体は因果関係すらわからないことが多い、不思議なものだということだろう。たとえ因果関係が状況証拠からほぼ明らかな場合でも、断定、立証できないことから、被害（薬害による死亡など）の責任を逃れることもできるという、やっかいな話にもなってくるわけだ。これまた、人体の不思議のおかげでそれが出来るのだという皮肉に、糖尿病は治りません、という医者などは気づいたほうがよいように思うのだが。

我が在家の頃、ある講演会で作家・藤本義一氏とご一緒した際、阪神淡路大震災（平成七年一月十七日）では九死に一生を得るというみずからの体験を話されたことがある。すなわち、自宅（兵庫県西宮市）の柱が倒れてきて、側頭部をかすめて肩先を叩いた。それで長く避難所暮らしを強いられることになるのだが、その傷んだ肩を診てもらいに病院へ出向いたところ、医師は一言、筋肉のことはまだわかっていないんですよ、とお手上げのように応えて、痛み止めのクスリだけを与えられたという。いまの医学では、筋肉内のことはよくわからないのだと知って、氏もまた驚かれたようだった。

＊もっとも、筋肉量を増やせば免疫力が飛躍的に高まることはわかっているようだし、狂犬病のワクチン

なども筋肉内に入り込んだウィルスに働きかけるわけだから、ある程度のことはわかっているのだろうが、毛細血管の動脈と静脈がつながっているのかどうかもわからない、先に述べた話などを思えば、やはりわかっていない部分もあるのだろう。

その話を聞いたとき、我にも思い当ることがあった。まだ三十代の頃、筋トレで腕立て伏せをやり過ぎて、右肩の筋肉に突如として異変を感じた。その異様な痛みはその後、右手の親指の痺れとなって残り、どうにか癒えるのに二十年余り、それからも尾を引いて、やっと近年になって去っていったが、左手の親指とはやや違った感触は残っている。左足指の古傷が大急ぎのバス乗りでぶり返したことは前に記したけれど、まったくもって、その手の（肉と筋の）傷み跡というのはやっかいしごく、どうしてなのかと問うてもわからない。整形外科を訪ねたこともあったけれど、使わないでおくしかないとか、その部分に負担がかからない歩き方をするしかない、といった答えしか得られなかった。

ともあれ、住職の咳は、本当の原因がわからないままである。まさに人体の不思議というより、わからないものだという現実を想わせて余りある話だ。

我は、副住職に告げたものだった。住職の病はまず「食」から改善する必要があるね、と。ちょうどその頃、しつこい発疹を「自分食」でもって（二年がかりで）克服していたこともあって、カラダに必要な栄養素の不足が老いるにつれて住職の身に影響をもたらしているのではないかと考えたのだ。遠い日の煙害の後遺症はあるにしても、近年においてはそうした症状を誘発するものがあるはずであって、それは日々の食事にある、と。

住職の食べ方は、ご飯と、おかずはほとんど一品のみ、ほかにいろいろとあるのに、手をつけることがない。当初は、我も皆といっしょに食堂で食べていた（後には僧房で独りの食となる）からわかっていたのだが、あれじゃ、栄養が足りない、もっといろんなものを食べないといけない、と進言すればどうか。すると、副住職（当時）は、その通りだと思うが、それをいっても住職は聞かない、頑固な人だから、という。食習慣のクセは確かにガンコだ。仏法は、それを煩悩の一つとして非としているから、仏弟子の不養生とはこのことかもしれない。我の出家を認めてくれた住職であるから、何とか回復してほしいと願っているのだが、これも思い通りにはいかない他者との関係性の一つ。いつぞやは、帰国した際に土産とした日本茶を差し出すと、副住職は大の好物でよろこんでくれたが、住職は、自分は水しか飲まないから、といって押し返したものだった。日本の緑茶はカラダにいいから、といっても聞き入れなかったことを思えば、やむを得ない成り行きなのかもしれない。

◇人体は「正直」だという認識

人の「病」は、老いれば老いるほど出現する可能性が高くなる。まだ若い頃には表沙汰《おもてざた》にはならず、堪《こら》えてくれている不具合でも、ある時期を境に、あるいは何かのきっかけで、顔をみせるものだというのは、素人の我にも実感としてある。それは、多数の細胞が入れ代わりながらも衰えていき、ちょっとしたことにも反応して抗《あらが》うようになるためだろう。ガン細胞などはその抵抗の現れで治そうとしているのだから仲よくすべきだ（敵対すべきではない）という医者がいるけれど、その抵抗（免疫力）が老化によって衰えてきたときにどうするのか？

それに対処する法があるとすれば、よい空気を吸うとか、カラダを鍛えるとか、いろんな術があるにしても、最大のものはやはり口から入れる「食」というものにちがいない。それが偏ったものであるとか、過食はいけないが逆に貧食であれば、大勢の細胞が怒りだし、その頑固さや手抜きを咎めるようになる。そうならないためには、やはり口から入れるものによって40種類の栄養素を得るための努力をするほかない、ということなのだ。もっとも、それだけの多種類を毎日とる必要があるのか、あるいは半分ずつ一日置きとか一週間でそれだけでもいいのか、といったことになると、我の知るところではないけれど。

ただ、テーラワーダ僧の場合、一日一食が原則であり、それでもって高僧といわれる人たちは、概して長生きであること（九十歳以上百歳前後まではザラ）を思えば、必ずしも日々の栄養素を多種類にわたって摂らねばならない、ということはないのではないか。少しくらい足りなくても生きていくことにはさほどの差し障りがない、と考えていいのだろう、とは思う。人の病の大多数は、血液の問題であるそうだが、それを浄化して流れをよくする法もまた（先に述べた漢方医による胸板からの汚血除去の話を思い起こすが）、食の品質と食べ方が関わってくる。菜食主義者が極めて元気であるのは、血を濁らせる食品を摂らないからではないかと思われるが、わが娘が二年の試みで月のものが不順になってきたというように、やはり何かが足りない結果であるのかもしれない。完全ビーガンが長生きであるかどうかは、また別の問題であり、我が機内で出会ったインド人夫妻は、子供たちは魚も身体によいとして食べる（親とは習慣を違《たが》えた）といっていたが。

かくて、元気に生きていく条件は、食のあり方のみならず、その他の因が影響することも確かだ。人の老化に関わる要因は、活性酸素なるものが細胞を痛めつけることも一つで、太陽に当たり過ぎるとか（これがタイに住む以上はタイ敵）、激しい運動をシゴトにしている人の場合（これは力士やボクサーなど）、概して長生きできないという話もある。そのタイ敵を除去していく法は何かといえば、これもそれに適う「食」の果たす役割が大きい。いわゆるアンチ・エージングの働きをする食品がこれに当たるが、それとは別に、先の高僧などは身心の安寧を得ていることが何よりも大きな（長寿）要因であるように思える。

職業別の調査では、農業がいちばん長寿であると出ているが、自然と遊ぶからだろう。確かに、ストレスの過ぎる仕事をしている人はむろん、心に安らぎ、静かさを持たない、激しい性格の人もまた、我の知るかぎり、短命に終わっている。タクシーに乗ると、酒を飲んでもいないのに必ずや運転手にいちゃもんをつけてケンカをはじめる人を我は見知っていたが、早くに亡くなった。切れる若者が多くなったのは、その因の一つに食の貧困があるという説は正しい、と我は思うのである。

少食を美食とする会、というのがあるそうだ。あるいはまた、ヨーガの基本思想に、食は毒であるというのがある、と娘（ヨーガ師）は我に教えてくれたが、栄養価の高いよいものを少なく、というのがモットーとしては（より長い健康寿命のためにも）ベストなのだろう。そういえば、我を長く悩ました発疹を克服する過程で、最長五日の絶食を試みたり、一日置きの絶食（つまり四十八時間に一食）をやったりした日々を思い起こすと、内臓器官の疲れをトルということで益するものも必ずやあるという気がする。一週間に一日は絶食（水のみ）するという人の言が、非常に体調がよい、というものであってみれば、働き過ぎの内臓を休めてやるというのも大事なことだろう（完全に疲れをトルための条件に入れてもよいか）と思うのである。ある漢方医によれば、脳の指令は胃の要請とは関係がなく、欲張りな脳が胃の嫌がる過食をもたらすのだという。腹八分目は釈尊《ブッダ》の唱えた健康の条件でもあるが、胃は八分通りでも脳はもっと食べたいと欲しているというのはわかる気がする。

ともあれ、病院にあふれる老人にみる、実に多種多様な病は、それぞれを誘発するに足る栄養不足を長年にわたって続け、それが蓄積した結果としてあるのではないか、との考えにも一理はあるはずだ。老いるにつれて、その不足が（過食による過多と両極の関係でもって）一つの現象（病）として現れる、ということだ。我の未だ癒えないふらつき症もまた、そのようなことが一因ではないかと思えてくる。不足ではなく、食べ過ぎによる不要な老廃物の蓄積（かつての発疹の因と思われる）である可能性もあるけれど、因は一つではなく、老化にともなう複合的なものであろうことは、先に今のところの結論として述べた通り。

では、どうすればよいのかと再び問うならば、医学の父、ヒポクラテスの宣言を想起することをとりあえずの法としたい。いわく――、能力と判断のかぎりを尽くして患者に益すると思う養生法をとり、悪くて有害と知れる法は決してとらない。実にシンプルな言葉だが、個々があらゆる病に対処する、あるいは予防するに際しても使える箴言《しんげん》だろう。よいと思われることをやる、というのは当たり前だが、能力と判断のかぎりを尽くして……、としたところに意味をみる。つまり、人体の奥深さをわかっているがためにあらゆる手をつくす、という医学者の姿勢がみえている。

我の場合、日々20種類の野菜はムリでも、過食にならない範囲で出来るだけ多様な栄養素を摂る努力をしていく、ということだろうか。先にも述べたが、もっと長生きをしてほしかった人たちは、すべからくその不足ゆえに招いた病没であったという気がしてならない。在家の頃の我が長く世話になったアパートメントの女主人（ガン死・享年66）などは、果物王国であるのに、それをほとんど食べない人だった。

老いてますます元気な人は、体質的なものがあるにしても、多分に良質な習慣性を身につけてきた人ではないかと思うのだが、そういう人にかぎって、とくに何もしていないよ、と謙虚にそれを隠そうとする傾向にあるようだから、ますますわからないことになってしまう。万が一、我がふらつき症を克服して環境苦を乗り越えた超老人〈亡父〈享年89〉より長寿〉になった日には、かれこれしかじかのことをやりました、と嘘をつかずに告白したいと思う。

けだし、人体は不思議なものだが、正直なものでもあるのだ。

○日本という国の病こそ……

前にも触れたが、日本人の「食」環境が大きく変わっていったのは、〈敗〉戦後のことだった。そのことを一部くり返しになるが、念押しのつもりで記しておこう。

GHQ〈実質は米国〉の占領政策によって、明治の開国以来、二度目の伝統文化の断絶と変質を余儀なくされたのだったが、むろん「食」に関しても同じことがいえた。つまり、太平洋戦争〈大東亜戦争とも〉で連合国にカンペキに敗れ、長く占領を受けたことの後遺症〈戦後苦〉がわが国のあらゆる細胞に行き渡り、大きな変貌をもたらしたのは食習慣についてもいえることだった。そのことが本来の日本人を変えていったのではないかという、重大な問題をはらむことになる。つまり、父母の世代にはなかった習慣が戦後世代を取り巻いて、日本人の体質から健康寿命の長短にまで影響しているのではないかということだ。

わが亡父があるとき口にしたのは、いまの若者には昔の日本人の強さがない、ということだった。

そのことの証しとして、例えば村祭りでの、四人の子供を乗せた重い山車《たいこ》を出す際、昔は車などつけなくても肩に担《かつ》いで村中を練り歩いたものだが、いまは車をつけなければ動かせない。しかも、宮入りのときだけは車を外して境内を練り歩くが、その短い間の担ぎですらも最後までまっとうできず、途中で落としてしまう。お宮を共有する四村のうち、我の村だけは落とさないことを誇りにしていたが、昔はどの村も終始かるがると担いで歩いた。酒といえば日本酒だけであった時代、戦前から戦後しばらくまでのことだ。

そのように日本人を弱くしていった原因には、先に述べた食の欧米化のみならず、焼け野原となった国土の復興と経済成長をなしていくなかで、すさまじい自然破壊と公害に加え、農業においても効率と生産性の向上のために使われる農薬ほか化学肥料の影響があることはよく指摘されるところだ。戦後、驚くべき数（世界最多といってよい）の食品添加物を深慮もなく認めてしまったこともそうだが、そうした恐怖から、有機農法とか無農薬農法による生産物が希少価値をもち、モノによっては（無農薬リンゴなど）二年先まで予約が入っていて容易に手に入らない、といったことが起こっている。まずまず安心して食べられるものが置いてあるマーケットへは、経済的に余裕のある人しか行けず、大多数の人は、経済成長の過程で出来てしまったシステム、すなわち真に人体によいとはいえないモノを供する仕組みに従うほかはなくなっていった。あらゆるものが人体への善悪をかえりみない経済性の観点から生産され、売手の商魂を何にも増して優先させた結果、最多を占めるガンとの因果関係はむろん、健康寿命をちぢめる病の罹患者とその予備軍を生み出した。

そこには、自己責任のみに帰すことができない、いわば「環境」なるものが（先ほども触れたが）介在するため、事は単純ではない。農政からして、政治家への陳情攻勢によって、規制と管理の過ぎた、我田引水的な矛盾だらけの町村を生み出した。わが家も御多分にもれず、戦後の農地解放によってわずかな田畑をもつ自作農となったのだったが、何のための規制、改正なのかもわからない分厚い農地、農業法の壁の前に、所有を放棄せざるを得ないまでの損害を受けている。米は作るより買うほうが安くつくといった、本末転倒の事態などはほんの一例にすぎない。帰国するたびに腹立たしい、そうした失政がもたらしたものは、国の食糧自給率がたったの四十パーセントという貧しさに現れて、あとは農法や生産者の顔がみえない外国産を口にせざるを得ない有様である。

事はわが国だけの問題ではない。かつて同じ機に乗り合わせた日本人男性は、農薬など化学肥料をタイに売るためのセールスマンだったが、よく売れてしかたがない、などと自嘲ぎみに話されたものだった。この国もまた経済成長に必要なものとして、そういうものを採り入れているわけだが、以前に述べた、発展と引き換えの悪化は、人心と同じく「食」にも及んでいる。結果として、得体の知れない中国産の輸入ものを含めて、もはや安全なものを摂るのは極めてむずかしい時代に入っている。天下一品の激アマ食、カオニャオ・マムアンの中にも、カタチのよいマンゴーやモチ米の生育に使われる化学物質が含まれているとなれば、さらに救いようがない甘さ、旨さであるといってよい。

そうした現実をみれば、先に述べた、なすべき個々の努力にも限界があることになってしまう。その壁を乗り越えるには、少なくとも手間ヒマをかけた農法に頼るほかないのだろうが、それにもゲンキンな現実があるとなれば、どうすればよいのか。危険な国のもの、正体のわからないものを食べさせられて、知らぬ間に摂りこんでしまうものが健康を害している恐れは、放射能による汚染のように広範囲にわが国を覆ってしまっている。法律は利害のからんだロクでもないものを含めていくらでも作るが、それを変えていくことは非常にむずかしいという、にっぽん国の病をまずは治していかねばならないと思うのだが。

◇真に国民の健康を願う法か？

かつて、体調不良の五十代の頃、大いに助けられたサプリメントはアメリカの会社のもので、人体に必要な栄養素が非常に多種類にわたって（それこそ40種類ほども）含まれていた。疲れやすい身体がそれで改善されて、すっかりよくなったところで手に入らなくなってしまったのが非常に残念であった記憶がある。

それは、健康にどれだけ寄与するかの表現について、日本の法律（薬事法）と衝突し、パンフレットの文言を修正する（作り変える）ことを強要されたのがきっかけだった。馬鹿にするなと、アメリカの誇りを傷つけられたことに我慢がならなかったのだろう、こんな妙な国ではやっていられないと憤り、つまり、正しい本当のことをいってなぜわるいのかと言い捨てて、さっさと本国へ引き揚げてしまったのだ。

以来、再び路頭に迷ってしまうのだが、その頃に得た教訓としては、とにかく多種類の栄養素をバランスよく摂るように努めることが健康の条件である、という認識だった。実際、サプリの先進国といえるアメリカのそれは、実によく出来た優れモノだった。歴史の浅い、料理も貧弱である（従って他国〈ほとんどアジア〉の民族料理に頼る）米国は、サプリメントを重宝するほかないことから、その研究、開発には相当な力を入れてきた。その証拠品のようなスーパー・サプリだったのである。

もし今、それが手に入るなら、ふらつき現象などはたちどころに改善、いや治してしまうような気がする。噂によれば、そういうよいものが出回ると、日本の医療業界に、あるいは同種の業者に悪影響を及ぼすとして、横ヤリで刺されたという話だが、あり得ることだ。

以前にも述べたが、後輩の歯科医、河田克之君と対談形式で出した共著『ブッダの教えが味方する 歯の二大病を滅ぼす法』（育鵬社）では、歯科医師会や保健医療のあり方について、ずいぶんと苦情を述べている。何のための規則なのか、誰のための規制なのかもわからない、現場とかけ離れたものが多々あって、要するにいまのわが国の医療は、真に国民の健康を願ったものではなく、利害のからんだ権力者の都合でもって成されている（ゆえに国民はもっと怒りの声を発するべきである）ことを話し合ったのだった。

そのサワリを抜粋してみると――、

河田：古来、質実剛健を旨として暮らしてきた日本人なのに、余計な規則が多すぎることは痛感しています。あまり細かく規制してしまうと、実態にそぐわなくなり、現場ではどうすればよいのかわからない場合も出てくるため、規則を外したごまかしをせざるを得ないことになります。日々の保険診療では、さっきの歯石の取り方*のみならず、日常的に遭遇する悩みですね。信号の赤・青みたいに誰にでも理解できる簡単な規則は必要ですが（以下略）。

プラ（我）：当然でしょう。

河田：「能力と判断のかぎりを尽くして患者に益すると思う養生法をとり、悪くて有害と知れる法は決してとらない」これは有名な医学の父・ヒポクラテスの宣誓の一部（前述）ですが、日本の保険制度では無視されています。たとえ患者のためになる養生法であっても、厚労省が認めないかぎりは施せず、害がある、もしくは根拠のない無意味な手法であっても、厚労省の定めた規則に従ってさえいれば安泰である、と滅私奉公するのが保険医の常識です。

プラ（我）：なるほど。

河田：例えば、二年ごとに改正されて発行される「保険診療の手引き」という、役所言葉で書かれた分厚くて難解な法、規則があるのですが、それに縛られてしまい、病を治すことを放棄せざるを得ない、といった状況があるのも困った構図です。
＊現行の保険制度では、歯石は上下に分けてとらねばならないという規定がある。今日は右の歯、一か月後の予約時に左の歯、それも上下に分けて、といったこと。歯石取りだけなら、片方で五分もあれば十分なところ、現場を知らない役人は患者に苦労を強いる規則を平然と設ける。卓上の規則いじりであり、規則のための規則だと河田医師は憤る。

サプリメントの広告にしても、誇大なものは問題であるにしても、逆にコトバ刈りに等しい細かな制限を設け、モノの良否を見分ける（選択の）自己責任を無視したおせっかい法（と我は呼ぶ）は、まるで国民を知恵のない子供扱いしているとしか思えない。日本人は十二歳の子供だと断じた占領軍の頭領、マッカーサー元帥の言葉を思い起こすのだが、その延長にある敗戦後遺症か。しかし、これまた真相は、薬事業界の利害がからむ、同時に役人の職権を欲しいままにする法規制なのだろう。

日本の常識は世界の非常識、というセリフを口ぐせのように発したのは、竹村健一という評論家（故人）だったが、氏のいわんとしていたことが今はよくわかる。が、その非常識をもたらしたものは何なのか、その原因を追求しなければ、問題の解決どころか一歩も前へ進めない。明治の開国によって、西欧に追いつけ追い越せの掛け声とともにとられた富国強兵策に始まって、強くなることだけに全精力を費やした結果が無残な戦争と大敗戦をもたらしたように、戦後もまた、アメリカの占領を受けて属国化し、経済的に豊かになることだけにすべてのエネルギーを注いで人間のココロとカラダを犠牲にしてきた結果、つまり本来の日本と日本人の姿を変質させてしまったことで、何かと非常識な国家になってしまった、ということだろう。

世界の非常識化の意味するところは、米英の常識がすぐれているというのではなく、客観的にみて正しいと思えることがそうではなくなっている部分のことをいう。それは、およそ戦後社会の砂漠化がもたらしたもの、というのが我の考えだ。過疎化と放耕地だらけの町村ひとつとっても、砂漠化した行政が何よりの因である。

それやこれやの話は、もはや寿命の迫った我らが世代ではとてもムリゆえ、後生の叡智に待つしかないわけだが、だからといって、あきらめてしまうわけにもいかない。とりあえず手の届くサプリメントの補助《たすけ》も借りながら、ゆるゆると細胞レベルからよくしていくことを（悪モノを排しながら）試みていくほかはなさそうだ。

持病のふらつき症にしても、先に述べた原因などはほんの一部であり、実際はもっといろんな要素が複合的に絡み合っているにちがいない。かつて、我に、三半規管の故障を治す薬（Serc）を紹介した知友の場合、実に天井がグルグルと回るほどの眩暈《めまい》に襲われて病院を訪ねた際の処方であって、ただ歩行の際に左右に揺らぐ、あるいは足元に浮いた感じがある、といった程度の話ではなかったことを思うと、まだ病院行きはないだろう。たとえ相談に行ったところで、推測の域を出ない答えしか得られない、という確信があるのは、つよい薬やメスを入れる手術が必要な段階ではなく、まさに日常的な細胞レベルの、毛細血管のレベルの話であるにちがいないからだ。

実のところ、その後、チェンマイのチャイナタウンの漢方専門店で、症状を訴えて適応するものを求めている。応対に出た店員の年配女性が、即座に、これがよい、とショーケースから出してきたものは、かつてバンコクのチャイナタウンで処方された大層《たいそう》なものとはまるで違う、黄色味がかった粉だった。小さな瓶入りで、金堡牌（アンパン・トン）、とある。それを一日に一度、小さじ一杯か二杯、食事時に水かお湯で飲むだけである。試してみると、やや酸っぱいハッカのような味がするところも、以前の茸類を煎じて飲む漢方とは違っている。これはつまり、ふらつき現象の原因などはよくわからないけれども、こういう頭がすっきりするようなものがいいだろうという、実にあいまいな話であって、それでいい、ともいえるにちがいない。値段も以前の漢方より格段に安く、数か月は持ちそうな20グラムの小瓶が五十バーツ（約２００円）にすぎず、これなら永久に続けられそうだ。

同時に手に入れたのが、長姉の夫のためのギンコー（イチョウの葉のエキス＝バイ・ペックァイ）で、その百錠入りの箱を取り出してきた店員は、アルツハイマーに効く、と断言した。これも以前に同じセリフを口にしたワローロット市場の漢方店の人が出すもの（カプセル）とは違い、しっかりした粒にしてあるだけに値段も数倍だが、これほどかように同じ葉っぱでも手法が違っている。が、これも効き目の程度《ほど》はあいまいなものでよい、劇薬ではないカンポウのよさである、と考えるしかない。これは我のふらつき症に効かないのかと問うと、店員は、ディー・マーク（非常によい）、頭の血のめぐりがよくなるから、治る！　などと言い切った。そこで、我自身のためにもひと箱、とりあえず。

いずれにしろ、その改善を可能にするのは、能力と判断のかぎりを尽くす、という医学の父の宣誓に習い、60兆個の細胞が健全に代替わりするための試みをみずからの責任でさまざまやっていくことでしかないだろう。

生・老・病・死の仏法は、自然の順序として覚悟を強いる一方で、忍耐や精進の大事さも説く。老いのなかに病を含めて、老死（苦）のみとする経もあるが、老いそのものがすでに病（苦）であるからだろう。老、病、死は避けられない、いずれは訪れるものであるが、いかに老いていくか、どうすれば健康である期間を長く維持できるか、その知恵を絞りたいと思う。死ぬまで元気でいたい、というのがわが母の口ぐせだったが、最後は健康寿命の問題に帰すのだろう。

滅びゆく細胞は絶えずして、しかも元の細胞にあらず……、老いるにつれて、その滅び方をいかに正しく、おだやかにやっていけるか……、願わくは老衰の死を（野垂れ死にでもよいが）迎えるための、終生の課題としたい。

○マーカ・ブーチャーという奇跡の日

さて、御託はこれくらいにして話を聖域に戻そう。

二月の最も大事な仏日（ワンプラ）は、マーカ・ブーチャー（万仏節）である。これは陰暦（太陰太陽暦）三月の満月日、今年（二〇二四年）は二月二十四日（土）がその日に当たっていた。タイ暦でいうと、三月上弦十五夜、よく晴れた空に満月が煌々と輝いて、前夜は賑やかだった街も静まりかえっていた。国民の祝日だが、こういう日には酒場も死んでいて、静かなのだ。大事な仏日に設けられた国民の禁酒日でもあり、それを扱う店では酒類を売ることができない。せめてもの戒守り、といったところか。もっとも、酒飲みは前もって買っておけばよいわけで、ザル法であることに変わりはないけれど。

インドの昔、この日に、方々へ遊行《ゆぎょう》に出ていた仏弟子たちが、偶然、釈尊のいるところへ集まってきた。その数、千二百五十人というから、ちょっとしたコンサート会場が満杯になるくらいの人数だ。その義務があったわけでも、約束したわけでもないのに、それだけの人数が一度につどったという、いわば奇跡を祝う日である。

こういう伝承となると、ホントかな、と我などは思ってしまうのだが、どんな宗教でもそういう奇跡が起こった話を持っているわけで、そこは素直に受け入れておこう。そんな真偽のほどがはっきりしないことがあるからといって、ブッダの教えがいくらか価値をそこなうわけでもない。むしろ、それを説教に使っていく、一つの方便としてあるものと考えたほうがよいだろう。

むろん、一堂に会した弟子たちへ、機を得たとばかりに釈尊は説教をおこなったという。その中身の第一が、戒律の守りをうながすことであり、後世においても、サンガはそれを説くことになる。

わが寺での勤行はいつも通り、朝七時半から始まった。その中身、式次第もおよそいつもと変わりはなく、ただ、参列の在家がいつもより多かった（といっても十数名）ことが特別な日であることを示していた。その日のために住職が選んだ経は、三宝（仏法僧）の大事を再確認するもので、やはり大事な仏日にふさわしいものだ。

〝ヤントゥンニミッタン　アワマンカランチャ　ヨー　チャーマナーポー　サクナッサ　サットーパーパッカホー　トゥスピナン　アカンタン　プッターヌ＊パーウェーナ　ウィナーサメントゥ……〟

どんな不吉な前兆や悪い予感があろうと、どんなに悲しい鳥のさえずりを聴こうと、いかなる罪や不運に遭おうと、またどれほどの悪夢に心を乱されようと、ブッダの真理の力がすべてを打ち砕く。

次には、仏（ブッダ）を「法（ダンマ）」に変え、さらには「僧（サンガ）」に変えて、あとは同じ文言がくり返される。

＊タイ語では、ブッダはプッタに、ダンマはタンマに、サンガはサンカと清音になる。上記の経では、プッターヌがタンマーヌ、サンカーヌ、となる。

その「三宝（ラッタナトライ）」が揃ったのは、釈尊が悟りをひらいて間もなくのこと、菩提樹《ボー》の下での大悟の中身を説くべく、かつての修行仲間のいるサールナート（バーラーナシー〈旧ベナレス〉郊外の鹿野苑）へ出向き、そこで五人の帰依者を得た日のことだった。仏・法（これは釈尊とその悟りの内容）に続いて「僧（サンガ）」が加わったことで、いわゆる初期・原始仏教（＝テーラワーダ仏教）が始まるわけだが、最初はたったの五名であったのがいまや千人を超す大所帯となったことを告げるための方便として、奇跡の日を設けたのではなかったかと、我には思える。「千」という数字は、インドの昔から「多数」を意味するものであったのだろう。

○珍しい黄金の傘の体験

いわゆる「仏塔《チェディ》」（パーリ語はチェティア〈サンスクリット語はストゥーパ〉）なるものが、テーラワーダ仏教においていかに大事なものであるかは、しばしば述べてきた。それは仏舎利塔と呼ばれるように、最初はブッダの遺骨（サリラ）を納める塔として、古代インドでは八万四千もの塔が建てられて、ブッダ崇拝の対象とされた。その数は千どころではない、万という数字が示されているところに、やはり「仏《ブッダ》」がいちばんという宣言をみるのだが、まさにシャリ（米つぶ）ほどの遺骨であっても、それが欲しいという要望があって分骨がなされていく。後年には、タイへも寄贈され、さらには日本へもやって来たことは前作『老作家僧のチェンマイ托鉢百景』に記した。

その塔の数はともかく、以降、たとえブッダの遺骨がなくても、例えば悟りに達したアラハン（阿羅漢）の遺骨とか、ブッダの代弁者としての高僧の遺骨や遺品、ブッダ像等が中に納められるなどして、さまざまな形で礼拝の対象であり続けた。仏塔のない寺はあり得ない、といってよいほどで、チェンマイにおいても、たとえ廃寺となってもそれだけは遺跡のように残されている。

わが寺の仏塔は、チェンマイでは三番目に大きなもので、ラーンナー王国時代から続く古刹らしい威容を誇っているが、未だ不完全なものであることは知らなかった。何しろ一時は廃寺の危機にもさらされて、我のいる僧房などは二十余年もの間、住む人もなく放置されていたことは前作で述べているけれど、新住職の下、三年目に入ってようやく復興の兆しが見えてきたところで、仏塔もそれにふさわしいものに、という在家信者の要望があった。すなわち、塔の頂（ヨート）に、黄金の傘（チャット・トーンカム）をつけることによって、仏塔が完全なものになる、という伝統の形式があることから、それをやろう、ということになったのだ。

そこで、必要になるのは、それを造る費用であるが、総額百万バーツ、というから日本円にして四百万円。タイの貨幣価値からするとずいぶんな額だが、その金の傘には、ダイヤモンド、ルビー、サファイアなどが埋め込まれているから、かけ値なしの相当額といえる。それを誰が出すのかというと、むろん在家信者である。十年ほど前に本堂が火災で焼失したとき、それを再建するための費

黄金の傘に祈りを捧げる在家信者（上右）＆塔頂に黄金の傘〈ヨート・チャット・トーンカム〉をつけるクレーン車（上左）と見守る在家（下）

用を出した人たちがいて、今回もそのメンバーが資金を出し合った。タイにおける富者の財力たるや、わが国のお金持ちとは一桁も二桁も違うほどで、それくらいの額はどうということもなく、信仰の証しとしての「徳積み」を献金という形でやってのけた。

わが寺の二月、最大のイベントは、マーカ・ブーチャーに続いて（翌週の二十八日）、その黄金の傘を仏塔の頂にかぶせるに際しての式典だった。

いつもの仏日（ワンプラ）には十名ばかりにすぎない在家が、その日は、この時とばかりに参集し、本堂は満杯の盛況となった。午前九時からの儀式は、いつも通りの手順だったが、入念な経と能書きはふだんの三倍にも及び、たっぷりと二時間ほどもかけて行われた。その後に、大型クレーン車が稼働して、塔の頂での作業が始まり、それを在家信者らが見守った。

聞けば、こういう儀式が見られるというのは珍しいことで、他寺からも住職ほか高僧が参列し、読経の響きもいつもに倍する迫力であった。とくに、先端のゴンドラに作業員を乗せたクレーン車が空高く昇っていくとき、その声と鐘の音がとどろくが如くに響き渡った。「勝利と庇護の経」と題されている。

〝チャヤントー　ボーティヤー　ムーレー　サーキヤーナン　ナンディーワッタノー　エーワンタワン　ウィチャヨー　ホーヒ　チャヤッスー　チャヤマンカレー　アパラーチターパーランケースィセー　パタウィーポーカレー　アピセーケー　サッパー　ブッターナン　アッカッパットーパモータティー〟

ポー樹*のふもと、邪悪に打ち克つ勝利あれ。サーキヤ族*の歓喜はいや増して、汝らの勝利もその恵みも同質のものであるように。この世に鎮座する蓮の葉と花の頂に、ブッダの教えのすべてが集まるとき、最高の成就を得ることになるだろう。

〝スナッカータン　スマッカータン　スパパータン　スフッティータン　スカノー　スムフットーチャ　スィッタン　パーマチャーリスー　パタッキナン　カーヤカンマン　ワーチャーカンマンパタッキナン　パタッキナン　マノーカンマン　パニティーテー　パタッキナー　パタッキナーニカットゥワーナ　ラパンタッテー　パタッキネー〟

幸運の星、幸運な恵み、幸運の夜明け、幸運な犠牲、幸運な布施、幸運なこの時この瞬間であれ。常に身を正し、言葉を正し、心を正して生きるならば、汝らの目的は最高に達せられるだろう

＊ポー樹：菩提樹と訳されるが、ポーは「悟り」の意。釈尊がブッダガヤのその樹下で悟りをひらいたためにトン・ポーと呼ばれる。正式な樹の名は、アッサプルック、という。

＊サーキヤ族：釈尊の出身部族の名。ネパール南部からインド国境にかけてのタライ盆地に住んだ部族で、カピラヴァットゥを首都とした。

僧が何かの祝い事に招かれるとき、例えば子供のための式典や店開き、棟上げ式などでは、必ずやこの経を唱える。この度はいわば「仏塔の完成式」といったところだ。よい体験をさせてもらったと、我もまた新鮮な気分をたのしんだ。経のあとは外へ出て、在家のようにスマホのカメラをかざしたのだったが、住職のいかにも幸福そうな面持ちが幸運なこの時、この瞬間を映していた。テーラワーダ仏教の誇りと真髄がここにあるような光景に、我もまた快い気分に満たされて、出来のわるい仏弟子の身をしばし忘れた。同時に、ふだんの仏日の寂しさが嘘

のような、いざとなると集まってくる多数の在家信者を見て、まだこの仏教国には底力があると感じさせられたのだったが、その意味でもよい体験であったといえる。

在家からの布施封筒には、なんと千バーツ紙幣が三枚も入っていて（日本円にして一万円を超える）、これにも驚き恐縮したものだった。年に一度か二度しかない、破格の振る舞い。聞けば、住職から下っ端の僧まで、その額は平等であったそうだ。

式典のあとは、礼拝所で在家の手になる昼食（チャンペン）となったのだが、このメニューもまた豪華なもので、デザートにはリッパなカオニャオ・マムアンが付いた。喉から手が出るほどであったそれを我はやっとのことで堪《こら》えたけれど、同席した太り過ぎの同僚（ニックネームをピーという）は、たっぷりと食べたあとで、なおもそのデザートをぺろりと平らげて、これまた実に幸せそうであった。

けだし、これを食べるタイ人は太り、我慢できるタイ人は救われる、という境界がここにあるとの感想まで抱かせたのだったが、どちらがより幸福であるのかは、ピー君を見ているとわからなくなった。

第四章　ミーナー混む暑季へ：3月〈2024〉

○タイ語はインド起源の伝統語

暑い季節が始まった。三月一日（金）は、下弦六夜（タイ暦三月）、満月が半月になるまであと二日。三日（日曜）には下弦八夜となって、ワンプラ（仏日）を迎える。

朝の室温、26℃で涼しいが、その後はうなぎ登り、日中の最高気温は35℃前後となる。雨が来ないため、連日の猛暑は老身にこたえるが、房内には冷房があるので助かる。

タイの月齢カレンダーをみると、三月には祝日がない。きれいに日曜のみ赤字の週がならんでいる。これはなぜかというと、タイではこの下旬から夏休みに入るからだ。子供たちにとっては嬉しい月の始まり、二か月近く学校が休みとなる。その間、四月になればお正月（ソンクラーン祭）が来るから、暑い季節だけれども楽しみもある。

人の移動があるため、乗り物も混むことが多く、飛行機などはふだんより高い。従って、三月のことをタイ語で〝ミーナー・コム〟という（太陽が魚座にくる三十一日まである月、の意〈既述〉）が、我は、皆《ミナ》が旅して混《コ》む月、と憶えた。

この12種の「月」のタイ語を憶えるのが面倒くさい人は、一（ヌン）から十二（シップ・ソン）までの数を、月（ドゥアン）の後にくっつけてもよい。が、それを勧められないのは、この人はタイ語ができない人なのだな、と思われてしまうからだ。つまり、何でもかでも個（アン）という類別詞をつけていれば一応は通じるのと同じで、2個の月、3個の月、と呼んでいるようなもの。立派な謂《いわ》れ、星座の名をもつ名称（前記）があるのに、それを使わないで、子供みたいに、一つ、二つと数えているのだから、これはやはり幼稚とされてもしかたがあるまい。

タイ語は難しいという人と、易しいという人がいる。そもそもコトバというのはそういうもので、人によって感性が異なるのと同じ、生まれ育った環境も影響する。比較的若い頃からタイに住んで習い始めた人は、易しいという人が多く、歳をとってから移り住んだような人は、むずかしい、手に負えない、というのは納得がいく。我の知る年金難民などは、はじめから諦めていて、ありがとう、と、ごめんなさい、と、（値段は）いくらですか、くらいしか知らない。習おうともしないのは、もはや手遅れ、不可能を自覚しているからだ。

で、我はどうかというと、稼業からしてコトバを扱うし、もともと言語というものに興味があるから、できるだけ頑張ってきた。いまでは何とか、住職と意志疎通ができる程度にはなっている。が、むろん壁はあって、ペラペラ、というわけにはいかない。いまさらどうにもならない部分は当然ながらあるわけで、それはしかたがないとして、ただ、日タイの文化の違いを愉しむ心でタイ語にも接している。

タイ語は、論理的、説明的な語彙が多い。先に、タイ人は一般に享楽的な性格をもつと記したけれど、お遊び的かつ滑稽な、シャレのきいたコトバを生み出す天性を備えているようにも思う。糖尿病のような深刻な病にすら、甘く弛《たる》んだ病（ローク・バオ・ワーン）などと名付けて、まさにそのような食習慣をもつ人がかかる病であると皮肉っているようだ。それもたのしく、堂々とやるからおもしろい。肥満などは、病であるとして、ローク・ウワン（肥り病）であるし、仮病のことを、プワイ・カーン・ムアンというが、これは「政治の病」の意で、つまり、政治家が方便として使う嘘の病だという、これまた皮肉がきいたコトバを遠慮なく生み出すのである。山芋などは、マン・ムー・スワ、というが、これは虎の手のイモという意味。なぜ虎なのか、よくわからないのだが、漢方で滋養強壮薬（山薬）にもされるから、虎の手には力があるという意味だろう。じねんじょ、とも呼ばれるそれは日本の山の特産といってよいもの（季語は秋）。それには、日本（イープン）をくっつけて、マン・ムー・スワ・イープンという。

我が市場で仕入れるキクラゲは、漢字で書くと木耳で、味もそっけもないが、タイ語では、ヘッ・フー・ヌー（ネズミの耳のきのこ）だから、はるかに言い得て妙である。カシューナッツは、メッ・マムアン、というが、これはマンゴーの種という意で、確かにそのような形をしている。クェイというバナナの、小太りで短いものを、クェイ・カイ、卵のバナナという意味で、これも確かに卵をもう少し横長にした形である。こういうシャレた名をつくる天性を持っているのだ。

多数決のことを、カーンタッスィン・ドゥエイ・スィアン・カーン・マーク（声の大きさによって決めること）、とがぜん理屈っぽくなる。生活することを、チャイ・チーウィット（命を使う）というが、そのものずばりの正直さだ。中古は、ムー・ソーン（二番目の手）と、これは英語的。

「口」に関してのものが面白い。お世辞のことを、パーク・ワーン（甘い口）という。お喋りは、パーク・マーク（たくさんな口）。話す（プート）を使う語では、プート・ゲン、といえば上手に話す（よい意味）、だが、プート・マーク、といえばムダ口が多い（お喋り）、となって仏法違反となる。チャーン・プート（話す職人）は、口達者、とこれもよくない部類か。

あと、タイ語がむずかしいのは、発音はむろんだが、声調があるためだ。これを間違えると、発音が正しくても意味が通じない。中国語は四声だが、タイ語は五声もある。同じマーでも、平音だと、来る、下からしゃくり上げるようにすると、犬、うんと高く出すと、馬、といったふうに、まったく意味が違ってくる。同じクライでも、山なりに上げて下ろすと、近い、高く平坦に出すと、遠い、とまったく逆になるから始末にわるい。

促音というのもあって、t、p、k、で表されるが、無声音だから、耳に聞こえない。タイ人には聞こえているようだが、我には音無し。とくに多いのは「t」で終わる語で、例えば、バンコクのチャイナタウン、ヤワラート通りをヤワラーと表記すべきか、ヤワラートと記すべきか、選択に迷う。カタカナの発音通りにヤワラートといっても通じない。かといって、ヤワラー、でもない。

カオ・パット（炒飯）、と表記してある説明書をみて、現地でその通りに発音しても通じない。カオパッ、とトの音を消して発音すると通じる。が、トがないわけでもない。先ほどのプートも同じで、トは無声であるから、プーッ、という感じで発音しないといけない。パーク、は「k」の終止音だが、これもクの音を出してしまうと通じない。アッと驚く、ハッと気がつく、といった促音は日本語にもあるから、ヤワラーッ、カオパッ、といった感じでやるとよい。が、正しい表記となると、困ってしまう。

タイ語の話は、尽きることがない。それだけ日タイの違いは大きい、ということか。キーレイは、タイ語では醜い（それも非常にぶさいく）、という意で、女性に向けて不用意に口にすると危ない。有名な笑い話だ。

もう少し、タイ語の話に付け加えておくと、その語彙のほとんどがインド語から来ていることだ。

多くがパーリ語、一部サンスクリット語を源としており、中国よりはるかにインドの影響が濃い。アンダマン海を隔てるだけの「海の道」があったことを告げているが、それはわが国も同じで、日本語がインド語（南部のパミール語）を起源としていることは、国語学者の大野晋氏が唱えた。これに同意する作家に、これもコトバにうるさかった丸谷才一氏がいたけれど、異議をとなえる人はいなかった。わが母は、国語の先生だったが、（中国の）漢字は日本人の感性に合わない、というのが口ぐせで、その書き取りテストをしない（やむを得ない公式のものは別にして）人だった。わからなければ辞書をひけばよい、というのだったが、その漢字からひらがなを生み出したのが女性であったように、どうも日本人は女性のほうが感性的にすぐれているようだ。実際、ひらがなの音はやはりインド語のそれに似ている。

その証拠に、パーリ語には、カタカナ表記できないものがほとんどない。タイ語はクセモノだが、それよりはるかに音出しはラクであり、この書きモノでもしばしば記してきた。その意味にしても、よく似た語、似た意を連想できる語など、おもしろいのが多々ある。わが住職の口ぐせは、トゥルン（老僧）！　と呼びかけて、日本へ帰っても〝アーチャーラ・コーチャラ〟だよ、というもので、それはすなわち、アチラコチラへ出かけて、僧にあるまじき振る舞いをするんじゃないよ、酒など飲んでいないだろうね、と釘をさす言葉だ。僧の正しい行儀作法、行為行動のことをいうが、ホントー、と我は返す。これは、ホントになるよ、願いが叶うよ、という意味だ。チョン・サムレット（成就するだろう）、とタイ語には訳せる。すると、住職は苦笑するが、もはや見抜いていて、また告罪ですませるつもりだな、くらいに思っているのだろう。

あと一点、これは前にも触れたが、パーリ語には濁音が多く、バビブベボ、となるけれど、タイ語になると、それがパピプペポとなることがほとんどだ（たまにその逆のケースもある）。ブッダ（仏）はプッタとなるし、ガッチャーミ（帰依する）は、カッチャーミとなるなど、経においてもしばしばである。従って、これも表記をどうするか、迷うところだが、濁音より清音のほうが明るい感じなので、（ブッダなどすでに馴染みのある語を除いて）主にタイ語発音で（時にチャンポンで）記している。

○カティナ・ターンという儀式

三月は何もない月ゆえ、このあたりで、前作では記せなかった（これ以上書くと本が分厚くなりすぎるため休止符を打った）ことで、大事なものを記しておこう。

修行期間（パンサー期）が明けると、もう一つ〝カティナ・ターン（略してカティナ）〟と呼ばれる儀式がある。これは古代インドにおいて始まったもので、すなわち、まっとうな僧衣を持っていない僧のため、皆で布の切れ端を持ち寄り、それらをつなぎ合わせて上衣（チーウォン）に仕立て上げ、その僧に差し上げたことが伝統の発端である。僧同士の助け合いと団結の精神を示すものとして（カティナとはそれを仕立てるための工作器具のこと）、以来、延々と続いてきた儀式だ。

インドの昔には、衣自体が貴重なもので、そうは簡単に手に入るものではなかったという事情が背景にある。そのため、「死者の衣（バンスクン・ターイ）」などと呼ばれるように、墓場（あるいはゴミ捨て場）などに棄て置かれた、誰の所有でもなくなったものを拾ってきて、それを切ったり縫い合わせたりして衣を作るべし、という訓戒もできたといわれる。

むろん、いまの僧社会では、そのような衣を作ることはない。貧しい山奥の寺以外は、衣が不足して困っている僧もいない。はじめからきれいに機械織りされた布でもって作られた僧衣（五条袈裟）は、染色もしっかりしており、我の場合、最近になってやっと初めの頃のセットが古くなって、綻びが出てきた程度で、まだ十分に着ることができる。持つことを許された二着（セット）があれば、それだけで何年も持つため、新調する必要もないわけだ。

にもかかわらず、カティナの行事では新しいセットがまた一つ、在家から献上された。昨年までのものも含めて、もう四着ほども部屋の隅に積み上げてあり、以前に一度、新入りの未成年僧が欲しいというので一着与えたきりで、そろそろ山奥の寺へでも寄贈しなければ邪魔でしかたがない（以前の寺では実際に出かけていたが）、というゼイタクな悩みがある。

儀式のなかで唱える経がある。ふたりの僧が壇上に並び、住職を前にしてこう唱える。

〝スナートゥ　メー　パンテー　サンコー……サンコー　イマン　カティナトゥサン　アーヤンサマトー（僧の法名）タテェイヤー　カティナン　アッタリトゥン……（後略）〟

その意は――、サンガの尊師らよ、私のいうことを聞きなさい。私たちは今日いま、仕上げられた衣を（相手の僧の名）へ、与えるにふさわしいと判断して献上いたします。これに反対の人はそのように述べ、賛成の人は沈黙してください、云々というもの。沈黙が肯定と賛意を表すのは、ほかの場面にもあって、テーラワーダ仏教の特徴的な採決法の一つである。それに対して、後方に控えた僧たちは、〝サードゥー（承知しました）〟と応える。

ここから先は古の仕来りとは違い、衣を必要とする僧はいないため、形だけのもの、つまり住職がそれを受けることになる。これまた形式的ながら何としても伝統を守ろうとするサンガの固い決意が表明されているといえる。

その日、十一月十一日（土）、午前九時半からの儀式に参集した在家信者は、いつもの仏日の数倍にも及んだ。衣以外の献上品も多く、パンサー期（最終日は十月二十九日〈日〉）の締め括りとしてふさわしい盛況だった。

カティナ・ターンが終わると、その月の下旬には〝ローイ・クラトーン〟という祭事がやって来る。が、我はその前に帰国の途についてしまったので、その年はお暇《いとま》することになった。長いタイ暮らしのなかで、それは何度も経験しているので、次に記しておこう。

○ローイ・クラトーンは年の締め括り

タイ国には、ローイ・クラトーンという祭事がある。ローイは「流す」の意、クラトーンはバナナの葉などで作った丸い容器のこと。その器にロウソクを配し、当日の夜はそれに火を灯して河へ流すのである。

わが国でいえば、灯籠流しに相当する。漢語では、水燈節、という。日タイの仏教行事には共通するもの、似通ったものがいくつかあるが、これもその一つ。我が在家の頃は、この時期が来ると、また一つ歳をとったことや、その年も間もなく暮れていくことを思いながら過ごすのが常であった。

首都バンコクでは大動脈、チャオプラヤー川がその舞台として華やかなところで、よく出かけたものだ。川面をいくつもの炎が流れていく光景はなかなか感動的で、いまも瞼に浮かぶ。その年の悪しき行い（川を汚すなどしたこと）を水の神に謝罪して身を清め、幸福な明日を祈り願う、といった行事で、いわば一年の区切りを意味する。

その年（二五六六〈二〇二三〉）は、十一月二十七日（月）の満月日（タイ暦では十二月・上弦十五夜）

であった。チェンマイでも例年、それは華やかに夜を彩る。舞台は街のほぼ中央を流れる動脈、ピン川。しかし、ここでは川へ流すだけではなく、空へと灯籠を打ち上げる。コム・ファイ、つまり炎の籠に点火されると中と外の気圧に差ができて熱気球となり、手を離すと宙へ舞い上がる。それらが、夜空一面を彩る光景もなかなかのものだが、いずれ落下するときが危ないので、警察広報は一応禁止の声明を出す。が、民衆は聞かない。伝統の行事をそういう政府の口出しでやめてしまうなど、あってはならないこととわかっているようだ。必ずしもお役所第一ではない、タイらしいところだろう。

二〇二一（仏暦二五六四）年は、コロナ禍の世相（観光客も些少）を反映してほとんどの民衆が自主的に華やかさを抑え、コム・ファイは禁止、という条例に従ったけれど、その翌年からはしっかりと復活した。

空へ炎を打ち上げるのにも仏教的な意味合いがある。剃髪した釈尊の毛髪を預かっている天人への挨拶、ひいてはブッダへの礼拝でもあるそうだ。その日が来ると、コム・ファイを売り歩く人が現れて、観光客はそれを求めて広場から打ち上げるのだが、欧米人にとっては仏教とは関係のない楽しみにすぎない。

先ほど、その日が来ると、また一つ歳をとったことを思うと書いた。我の誕生日がその月の十四日で、満月まであと二日という日（正確には月齢12・50〈上弦〉）であったからだ。当時は小学校の先生であった母親は、その日は学校が休みで、しかし農繁期で忙しく、朝から刈り入れの稲田へ出ていたところ、夕刻から陣痛が始まったそうだ。いまのように病院で大事にされる時代ではないため、臨月のお腹を抱えて野良仕事までしていたのだった。そういう話を聞くと、なかなかたくましい身

コム・ファイ〈灯の籠〉を打ち上げる観光客〈ターペー広場〉

体であったにちがいないが、実際、最後まで一度も身体にメスを入れず、認知を患いながらも九十四歳（数え）まで生きた。科学技術や医学の進歩、発達は、快適で便利な暮らしをもたらしたが、一方で、皮肉にも人間の身体をひ弱にする役目もしてきたのではないかと、以前の「食」習慣についての話に付け加えてよいような気がする。

齢七十五を数えた。出家したのが六十七歳と六か月（間もなくパンサー入り）という時期であったので、その年（二〇二三年）のパンサー期（八度目）が終わって、僧齢では八歳（出家してからは約七年と十か月＝三月末〈二〇二四〉現在）になった。五歳でもってやっと新米僧《ナワカ》を卒業したことになるそうだが、最低限、それくらいの学びをもってはじめて、それなりの学位がとれるというわけだろう。学びこそが僧にとっての最大の重要事であり、「還俗」とはその〝学びを放棄する〟こと、とされている。そして、悟りの最高峰、アラハン（阿羅漢）ともなると、もう学ぶ必要がないとして「無学位」と称されるわけだ。思うに、これは僧の世界のみならず、人の大事は学ぶことがすべてのような気がする。学ばなければ、物事を理解することも、よい考えも知恵も生まれないわけで、当然のことといえるのだろうが。

ローイ・クラトーンが終わると、早々に年の瀬、そして新正月へと向かうことになる。タイ正月も、その昔には陰暦（太陰太陽暦）に基づいていたことは前に記した。すなわち、中国人が独自の正月（毎年変動）を持っているのと同様、四月前後（これも変動）に新年が来ていたのだが、国際化が進むなかで一月一日を新正月とし、代わりに太陽暦に基づいて定められた行事、ソンクラーン祭（水掛け祭）に一本化されることになったのだった。

このように、太陽暦の行事に組み込んでしまったものはあるけれど、その他の仏教行事はタイ暦と月齢に基づくものがほとんどであり、それが現在も生きている。国際的にどうしても必要なものだけが、太陽暦でもって定められているのだ。従って、タイのカレンダーには必ず、新月、上弦（半月）、満月、下弦（半月）、つまりお寺に参るべき大事な日が記されており、人々が月の巡りと共に暮らしていることがよくわかる。

月が人間に与える影響については、古来、科学などが発達していない頃からよく知られていて、海の潮汐（ちょうせき）など自然界への影響とともに、例えば人の生死についても、満月の日の前後には産まれやすいとか、干潮時に息を引き取るケースが多いとか、いろいろなことがわかっている。そして、近年になって、人間の日常そのものへの影響、例えば満月と新月の日には車の死亡事故や殺傷事件も多くなるとか、半月の日には注意が散漫になるとか、統計的にいえることが書として出版されたりもしている。それを「バイオタイド理論」として展開する学者もいて、我には興味深いものだ。

タイの人々もまた、科学によって教えられなくても、きちんと月の人体に与える影響を察知、認識して、それをお寺参りという行為でもって実行している事実が何かしら深い意味を持ってくるのである。次に、わが国がゴミにしてしまった「陰暦（＝太陰太陽暦）」なるものについて、前作から数えて何度目か、しつこいようだが、くり返しておこう。

○万事に優れた太陰太陽暦（陰暦）

周知のごとく、地球は月を引き連れて太陽の周りをまわっている。月が地球を一周するのにかかる日数を基準にした「月ごよみ」の一年は、地球が太陽の周りを一周するのにかかる日数（「太陽暦」の一年）よりも少ない。すなわち、地球は太陽を一周するのに３６５・２４２２日（グレゴリオ暦で３６５・２４２５日として端数を四年に一度の閏年《うるう》によって調整）かかるところ、月は地球を一周するのに約29・53日を要し、それに十二か月を掛けると、３５４・37日となる。

この十一日間ほどのズレが、太陽暦と太陰太陽暦（日本では「旧暦」と呼ぶ）の違いをもたらすわけだが、わが国では、明治五年（一八七二年）をもって、由緒ある国の暦を捨て去り、欧米の新暦（太陽暦）一本に切り替えた。

これは開国によって、不平等条約を押し付けられた日本が、鹿鳴館をつくってまで欧米なみにしようとした「こび文化」の一つだ。こびるのはある程度しかたがなかったにしても、長い歴史をもつ、一国の文化の誇りたるべき太陰太陽暦を捨ててしまったというのは、文化が国の宝、それなくしては国体をなさないと確信する我にいわせると、何たる失政、決定した人たちは国の進路を間違えた、といえるほどのものだと確信する。

月の名前にしても、以前にタイ語が太陽と星の運行に関わるリッパな呼称を持っていることに触れたけれど、わが国は天体（お月様）とお別れしてしまったので、睦月（むつき）、如月（きさらぎ）、弥生（やよい）、……といったリッパな名前まで捨て去って、一月、二月……という稚拙な呼び名を使っている。これを文化の衰退といわずしてなんといおうか。俳句の季語はこの旧暦に基づくもので、それが混乱してしまったことはいうまでもない。我も一時、誘われて俳句の会に入っていた時期があるけれど、この季語には苦労させられたものだ。

もともと中国の「農暦」をもとに、江戸時代に「天保暦」として確立した日本の太陰太陽暦（旧暦）は、地球を不平等に照らす太陽と違い、地球上のあらゆる自然と生き物に影響を及ぼす月の巡りを暦にし、農業、漁業をはじめ、人々の日常の営みに貢献してきた。すなわち、天候予測の正確さ、その年の季節の長短予測の正確さなど、太陽暦ではなし得ないものばかりなのだ。太陽暦とのズレは、数年に一度の閏月《うるうづき》によって調節し、それがまたつじつまが合っていて、どうしてこれを廃止、使わない、ということになったのか、我にはわからない。おかげで季節感に狂いが生じ、仏教の年中行事の多くが古びて馴染みをなくし（あるいは廃止され）、俳句の季語も混乱するなど、日本文化の崩壊がそのときに始まったといって過言ではない、世界に誇るべき遺産を捨ててしまったのである。

西欧にならうにしても、少なくとも併用すべきであったろう。併用することについていけないほど、日本人の頭は悪くない。捨て去った後は、たまに、「暦の上では――」という表現でもって、立春とかお彼岸とかに（天気予報などで）言及されるけれど、人々の日常生活とはほとんど関わりがなくなってしまったのだ。

日本の文化断絶は、明治維新が一度目、戦後の連合国軍総司令部総司令官（GHQ・実質は米国）の占領時代が二度目で、ダブルパンチを食らってしまったわけだが、タイではそれがなかった。戦時中、日本軍に表向きは協力しながら、自由タイの抗日（自由タイ）運動でもってしっかりと連合国側と通じていたことも幸いして、戦勝国の仲間入りを果たしたことは前述した。暦についても、カレンダーは太陽暦を表向きに使用しているが、それと並列して、しっかりとタイ暦（太陰太陽暦）も記されているのは、以前に述べた通り。

これまた、中国の農暦をもとにしている。農暦は読んで字のごとし、農業のために役立つものとしてあるわけだが、暑季、雨季、寒季（乾季）と大まかに三つの季節があって、それぞれ重なり合いながら巡り、年によって長短がある。わが国でも、旧暦によれば、その年に閏月《うるうづき》をもつ季節は長くなり（八月がダブルでくるなど）、その命中度は実に高いものがあって、漁民は漁期の予測に、農民は作付け時期に役立ててきたのだった。そろそろ捨てたものを探しにかかってもいいのではないか、というのが我の意見だが、近年になって実際に活動している人たちもいるようで、けっこうなことだ。

むろん、タイ暦も月の巡りを遵守する。太陽暦の十一月もしくは十二月の新月から年の始まりとし、新月から満月までを一節期とし、満月から新月までをまた別の一節期とする。その間に、上弦と下弦がくる。また、これは文字通り、三日月は新月から三日目頃、十三夜の月は十三日目頃、そして、満月後は、立待月（十七日目頃）、居待月（十八日目頃）、寝待月（十九日目頃）と、だんだん夜が暗くなり、新月に戻ってまた次の一か月が始まる。このくり返しをつづけながら一年で二十四節期となり、やはり数年に一度、閏月を設けて、太陽暦とのズレを調節する。先ほども述べたように、地球が太陽を一周するのにかかる日数と比べて約十一日少ない分を、二、三年に一度（正確には十九年に七度）ダブルの月を設けて調節するのである。

月は、地球から三十八万四千キロしか離れていない。方や、太陽は地球から一億四千七百万キロも離れていて、とてつもなく大きい（直径百三十九万二千キロメートル）。その存在を神と崇め、星と共に神秘としたのは自然な人間心理なのだろう。が、アジアでは、月のほうが近しい存在として重要視してきた。これはイスラム諸国のラマダン（断食月）もそうで、毎年十一日ずつのズレはそのままにして、三十三年経つと、太陽暦で三十三歳の人は三十四歳、となる。これほど頑固に太陽を無視する暦もないわけだが、それくらい、古来、人間にとって月が大事であったことを示す好例といえるだろうか。

つらつら思うに、少なくとも月に一、二度、自分でもよく意識しないまま、おかしな行動をとってきたのではないかという気がする。異常行動とまではいかなくても、何だか妙に興奮しているとか、落ちつきがないとか、気分が落ち込んでいるぞ、と思って日付をみると、これが満月や新月の夜であったりするのだ。身内の者へは、明日は満月だから車の運転に気をつけるよう、とメールを打ったりもする。

○チェンマイ名物――煙の季節

老いてくると、季節の変わり目が体調を狂わせる要因となる。暑季を迎えたチェンマイは、朝は涼しいが、日中温度は35℃前後になるので、老体は体温の調節がうまくやれない。冷房があるとはいえ、その使い方がむずかしい。冷やしすぎてもいけないし、暑気をガマンしすぎてもいけない、その中間を定めることが大事になってくる。例年、この季節に体調がすぐれないのは、そこにもあると思う。ふらつき現象の一因ともなっているはずだ。

加えて、この季節、三月に入ると間もなく、大気がスモッグを帯び始める。チェンマイ名物、といっても有難くもないメイブツで、世界最悪ともいわれる大気汚染は、ＰＭ２・５（ＡＱＩ＝微小粒子状物質）の濃度が、十三日（水）の午後七時現在で、１６６から１９４マイクログラム／㎥（県下各地）と出ている。これは基準値の50マイクログラムをはるかに超える数値であり、政府は人の健康のみならず観光業にも影響が出るとして警告を発している。

さらに、その週末十六日（土）は、早朝のＰＭ２・５が２１２となり、朝日がすっかり輝きを失せてまるで夕陽のようだった。僧のみならず、布施人たちもすべてマスクをかけて、口々に、今日はひどい、鼻水《ナム・ムーク》が止まらない、などと訴える。焦げ臭い煙がにおうほどである。

これは、北部一帯に住む山岳民族（ヤオ、アカ、タイヤイ族等）が、いわゆる焼き畑農業に必要として山野に火を放つためで、時に山火事となって燃え広がる年は最悪となる。政府は一応、山焼きを禁止しているが、山岳民族の生活がかかっているから厳しく取り締まるわけにもいかない。ゆえに、実際は野放し状態であり（二月末頃から四月半ばのソンクラーン祭頃まで）、対策に妙案とてなく年中行事のようになっているのだ。

これまた人によって、健康被害の度合いが異なり、わが国における花粉症などもそうだが、目と喉の痛みや咳のひどい人から、さほどでもない人までさまざまだ。幸いにして、我は煙がにおって目がかすみ、鼻水がひどくなる程度で、咳き込んだりはしないから、長く外出することを控えていれば、どうにかなってきた。が、これも加齢とともに影響が出やすくなるようだから、要注意であることに変わりはない。重い症状を訴えて病院に行くのは、やはり抵抗力の弱った老人が多いからだ。

昨年は、雨安居（パンサー）期を含めた100余日を歩き通して、その中身を拙作―老作家僧のチェンマイ托鉢百景―にも書いたのだったが、今年からはとりあえず、托鉢は隔日、と決めたのはその意味でも正解だった。歩きすぎたか、足裏に（左右とも）魚の目ができており、でこぼこ道を歩くと痛みが走る。大気が煙っていても今のところは凌げているが、未だふらつく足元が危険であり、休み休みでなければ、とても歩き切ることはできない。魚の目は、タイ語でも同じ、ター・プラー（魚〈プラー〉の目〈ター〉）というが、これも変な抑揚をつけると通じない。平音で、ター、そ

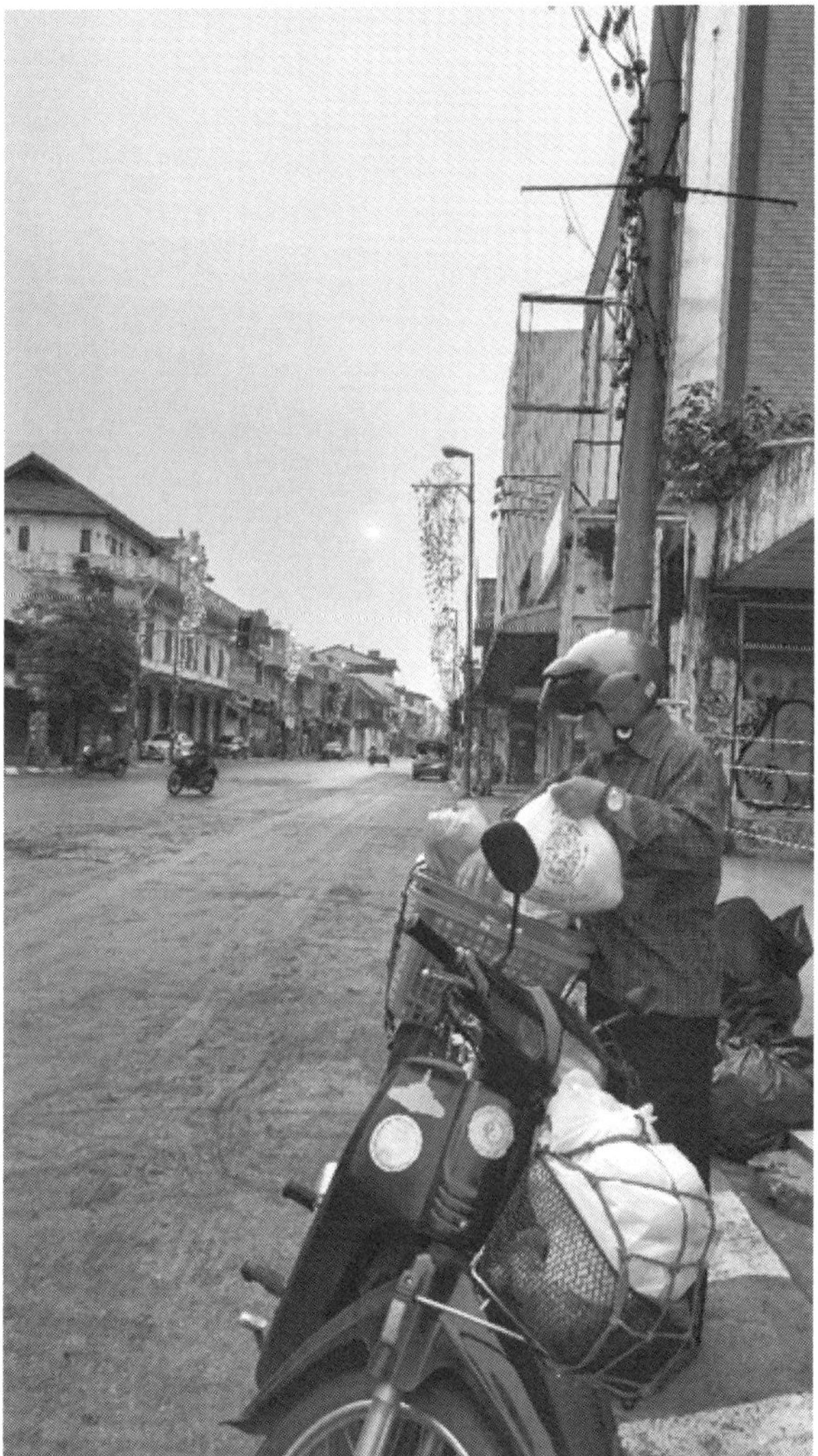

東の空の煙る朝日と荷を積むC氏〈ターペー通り〉

してまた平音で、プラー、だが、布施人たちは決まって、病院へ行け、というからおもしろい。たぶん、歩くのが基本的にきらいなタイ人は、この症状の経験がないのだろうか。病院へ行くほどのことではない。ただ、痛いだけだ。痛みが増してくると、目をほじくる作業をしてかさぶたをはがせば、また何日かは歩ける。そうして、ごまかしながら過ごしていくほかはなさそうである。

○カジノに狂った男が遺した跡

スモッグ（PM2・5）がひどい日は、托鉢に出てくる僧もふだんより少ない。僧房にこもっているほうがカラダのためだというのか、とりわけ老僧の姿は我くらいのものだ。向かいの寺の住職などは、この数週間、一度だけ厚いマスク（たぶん二重にしている）をつけてよたよたと歩く姿を見ただけである。行き合った我へ、手にした杖をさし向けて、何やら叫ぶように口にしたが、意味はわからない。マスクをしているので、表情もわからない。

折り返し点にいるLさん&C氏も従って、比較的ヒマで、時間を持て余している。そのため、道草をする我と話をする時間もたっぷりとあって、その日（二十日）は、バイクのC氏がこんな話をしてくれた。

折り返し点のそば、銀行の隣に、かなり大きな建物（ビル）があるのだが、前々から使用されていないことはわかっていた。我が托鉢をはじめた頃からだから、もう七年ほどになるだろうか、これまでは別に気にもとめずに、その前のスペースに居る人たちから布施を受けていた。

ところが、その日、C氏は何を思ってか、その空きビルについて――、ここは昔、チェンマイにおけるデパート・メントの走りで、非常に繁盛していたが、そのオーナーであった市長の息子がギャンブルに取りつかれ、さんざん散財したあげくに、店をつぶしてしまった。その遊び方たるやふつうではなく、毎日のように、カンボジア国境の町（ポイペト）はむろん、マカオなどの海外へも頻繁に出かけて懲りることがなかった。そのような行状が知れ渡った末の倒産であったから、あとを引き継ぐ者もなく、このような廃ビルとして放置されることになったのだという。ギャンブルに狂った男の遺跡とでもいおうか、まるで見せしめのようでもある。

要するに、縁起のわるい建物であるから、買い手もつかず、はや五十年ほどが経つ今もこの通りで、もったいない話だというのだった。

タイ人はおおむねギャンブルが好きである。賭けごとなら何でも、といっていいほどに、勝負事にカネをかける。闘鶏、闘魚といった細かいものから、ムエタイ（タイ式ボクシング）会場での賭け、あるいはサッカーの勝敗に至るまで、相変わらずの大流行りといっていいだろう。が、そういう賭け事と、いわゆるカジノという本格的なギャンブルは、次元が異なるものとして考えられている。つまり、賭け事の規模が違う、掛け金の桁が違っていると一線をひくところがあるようで、それは未だ解禁されていない。

それを許せば、タイ人のなかにはきっと財産をなくしてしまうなどして、不幸な結果に陥る者が出てくるにちがいない。それは避けねばならない、というわけだ。が、タイ国内では出来ないだけで、先の放蕩息子のように、海外へ出ればいくらでも可能であるから、それを防ぐ法はないともいえる。

実際、我がビザの更新にカンボジア国境へ出かけていた頃は、ルンピニー公園のそばから通称カジノ・バスというのが出ていた。国境の町、アランヤプラテートまで（二時間半余りかけて）運んで

借り手もなく長く放置された空きビル＆車椅子で托鉢する老僧〈ターペー通り〉

くれて、そこから橋を越えて国境をまたぐとポイペトの町に入る。と、とたんに立派なカジノ・ビルの並びが道路の両サイドに続いており、バスを降りた人たちはそこへと吸い込まれていく。戻りのバスもしっかり用意されていて、我もまたビザを改めたあとは、そのバスで引き返してくるのだった。

ビザ取り旅行、と邦人の間では呼ばれていたが、カンボジア側のポイペトでは路傍の店で袋いっぱいフランスパン（フランスが焼き方を教えていったのでそれが安くて旨い）を仕入れるのを常として、それなりの楽しみもある旅だった。が、リッパすぎるカジノ・ビルへ足を踏み入れたことは一度もない。

かつての知り合いに、オレはラスベガスで三億円を擦った、と自慢げにいう人がいたけれど（おそらく三千万円くらいがせいぜい）、ある種の人間は、ギャンブルを（たとえ負けても）美化してみる、恍惚をたのしむようなところがあるようだ。取りつかれると逃れるのが非常にむずかしい、一種の病のような性質がそこにはあって、永久に治らない怖さを秘めてもいる。仏教の価値観、教えからすると、明らかに違反であり、タイがいまのところ認めない背景にあるように思う。が、同じテーラワーダ仏教国のカンボジアがそれを大っぴらに認めているのだから、宗教だけが決めることではないのだろう。

それよりも、タイ人の国民性を考慮すれば、やはりカジノのような大規模なギャンブルは危険である、という考えが「禁」の背景にあることは間違いない。カジノ・バスに乗るような人間はお金があって、よほどやりたいのであろうから、これは仕方がないとして、身近になければ手を出さずにすんで助かる人間がいることも確かだろう。

加えて、縁起がわるいとして廃墟となった先の建物の例は、ほんの氷山の一角であり、賭け事でもって身上《しんしょう》をつぶすといった諸々のケースを多くのタイ人が見聞して「非」としていることの証しともいえる。権力を握った歴代の政治家も、この賭け事だけは避けたのだったが、国民の反感を買うだけで票にならないと相手にしなかったのだろう。

わが国でも、賭け事をやるモノ書きを見かける。我も一時は競馬場に通ったりもしたが、勝てないとわかってからは、あっさりとやめてしまった。賭け事というのは、結局のところ勝てない、最後は負ける、という動かしがたい現実を察知してからは、一切のギャンブルから身を引いた。

ある編集者は、そういう我を咎めるように、やれば面白いモノが書ける、といって勧めたものだけれど、これ以上まずしくなってどうするのか、という内心がわかってもらえたとは思えない。確かに、売れっ子のモノ書きは競輪などに凝っていたけれど、人は人、我のような小心者にはギャンブルは似合わない、坊ちゃんは坊ちゃんらしくワンパクの範囲を心得るべし、と決めていたからだ。

それにしても、タイ人のギャンブル好きは何なのだろう。その国民性、民族性のなかで、もっとも理解できないことがそれである。我のような島国人とはまるで違う感性を持っていることは確かだけれど、それゆえにこそカジノが解禁されないのであれば、そこにせめてもの歯止めをかけようとする仏教国の理性があることも見えてくるのである。

わが国でも、カジノを認める話が議論されているが、こなたの実例からすると、ずいぶんと哀れな人生を送る人があとを絶たない、ということになりそうな気がしてならない。借金苦の果てに自死、蒸発、一家離散といったことが身近に多発するようになれば、それでなくても危うい社会はどうなっていくのか、という懸念が兆してくる。現に、いまある賭け事だけでも、少額の損害がいつのまにか蓄積、膨張して、まるで重い習慣病に陥っていくのと同じ現象を呈していく例は、在家の頃の我の周りに指折り数えるほどあったから、杞憂《きゆう》ではないはずである。

Ｃ氏の話に耳を傾け、さらに（その放蕩息子を個人的にも知っている）Ｌさんの解説を聞いているうち、鼻水が垂れてきて、くしゃみが止まらなくなった。やはり老僧の外出は、このような季節には極力控えるべきか。いや、おもしろい話をありがとう、と告げて帰路についたのだった。

その直後、おッと目を見張る光景に接した。折り返し点でよく出くわし、言葉を交わす（日本へ行きたいというのが口ぐせの）老僧（68）で、これまでは杖を突いて歩いていたのだが、なんと電動のリッパな車椅子でもって動いていた。やあ、とばかり手を挙げて去っていく姿を見送りながら、托鉢に出た老僧は我だけではなかったのだと知った。が、車椅子で托鉢する僧をみたのは、それがはじめてのこと、わが寺の托鉢しない若僧《わかぞう》たちに見せたいような……。

見棄てられた廃ビルの前を通り、その先の四つ角を回って遠くのムアンマイ市場（たくさんの布施がくる）へ、以前はソンテウ（乗り合いトラック）を拾っていたが、その日は違っていた。我にはうらやましいラクちんな姿……。ギャンブルに狂ってしまう者もいれば、歩くことがつらくなってもなお民衆との交流を欠かさない僧もいる。やはり奥が深い、底のみえない大河にも似た国なのかもしれない。

○それでもバス乗りが好きな理由

そういう次第で、いずれにしてもこの季節、チェンマイを離れるに越したことはない。またぞろ房の外で道路工事が始まって、眠れない夜が続いているから、一刻も早くと願う。人が寝静まる夜中の住宅街に、遠慮会釈のないブルドーザーやトンカチの音が響き渡るのである。工事が終われば、また暴走バイクに悩まされるため、どうせ逃げ場はない。托鉢が休みの日の前夜ならいいが、暑さとともに体調が狂ってしまう因であることに変わりはない。

次の日には、長距離バスの予約に出かけた。ネットで帰国の便（バンコク→関西空港）が予約できたからだった。まだ一か月以上先のことだが、早めにやっておかないと乗れなくなる恐れがあるのは、やはり人の動く季節が続くからだ。

以前の帰国は、チェンマイから関西空港への直行便だった。昔は、日本の航空会社も直行便を飛ばしていたが、人気が下火になってからは、バンコク経由となっている。いまは、ベト・ジェットというLCC（ローコスト）便があるのみで、それも週に数便にすぎない。

今回は、予定した日程が合わず、バンコク発のエア・アジア便にして、バンコクまではバスで行くことにした。べつに飛行機で通しても料金的にさほどの違いはないのだが、我の気分としては、どうせバンコク経由とするなら、そこまでの旅は地上をいくものにしたい、そのほうが性に合う、というにすぎなかった。

飛行機が嫌いなわけではない。それを怖いと思ったこともない。が、若い頃、まだ学生の身分のまま休学届けを出してヨーロッパへ旅した頃、あんな鉄のかたまりが空を飛ぶなどとは決して信じなかった。ために、やはり地を這っていく旅にして、横浜から船に乗り、ナホトカからは鉄道（シベリア）を使い、モスクワからも鉄道でウィーンへ入り、そこからもすべて鉄道かバスか、ヒッチハイクか、いずれかの方法でヨーロッパ各地とアフリカ（モロッコまで）を旅したのだった。が、何を思ったか、イギリスへ渡るとき、オランダのアムステルダムからロンドンまで、安い学生向けの飛行機が飛んでいる（当時はスチューデント・フライトというのがあった）ことを知り、よい機会だから乗ってみよう、と、それまでのこだわりを捨てた。生まれて初めての空の旅体験だった。

ところが、これがとんでもないオンボロ機で、ドーバー海峡の上空で、強い風に吹かれてゆらゆら、ふらふら、まるで木の葉のごとく宙を舞い踊り、いまにも墜落しそうな有様に、我は、これで死ぬのだと恐れおののいた。確か四十五分くらいのフライトだったと思うが、その間、生きた心地がしないとはこのこと、急降下を始めたときは、鉄のかたまりはやはり飛ばなかったかと絶望したのだったが、それが何と着陸のための降下だった。どうにか無事にロンドンのガトウィック空港に着いたとき、飛行機というのは、飛ぶものだ、と考えを改めた。掌を返すとはこのことで、百八十度の大転換があったその時から、我は逆に飛行機信者となったのである。

しかしながら、それが好きになったわけではない。必要なときは乗るけれど、できることなら空を飛ぶより地をゆくものの方がいい、という気分に変わりはない。まだ少し、鉄のかたまりが空を飛ぶことの不安が残存しているせいか。作家の向田邦子さんは、脚本家であられた時代から我もファンの作家（『花の名前』『かわうそ』『犬小屋』で第83回直木賞受賞）だったが、落ちるはずのない飛行機で命を絶たれてしまった。気の毒というにはあまりの、異国（台湾）の空での不運な死であった。冥福を祈りたい人のひとりだ。

以前、バス乗りが好きであった子供の頃の話（奈良での出来事）をしたけれど、これはきっと母親の血をひいたにちがいない、と改めて思う。わが母は、乗りものに乗ってさえいれば機嫌がよい人だったが、眠くなって目をつぶると、一分も経たないうちに鼾《いびき》をかき始める人でもあった。それくらい、何でも乗り心地がよかったのだろう。昔は汽車が主流であったが、それに乗って、我はあちこち連れていかれた憶えがある。確か（五歳の頃）冬休みに神鍋山スキー場（兵庫県豊岡市）へ向かう車中であったと思うが、隣り合わせた人が、ボクこれをあげる、といって食べものをくれたりもしたが、母は決してそれを食べさせようとしなかった。毒《どく》が入っているかもしれないから、食べたらあかんよ、と耳元で囁いて、それを取り上げた。毒、と聞いて、我はドキリとし、美味しそうなミカンをあきらめた憶えがある。

日本が連合軍の代表、アメリカに占領されていた頃（昭和二十七年まで）、毒殺事件として世を騒がせた帝銀事件（昭和二十三年）や、その翌年の謀殺の疑いもあった下山（国鉄総裁）事件など、占領下の奇怪な出来事が続いていたせいでもあったろう。何が起こるかわからないという対人警戒心と、なんとしても子供を守ろうとする母性《ははごころ》ゆえだったか。

変わった母親だったが、その血をひいたのなら、我もまた……？

ともあれ、房を出てからアーケード・バスターミナルまで、まずは歩くことにした。途中で疲れたらソンテゥ（乗り合い〈お見合い〉トラック）を拾うことにして、炎天下をテクテク、たまに後ろを振り返って赤いトラックが来るのを待ちながら歩いた。やっと来たと思うと、運転手はすげなく首を振り、僧は乗せない、といわんばかり。なかに、料金を払わずに平然としている僧もいて、しかし、おい待て、おカネは？　と引き留めるわけにもいかないから、僧姿をみると、はじめから拒絶する運ちゃんもいる。が、これも人による（なかには乗せてくれてお金をとらない人もいる）ので、根気よく手招きをするわけだが、結局、六キロの道のりを歩くはめになった。托鉢に歩いた上に、であったから、その日は十キロ近くの歩きとなって、これで魚の目がさらに悪化しそうだ。

だが、何とかそれだけの体力がまだあるからこそ、バンコクまで十時間（半）のバス旅も何とかなる、と思えるのだろう。で、窓口では、しっかりと割引料金でもって切符をきってくれて、これが長歩きの見返り、ご褒美だったか。

朝七時半発の昼行バスにした。夜行でもいいのだが、窓の外が明るいほうが何となく安心感がある。のんびりと外の景色を眺めたり、本を読んだり、眠くなったら母のように鼾をかけばよい。乗ってさえいれば、夕刻にはバンコクのターミナル、モーチットに着く。このターミナルは以前、年の瀬の夜行バスで、最優先ゆえに左足指の古傷がぶり返したところだが、今回は魚の目が加わるから、さらに要注意だ。

バンコク経由にしたのは、ベト・ジェットが飛ぶ日まで待つと、到着が週末（土）になってしまうからだった。木曜日（十八日）には着いて、次の日、金曜日を使えるようにするには、エア・アジアでなければならなかったのだ。日本のジップ・エアも毎日飛んでいるが、格安とはいえやはり他より高めであり、最小限、最低限をモットーとする僧にはふさわしくない。フライト・アテンダントの赤い制服も僧の衣とよく合っていて、愛想のよいタイ人女性の乗組員は、必ず水を献上してくれる。コーヒーではなく、やはり水なのだ。

かくて、帰国の準備はととのった。住職からは、ソンクラーン祭の勤行まではいてほしい、といわれたので、その後の出発にしたのだったが、我にとってもそれがよい、と決めた。正式な年はじめとなる四月十六日は、母親の命日であるから、十八回忌のつもりで合掌するのがその息子、ミチエ・プッタ*の努めでもあるだろうか。日本の正月（二日）に生まれた母は、タイの正月に没するという、我と同じ日タイの縁を思わせるところがある。

＊釈尊の一番弟子であったサーリプッタ（舎利弗）は、サーリーという名の母親の息子（プッタ）を意味

するが、インドの昔から母はゼッタイの存在であった。

○人の歩きと静かであることの価値

僧は乗りものに乗るべきでない、という釈尊の定めた戒があることを知ったのは出家して数年後のことだ。古代インドの乗りものといえば、人力車をはじめ牛車や馬車であったようだが、僧（仏弟子）は、どこへ行くにも歩いていくのが原則だった。やむを得ない場合は別としての話だが、この戒（罰則はない）のこころとしては、乗りものが僧には贅沢であることに加えて、やはり歩き修行、というのが（托鉢もそうだが）基本であり、僧のあるべき姿として定められたのだろう。

それともう一つ、歩くことは心に静かさをもたらす、という大事な要素があるからではないかという思いが我にはある。静かであることが、人間にとっていかによいことであるか、むろん釈尊にはわかっていて、悟りへと向かう条件の一つとしても置いている。

かつて、速足で歩くと、よい知恵、アイデアがどんどん浮かんでくる、といった人（出版社の役員）がいる。それもゆっくり歩いたのではダメで、出来るだけ速く、サッサさっさと歩くのだ、と。これもいわば心が静かさを得、脳が活性化してくるからだろう。我の経験でいえば、托鉢ではなぜか過去がよみがえったり、つまらない考えが浮かんでくることがしばしばで、これはゆっくりと歩いているからにちがいない。逆に、仏塔の傍らを行ったり来たり、速足で歩いているときに、よい考えがパッとひらめくことあり。速歩は前向き、鈍歩は後ろ向き、といえるかもしれない。

いずれにしても、二本足の人間にとって歩くことが何よりも基本である、とこの歳になってつくづく思う。それをしなくなった日に、本格的に老い衰えていくことになるのだろう。豊かになって、たらふく食べられるようになった上に、歩くのがきらいな人が多い（これは暑い気候も影響している）タイ人が太っていくのは当たり前のことで、加えて、カオニャオ・マムアンがデザートであるから、これはもう民族の業というほかないのではないか、とも思う。

ともあれ、現代人はもう少し、静かであることの価値を考えてもいいだろうか。街がうるさすぎる、音声が大きすぎる、お祭りが賑やかすぎる、すべてが過ぎる世界になっていく。これは人間にとって非常によろしくない。静かさから遠ざかれば遠ざかるほど、人のこころは荒れていく、バイクで爆走する人の内面も凶暴だが、それを聞かされる人も病んでくる。これも発展と引き換えの悪化というものだろう。

隣のミャンマーでは、大臣の一声で、バイクを禁じてしまった。うるさいし、あぶないし、じゃまだし、そんなものはいらない、と。それに対して、仏教徒がほとんど（タイよりも敬虔である）の国民は文句もいわずに（あるいはやむなく？）従った。以前、やはり住職（当時は副住職）とミャンマーへ旅したことがあったが、街には一台のバイクもなく、なんとも静かなものだった。

仏教が価値を置く静かさが、ここタイでは（都会ではという意味だが）失われていく傾向にある。まだ日本のほうが、発展を終えてしまったせいか、都会の駅のアナウンスと通過する新幹線の音がうるさいこと以外は、街が静かに感じられる。むろん、問題は多々あるけれど、帰国すると安らぐ部分があるのは、間違いなくそのせいだ。日本へ旅したタイ人の感想は、街がきれいだというのが真っ先にくるが、犬の糞が落ちていないのだから、その一点からして確かにそうだ。が、静かであることを忘れているのは、やはり感性的に音に対するデリカシーがないためではないかという気がしてならない。声のいい歌手や器用なバンドは多いけれど、それをやかましく流す人々の無神経さのことで、いつぞやはまさに狂ったような爆音を立てて走る車に驚いたものだった。

○ロンドンから始まる日タイの奇縁

静かさについての話をもう少し続けたい。

以前、わが僧房の近くにある酒場からの狂音に耐えきれず、帰国したり、タイの友人C君の所有するチュンポーンの邸宅を訪ねたりした話をしたと思う。その際、タイ湾沿いの海岸にある、27ライ（Iライ＝1600㎡）もある椰子林《ココヤシ》に建つ邸宅の静けさたるや、闇の深さに匹敵する怖いほどのものだった。その寂しさには、未だ老い切っていない身がもたなかった、などと記したけれど、少し考えが変わってきた。いまの僧房の、狂音酒場は音を落としてくれたが、その他の騒音に悩まされている日々からすると、やはり静かであることのほうがはるかによい、いくら寂しくてもそのほうがよい、と思うようになったのだ。これも歳をとるにつれて変わっていく感性のうちだろうか。人には、音に対する忍耐力というのがあって、老いてくると、それも弱ってくるのだろう。

C君から、先頃のメールで、管理をまかせていた人が怠慢であったために、しばらくぶりに行ってみると、この有様だったと写真をたくさん送ってきた。邸宅の周囲は荒れ放題で、海岸の砂浜には、打ち寄せる波が運んでくる雑木やゴミを含んだ海藻類がむざんな姿で連なっていて、これは大変なことになったと同情した。我が訪ねていったときは、C君がみずから管理していて、日々、こまめに砂浜を浄め、庭の掃除もして、終わると、海辺の小屋に設《しつら》えたハンモックでのんびりと昼寝をして過ごしていた。すでに六十代の半ばになったC君にとって、得がたい豊かな老後だと思ったものだが、広大な自然に囲まれた邸宅というのは、それなりにタイ変なのだという感想もまた抱くことになった。

ただ、やはり、あの静かさは何ものにも替えがたい。それを求めて転居する老人が多いのは、自然な欲求であるからだろうが、僧暮らしに限界がきた日の我の行き先はどうなるのか。いまのところは、やはり一つ所に留まるのではなく、転々と、旅また旅の余生が送れることを願うけれど、何処《いずこ》においても静かであることが条件になるだろう。

今夜もまた道路工事が始まって、明日は托鉢日なのに、困ったものだと溜息が出る。静かさは悟りの条件としても大事な要素とされるが、ブッダの教えは、そこに本質があるような気もしてくるのである。

ここで、C君についての話をしておこうと思う。

話は、我の若い頃（二十二歳から三歳にかけて）に遡る。大学を一年間休学し（学費は半分だけ納入すれば可）、ヨーロッパおよびアジア大陸を旅したことはすでに述べているが、その長い旅の途上、三か月ほど立ち寄った英国はロンドンでのことだ。生れてはじめて飛行機に乗り、やっと飛んで着いたことは先に述べたが、いわば放浪旅の休息の地としたのは、そこに居候させてくれるところがあったためにほかならなかった。

これも以前、プニャダスというネパール人の話（わが家で父母が面倒をみた）を書いたけれど、そのインド料理店で働くネパール人たちのフラット（十階建て）の最上階にあった広い部屋に、雑魚寝の形で転がり込んだ話もしたと思う。そして、時にはインド料理店の地下キッチンを手伝う一方、せっかくの滞在なので、と近場にあった英語専門学校へと短期入学したのである。

そのことが同じクラスにいたタイ人、Pとの出会いをもたらすことになる。我がタイと縁を持った最初の出来事であったのだが、その出会いがなければ、長旅の帰路にタイへ立ち寄ることも、それ以降の度々の渡航もなかったにちがいない。

実は、そのPはC君の兄で、はじめは我の親友だった。英語学校では、アジア人として疎外感を覚えていたふたりは、夜ごとパブに座を占めて、いろんな話題で時を過ごしたものだった。その後、我はイスラム世界とインド、タイを経由して帰国の途につき、Pもほどなく一年間の留学（遊学？）を終えてバンコクへ帰っていった。それで終わっていれば、とくに長いつき合いにもならなかったのだろうが、ロンドン時代からすでに一緒に暮らしていたPの奥方が、政府関係の父親を持っており、その日本派遣に便乗して夫婦で東京に住み、再びの交流が始まったのだ。東京での暮らしも終わり、バンコクへ戻ったPを今度は我の方が取材などで行き来するたびに訪れて、さらに親交を深めることになる。が、その間、Pの弟、C君も日本へ留学することになり、その面倒見を我に依頼してきたのだった。

Pは当時、自分が始めた旅行会社の社長として、また、父親が持っていた材木会社の副社長としても忙しい身で、その取引の仕事で時おり日本を訪れていた。弟のC君は、その取引先であった会社の社長宅（東京の下町、木場にあった）に居候して四谷の日本語学校へ通っていたのだが、我はその面倒を見たというより、しばしば新宿へ呼び出して安酒場で飲み会を持ったにすぎない。それくらいのことしかしなかったとはいえ、そうした夜の時間がC君にはおもしろかったらしく、日本でのよい思い出になったと後年にも感謝されたものだった。

そしてまた時は流れ、七〇年代も最後の年を迎えていた。秋口のその日、かつてC君が住んでいた会社社長宅の奥方から、急な電話が入る。実は、Pが突然の交通事故で亡くなったというのだ。我は動転し、ただ言葉もなく号泣したのを憶えている。人は覚悟していない身内（人がよく穏やかなPとは兄弟のようだった）の死にはショックの余り身も世もなくなるもので、しばらくは立ち上がるのもままならない有様であった。

その後、約百日間の死体保存の後に「火葬」となった。交通事故などでの死は本来ならその恩恵を受けられないのだが、彼は特別の人としてそれが許されたのである。その「火葬の儀式」（チャオプラヤー川沿いの炉塔《プラサート》を持つ寺院〈ワット・ソマナス〉）に参列した我は、そこでPの奥方から事情を聞くことになる。すると、路肩に停車していたPの車に後続の暴走車が追突し、その衝撃で外へ放り出されて即死したのだという。そのとき、C君とも顔を合わせ、不運な出来事にお悔やみをいってひと時を過ごしたのだったが、我が最も大事な火葬の儀式に参列したことも、Pに代わって友人になる契機であったろうか。その儀式は、火葬場の周りを牽（ひ）き車に乗せた棺を先頭に参列者ともども三周する（その後、棺が炉に運ばれる）という伝統に則したやり方で、灼熱の太陽の下でのおごそかな光景はいまも瞼に浮かぶ。

ともあれ、Pの故郷はカンチャナブリー（県）で、父親はタイ有数の豪商であった。戦時中は日本軍と取引をし、映画『戦場に架ける橋』で有名なクワイ川鉄橋の鉄材から枕木の一本までも請け負って（いまも残る鉄橋の近くにC君の実家がある）、大きな財を築くことになる。そのトラック一杯ほどもあったという軍票は、戦後、紙くず同然となるのがふつうであったところ、王族と縁故があったため、その計らいで軍票の本来の価値に相当する土地と鉱石も産する山林を与えられた。それを契機に、タイで数本の指に入るほどの富豪にのし上がったのだった。

その父親が、バンドを組んで音楽の道に進もうとするPを許さず、結婚させて英国・ロンドンへ追い出していたところへ、旅の途上の我が立ち寄ったというわけだ。これまた戦後日タイの奇縁というほかはない。

その後、C君は、父親が亡くなったのを機に発生した相続問題で、十数年を要した裁判の主役として働くことになる。というのも、四人の妻があった父親は、それぞれに三、四人の子供をなし、その遺児が（二人の死亡を除いて）十三名にのぼったことから、いかに膨大な遺産を分配するかの問題が生じたためだった。相続税がないに等しいタイ（最高税率は八パーセント程度だがそれもまともには支払われない）では、そのように大きな遺産もほぼそっくり相続権者が引き継ぐことになるためで、わが国の事情とはまるで異なる。

戦後、タイは日本に協力したことの科《とが》を問われることなく戦勝国の仲間入りをしたのだったが、ために伝統が存続し、わが国のような占領政策による戦前との断絶もなく、お金持ちは代々、いつまでもそうなのである。

しかし、C君にいわせれば、その父親は、愛する嫡男《ちゃくなん》Pを亡くした後、ムリに好きな音楽の道を外させて、忙しいビジネスマンにしてしまったことを長く悔いていたそうだ。財は成したけれど、必ずしも幸せな生涯ではなかったという。従兄《いとこ》であったワット・ボウォンニウェート（我がその縁故で行くはずだった）の大僧正もそうした一族から出たわけだが、ひとりの女性に口説かれて還俗し（大僧正の死を契機に）、家庭を持った弟についても、俗世で苦労をなめている彼はカワイソウだと、兄としての感想を口にしたものだった。確かに、名だたる寺院の聖界から世俗に還ることの意味するところは、それを見聞してきた我にもわかる気がする。

クワイ川鉄橋＆今も走る泰緬鉄道の列車〈カンチャナブリー〉

その俗世で、C君も父親の相続裁判で四苦八苦するわけだが、それもようやく近年に決着がつき、正妻であった人の子供（Pのすぐ下の弟）として、やはり大きな財を得ることになった。妻と住むバンコクの本宅のほか、チュンポーンの海岸沿い*の邸宅だけではなく、観光地・ホアヒンなどにもマンションを所有する富豪となったのである。大企業を顧客にもつ弁護士の妻は破格の稼ぎを得ているし、一人息子は豪州でエンジニアとして活躍しているから、我とは実に正反対に経済的には恵まれすぎてしまったのだが（このことがかえって心配ではあるのだが）、そのことをいっさい鼻にかけない、おだやかで敬虔な仏教徒でもある。人は、半端ではないお金持ちになると、かえってふつうの、むしろ謙虚な人間になるのではないかと思わせるが、それもやはり仏教が彼の背中に張りついているからだろう。ほぼ毎日、毎朝、我への挨拶として、ブッダ像の数知れずある姿を一つずつ、ライン・メールで送ってくる。そこにはタイ語で、〝健康で幸せな日であるように。ますますの繁栄と安寧を祈る〟といった定番が記されていて、たとえ大富豪となっても人間のココロは変わらないことの証しでもあるだろうか。

＊この海岸線はその昔（一九四一年十二月八日）、以前にも（第二章）触れているが、日本軍が真珠湾攻撃と同時展開したマレー半島上陸作戦（E作戦）で使った上陸地点の一つであり、その意味でも戦争で財を成した父親をもつC君との因縁は深いものがある。

だが、Pの妻は早くに裁判を離脱して、お金には興味を示さなかったという。そのことを、C君は以前、見送ってくれた空港ロビーでお茶を飲みながら（我の帰国時にはドンムアン国際空港〈当時〉まで送ってくれるのが常であったが）、残念そうに告げたものだ。相続を放棄しなければ、おカネ持ちになれたのに、と。Pと暮していたロンドン時代から、我を家に招いてもてなしてくれたものだったが、いかにも仏教徒らしいなごやかな微笑を絶やさなかった彼女が、いっさいの金銭欲を見せなかったというのは、さもありなん、という気がする。いまは長年の銀行勤めもとうに引退し、バンコク郊外の家で、Ｐの遺児、三人の子供たち（男子ばかり）をそれぞれ立派に育て上げた後、穏やかな老後を過ごしているそうだ。我の出家をＣ君が告げたときは、非常によろこんでくれたというが、Ｐもまた、生きていてくれたら我の人生も違っていただろうと思わせる、今は亡き人たちのひとりである。

すべては縁の連なり、奇縁の連続を思わせて余りあることばかりだ。

○恵みの雨と熱帯樹の生命力

チェンマイの暑季に、早々と雨がきた。例年にない早さで、うれしい驟雨である。

三月十九日（タイ暦四月上弦十夜）、夜半、また道路工事が始まって眠れない身を持て余していると、突如として、トタンの屋根がざわついた。一瞬、何の音かと疑ったが、もう何か月も前の雨季にはしばしばだった音を思い出した。ながいこと、一滴の雨もなかったせいで、やっと来た、という思いは、その朝の托鉢時の布施人も同じだった。

しかも、人々は大気汚染、ＰＭ２.５の高い数値に体調を崩しがちであり、雨はその大気の清掃をやってくれるからだ。さわやかで気持ちがいいですね（イエン・サバーイ）、と口々にいう通り、昨日よりはるかにすがすがしい朝だ。それでも１５３の数値（昨日は２１２）は決して低いものではないけれど、我の場合、マスクがなくても目と喉は大丈夫である。

確かに、その山焼きの煙はないほうがよいに決まっているが、カラダに致命的な害を及ぼすほどのものではないだろう、と我は感覚的に思う。というのも、世にいう公害なるものは、もっと化学物質的、鉱物的なもので、まさに細胞を壊してしまうほどのものだが、自然の山野を焼いて出る煙はそれとは異質のものであるはずだ。それが害となるのは、むしろ排気ガスなどとの混交でもって濃度が増すためであるという、つまり、産業廃棄物質のほうこそ問題であるという研究報告もなされている。実際、山焼きなどがない季節でも、我がマスクを欠かせないのは、そのせいにほかならない。雨がくると助かるのは、それもこれも含めて洗い流されるからだろう。

日本ではやがて桜が咲いて、はかなく散っていく季節だ。

だが、こちら南国はそうではない。いわゆる常緑樹というのは、年中、枝葉が青々と茂っているからだが、そこに落葉はないかというと、とんでもない、と答えるしかない。

我の僧房は、前にも横にもラムヤイ（という果実）の樹があって、仏塔の麓をなしているのだが、この季節、その落葉がはげしくて、とくに昨夜のように雨が降ったりすると、一晩でもって積もるほどになる。その落葉をかき集めるのに、日々相当な時間を費やさねばならない。というのも、落ちていく葉のあとには、すでに新しい葉が生まれていて、その代謝がひっきりなしに行われるからだ。その呆れるばかりの生命力は、落葉熱帯樹と呼びたいほどのもので、我は実際に目にするまでは知らなかった。

朽《く》ち落ちていく木の葉は絶えずして、しかも元の葉にあらず……。

昨年の十月頃だったか、僧房の前のラムヤイの樹が枝葉を広げすぎたので、ばっさりと枝々を切り落としてしまったのだが、それが半年余り後のいまは、各枝の切り口から勢いよく芽を出して新枝をなし、たくさんの葉をつけ始めている。丸ハダカにしても何の心配もいらない、と住職がいっ

早々と芽を出したラムヤイの樹と仏塔

ていた通りの景色となって、それもまた落葉を始めたのだから驚きである。雨季が始まれば、今度は鈴なりの実をつけて、これがまたすこぶる甘い実であるから、自然のしくみはいったいどうなっているのかと思う。人間もまた、そういう自然の一部であるから、いったいどうなっているのか、という部分が多くあってもしかたがあるまい、とも思うのである。

これにて、いったん筆を置く。この続きはいずれまた——。

あとがき

はじめに記したように、聖と俗の間、日タイ間をずいぶんと忙しく出入りする書きモノとなったようです。そして、書き進めていくうちに興がのって勢いづき、気がつくと、百ほどの夜を過ごしていたのでした。

「百夜」と題したのは、テーラワーダ仏教が基づく暦が月の巡り、月齢（一夜から十五夜まで）の周期にちなんでいます。そうした月明りの下、仏塔の下で夜ごと思い考えたことを記し続けた結果でもあります。

仏教における「業《カルマ》」とは、人間のあらゆる行為、行動のことをいうのは周知の通りで、非常に大事なものとして扱います。その善と悪、善でも悪でもないもの等、日常の暮らしでまさに常についてまわるものであり、仏法では大きく分けて「身・口・意（＝心）」の問題として、日頃の経でもその至らなさを反省することに余念がない、といってよいくらいです。テーラワーダ僧は日々反省ばかりしている、と述べたのは本当のことで、ただ一つの経ではなくあちこちにあって、飽きもせずくり返しているのです。

そして我《われ》の場合、近頃とみに思うに、そのカルマの原点は幼い、三歳くらいのときにかなりの部分が形成されていたのではないかということです。この書きモノのはじめのほうに、いきなりその頃の写真を貼りつけてみたのは、我自身の業の原点はその辺りにある、と自他ともの理解と納得を得やすくするためでした。すべてはそこから派生する、ある意味では、どうすることもできない宿命的な、まさに血の業、育ちの業のようなものを感じるのです。

やさしすぎた母親に加えて、やはり可愛がりすぎた（田舎と奈良の）祖母や伯母、叔母、さらには姉たちの影響は、文中でも再三記した坊ちゃん的性格と、後年の浮沈、盛衰に関わる問題をはらんでいたことは間違いないところでしょう。

しかし、そうしたことの自覚が生まれ、確信へと向かったのは、やはり異国で出家してテーラワーダ僧となったおかげであり、その業の成り行きは、しかるべき因果を成していることも実感としてあります。途切れのない因縁の繋がりでもって今に至っていることは、まえおきでも文中でも記した通りで、よきにつけ悪しきにつけ、他者との関係性のなかで、そのおかげですべてが動き、動かされてきたのです。

また、おかげといえば、日タイの「境」に立って、右へ、左へ、昔（過去）へ、今（現在）へ、聖へ、俗へ、と人と人の間を行き来できたことでしょうか。大河メコン（メーナム・コン）はタイとラオス、カンボジアの境を流れており、およその国境はその河の中程だそうですが、そんなものはあってないようなものとして、自由気ままに泳いでいる魚のようでありたいという我の考えは、このような書きモノにも反映されていると信じたいところです。聖も俗もひっくるめ、境界を取り払って人間存在そのものをまるごと包み込んで流れる大河のようでありたい、と。むろん、我はその流れの一滴、大海のひと滴にすぎないわけだけれど。

異国の僧になってこの方、我の属する世界はどこにあるのかと問いかけながら、答えはいつも曖《あい》昧《まい》であり、自身の正体すらも不確かなものに感じてきました。テーラワーダ僧は、人《コン》ではなく姿《ループ》という類別詞でもって数えられるように、現世においては俗人と区別される存在です。が、人間であることに変わりはなく、俗界と無縁の存在ではあり得ない、という意味においては、もともと聖俗の境界に立っているともいえます。日本人でありながらタイ社会の聖なる領域にいる我という人間はいったい何者なのか、時に問いかけながら今日まで暮らしてきて、ようやくその答えが得られたように思います。

つまり、それでよい、という答えがいまは見えています。このような書きモノを長々と記してみると、境界線などはあってないようなもの、曖昧で不確かなもの、という先ほどの大河の話にふさわしい結論が胸に落ちてきます。人間というのはもともと二元論ではおさまらない、枠にはめられない不定形な存在なのだろうと、戒と破戒の間を綱渡りする危うい僧たちをみるにつけても思わざるを得ないのです。

それにしても、はじめに予想した通り、ずいぶんといろんな話を書きつけたものです。目次を眺めるだけで溜息が出るほどで、恥も外聞もない自伝の様相まで呈しています。その多様性こそが我という人間を表しているようにも思います。まるでバラエティー・ショーの様ですが、三つ子のワンパク魂のせいか、若い頃から世界をほっつき歩いたことでよけいにそうなってしまったのでしょう。

畢竟《ひっきょう》、大河を流れるハンセイジンであればこそ、このようなアジア的混沌話も書けるのだという、皮肉な取り柄があるのかもしれません。問題は、それがどれほどの意味をもち、読者の方々の何らかの参考になるなり、知識の提供、あるいは愉《たの》しい他山の石となれたかどうか、という点に帰結しそうです。

願わくは、いくつかの項目にそのような部分があって、百夜を徹して書いた甲斐があったといえる成り行きになるならば、それで老僧は十分であり、本望とすべきでしょう。

ともあれ、モノ語りはこれにて終わるのではなく、あくまでも中締めとして、続編をめざさねばなりません。日タイ往来記もまだ三月末（二〇二四）、前年度（前作）の雨安居（パンサー）期を含めても年半ば、です。これも文中で記した、幸いな命の「運」に見放されることなく、また老化《ふらつき》がすすんで倒れてしまうことがないかぎり、続けることをお約束して、一応の締めとします。

最後になりましたが、前作の『老作家僧のチェンマイ托鉢百景』に続いて、出版の労をとっていただいた論創社の社長、森下紀夫氏に、再度感謝の意を表します。また、次作として執筆中の『老作家僧の生きついで旅々百話』（仮題）もまた遠からず出版の運びとなる予定であることと併せて、異国の隅にて生きながらえる日本人老僧はしごく幸いに感じておる次第です。合掌。

二〇二四（二五六七）年　雨季　パーンピン寺僧房にて

笹倉　明（プラ・アキラ・アマロー）

本書は近作『ブッダの海にて三千日』（大法輪閣）の奥付に『老作家僧の日タイ人間聖俗百夜』（近刊）とあるのを改題したものです。

【著者略歴】
笹倉　明（ささくら・あきら）
作家・テーラワーダ僧
1948年兵庫県西脇市生まれ。早稲田大学第一文学部文芸科卒業。80年『海を越えた者たち』（すばる文学賞入選作）で作家活動へ。88年『漂流裁判』でサントリーミステリー大賞（第6回）、89年『遠い国からの殺人者』で直木賞（第101回）を受賞する。主な作品に、『東京難民事件』『海へ帰ったボクサー　たこ八郎物語』（電子書籍）『にっぽん国恋愛事件』『砂漠の岸に咲け』『女たちの海峡』『旅人岬』『推定有罪』『愛をゆく舟』『超恋愛論　女が男を変える時代へ』『雪の旅―映画「新雪国」始末記』（電子書籍）』『復権―池永正明、35年間の沈黙の真相』『愛闇殺』『彼に言えなかった哀しみ』『出家への道―苦の果てに出逢ったタイ仏教』『ブッダの教えが味方する歯の2大病を滅ぼす法』（共著）『山下財宝が暴く大戦史』（復刻版）。近著に『詐欺師の誤算』（論創社）『ブッダのお弟子さん　にっぽん哀楽遊行』（佼成出版社）、『老作家僧のチェンマイ托鉢百景』（論創社）、『ブッダの海にて三千日』（大法輪閣）がある。2016年チェンマイの古寺にて出家し現在に至る。

老修行僧のにんげん界百夜
――チェンマイからの聖俗ゆうらん

2024年11月25日　初版第1刷印刷
2024年11月30日　初版第1刷発行

著　者　笹倉　明
発行者　森下紀夫
発行所　論　創　社
東京都千代田区神田神保町2-23　北井ビル
tel. 03（3264）5254　fax. 03（3264）5232　web. https://ronso.co.jp
振替口座　00160-1-155266
装幀／菅原和男
印刷・製本／中央精版印刷　組版／フレックスアート
ISBN978-4-8460-2490-1